追放上等！　天才聖女のわたくしは、どこでだろうと輝けますので。

佐倉　紫

24065

角川ビーンズ文庫

Contens.

第一章　追放聖女と騎士隊長　007

第二章　果たすべき本分　057

第三章　やるせない日々　097

第四章　救国の聖女　118

第五章　星月夜の涙　160

第六章　決戦　205

第七章　新たな旅へ　270

あとがき　317

Characters
リオネル・アディッカン
魔物退治専門部隊の王国騎士団第三師団、第二隊隊長。地方第五神殿跡地でミーティアと出会う。
ミーティア
18歳で首席聖女に上り詰めた天才。しかし就任3ヶ月で地方第五神殿に左遷される。
追放上等！
天才聖女のわたくしは、どこでだろうと輝けますので。

ボランゾン

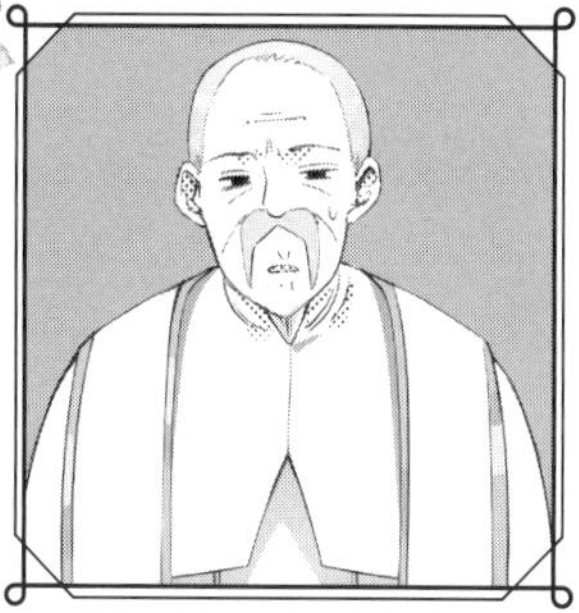

筆頭聖職者で、
ミーティアを追放した。
ミーティア曰く『クソハゲ親父』。

グロリオーサ

ミーティアと
『首席聖女の選考試験』で
争った聖女の有望株。

チューリ

地方第四神殿所属の聖女。
ベテランで国の異常事態を
感じ取っている。

ポーちゃん

ミーティアになついた魔鳩。
鳴き声からミーティアに
命名される。

本文イラスト／ｓｏｙ太郎

第一章　追放聖女と騎士隊長

「聖女ミーティアよ。ただいまをもって、そなたから首席聖女の称号《しょうごう》を剥奪《はくだつ》する！　以後、地方第五神殿《しんでん》にて務めに励《はげ》むように」

　重々しい宣告が広間の高い天井《てんじょう》に反響《はんきょう》する。

　一瞬《いっしゅん》の沈黙《ちんもく》ののち、広間に集まっていた聖女や聖職者たちから「ええっ……？」という困惑《こんわく》の声が響《ひび》いた。

「い、いったいどうして。ミーティア様が首席聖女の称号を剥奪されるなんて」

「十八歳で聖女の頂点に上り詰《つ》めた方が、就任からたった三ヶ月程度で……？」

「いったいどういうことなんだ」

　集まった人々は口々につぶやき、不安な顔を突《つ》きあわせる。

　そして、広間の中央に立つ、件《くだん》の聖女ミーティアへと怖々《こわごわ》と視線を向けた。

　多くの聖女と聖職者が囲む中、広間の中央に立っていたのは、聖女の証《あかし》である杖《つえ》を手にしたうら若き乙女《おとめ》である。

　柔《やわ》らかな金髪《きんぱつ》に夏空のように透《す》き通った瞳《ひとみ》。白いローブを纏《まと》う身体《からだ》はほっそりとしているのに、背筋はピンと伸《の》びている。立ち姿のみならず、まっすぐに前を見つめる視線も引き締《し》まった口元も凜《りん》としていて、惚《ほ》れ惚《ぼ》れするほどの美しさだ。

いつもは楚々《そそ》としたほほ笑《え》みを浮《う》かべ、たおやかな仕草で人々を魅了《みりょう》する聖女ミーティアだが……下された宣告が予想外だったためだろう。今は真っ白な肌《はだ》を少し青くして、くちびるをぎゅっと引き結んでいる。

それもそうだろう。彼女は首席聖女に任命されてから三ヶ月、その務めをまっとうすべく寝食《しんしょく》を惜《お》しんで働いていた。

それなのに、突然《とつぜん》の称号剝奪の宣告――。

いったいどうして……と、この場にいる全員が驚《おどろ》いたのだ。無情な事実を突きつけられた本人は、なお信じがたいことであろう。

「おまけに、地方の神殿へ配属ですって」

「それって……事実上の左遷《させん》というか、追放じゃないか」

それもまた衝撃《しょうげき》的な事実だ。ここ、中央神殿こそが国内でもっとも権威《けんい》と名誉《めいよ》がある場所だというのに、そこから地方に飛ばされるなんて……。

清純で心優《やさ》しく、しとやかな聖女ミーティアにとって、それはどれほどショックで悲しいことであろう。

「……もしかしたらショックのあまり倒《たお》れてしまうかも」

「だって、見てごらんなさいよ、ミーティア様ったら先ほどから微動《びどう》だにしていないわ」

周囲の人々は怖々とミーティアの様子を見守る。

青い目をわずかに見開き、色を失ったくちびるを引き結んでいた聖女ミーティアは、全員がごくりと生唾《なまつば》を呑《の》み込んで見守る中――。

ふ、と目を据《す》わらせて、杖を持っていない手を腰《こし》に持っていった。そしてわずかに顎《あご》を引き、無情な宣告を下した相手を思い切りにらみつける。

ほどなく、そのふっくらしたくちびるからは、

「――はあ？」


という、低くドスの利《き》いた声が飛び出してきた。

「ひっ……、ミ、ミーティア様？」

彼女を取り囲んでいた聖女の一人がびくっとしながら問いかける。ほかの面々もまったく同じ面持《おもも》ちで、突如《とつじょ》険悪になったミーティアに信じられないという目を向けていた。

そんな中、当の聖女ミーティアはゴゴゴ……という地鳴りの音すら聞こえてきそうな雰囲気《ふんいき》で、可憐《かれん》なくちびるからどこまでも低い声を漏《も》らす。

「このわたくしから、首席聖女の称号を剝奪……？　筆頭聖職者ボランゾン様？　もしや、

頭の表面だけではなく中身まで薄《うす》っぺらになってしまいましたの？」

「はっ……？」

怒《いか》りを過分に含《ふく》んだ声はもちろん、言葉の内容も不穏《ふおん》なものだ。

居並ぶ人々も、宣告を下した筆頭聖職者のボランゾンもびくっと首をすくめてしまった。

「え、え、ええと、ミーティアよ……？」

「目を丸くしてないで、さっさと答えてくださいます？　優秀《ゆうしゅう》かつ有能なこのわたくしを首席聖女の座から降ろすなんて、正気かどうかと聞いているのですが？」

手にした杖で大理石造りの床《ゆか》をガンッと叩《たた》き、聖女ミーティアは目の前のボランゾンを睥睨《へいげい》する。ボランゾンのほうが彼女の三倍は長く生きているというのに、そんなことはお構いなしと言わんばかりの傲慢《ごうまん》な視線だ。

聖女と言うより魔王《まおう》のような雰囲気に、ボランゾンも周囲も思わず冷や汗《あせ》をかいた。

「う、うそでしょう？　あのミーティア様がボランゾン様をにらみつけている……？」

「あの、常に笑顔で誰《だれ》にも優しく、模範《もはん》的な聖女のミーティア様が……？」

普段《ふだん》の彼女とは明らかに違《ちが》う豹変《ひょうへん》ぶりに、聖女たちは小さくなって寄りそい、聖職者たちも困惑しきりといった顔を見合わせた。

筆頭聖職者ボランゾンも同じ認識《にんしき》だったらしい。すっかりさみしくなった頭髪《とうはつ》、及《およ》び口ひげをひくひくと震《ふる》わせ、顔をじわじわと赤くしていく。

「そ、そ、そなた、なんだ、その言葉遣《ことばづか》いは……⁉　筆頭聖職者たるわしに向かって、なんたる無礼――！」

「理由も説明せず、いきなり『はい、追放』とか言ってくる相手に敬意を払《はら》う必要はないと考えて、あえてこの口調で話しているのですが？　敬語を失わないだけマシとは思われませんか？　あなた様のことを『このクソハゲ親父《おやじ》』とお呼びしてもいい程度には、わたくしも腹を立てておりましてよ」

「く、クソハゲ親父だと……⁉」

ボランゾンが喉《のど》を絞《し》められた雄鶏《おんどり》のような声を出す。

裏返ったその声と『クソハゲ親父』という呼称《こしょう》がツボに入ったのか、周りを囲む何人かが「ぷっ」と小さく噴《ふ》き出した。いずれも顔を真っ赤にしたクソハゲ親父……もといボランゾンににらまれ、あわててすまし顔に戻《もど》ったが。

そんな中、聖女ミーティアは不機嫌《ふきげん》な面持ちを隠《かく》すことなく、上役たるボランゾンをにらみつける。

「で、どうしてわたくしが首席聖女の座を降ろされて、地方に飛ばされるのですか？　理由を話してくださらなければ、わたくしはもちろん、ここに集まった聖女や聖職者たちも納得《なっとく》することができないと思いますが」

杖でまたガンッと床を叩いて、ミーティアは凄《すご》む。

聖女とは思えない詰めより方はともかく、言っていることは至極《しごく》まともなので、ボランゾンは奥歯をギリギリと嚙《か》みしめた。

「ふ、ふんっ！　そもそも聖職者のトップであるわしを、そんな目でにらんでいる時点で首席聖女にはふさわしくないわ！」

「そういう感情論はどうでもいいので、納得のいく理由と説明を！」

「こ、このっ、……それがおまえの本性《ほんしょう》だったとは……っ。やはり追放の決定を下して正解だった……」

ブツブツとつぶやきながらも、ボランゾンは小脇《こわき》に抱《かか》えていた巻物を広げる。それを高々と掲《かか》げた彼は、もっともらしく咳払《せきばら》いをした。

「うぉっほん。では説明しよう。称号剝奪の理由は『一つ、首席聖女の選考試験にて、一位の成績を残せなかったから』、『二つ、首席聖女の職務の範囲外《はんいがい》となることを行おうとしたから』、『三つ、【神樹】への祈《いの》り時間の不足』――以上だ！」

周囲がまたざわざわと不穏な空気に包まれる。ボランゾンは「なにが不満だ」とでも言いたげな面持ちでその場で胸を張った。

三つの理由を聞き終えたミーティアは、ふぅっと一つため息をついてから、しっかり顔を上げる。

「――では、その三つの理由に異議を唱えさせていただきます」

「い、異議だと？」

「当たり前でしょうが。まず最初の『首席聖女の選考試験』ですけど、それって先日グロリオーサ様と行ったアレですよね？」

ミーティアは親指でくいっと背後を示す。

全員の視線がそちらへ向かい、名指しされたグロリオーサという聖女は「ひっ」と首をすくめていた。

「確かに、グロリオーサ様は優秀な聖女です。まだ十六歳でありながら治癒《ちゆ》の力が強く、祈禱《きとう》もお上手で、魔物と戦う王国騎士《きし》たちがこぞって護符《ごふ》を求めにやってくる盛況《せいきょう》ぶり。わたくしも首席聖女として、彼女の成長はとても楽しみにしておりましたわ」

し・か・し！　とミーティアは一文字一文字を強調してから続けた。

「先日、彼女と行った首席聖女の試験、その結果は明らかにわたくしのほうが上だったと思いますけど」

「うっ……。な、なぜそう言いきれる？」

「だって、筆記試験はわたくしが十分で解き終わったのを、彼女は計算や古語がわからないと言って泣きながら三十分以上かけて解いていました。おまけに答案用紙の半分は空白だったと、答案を回収した聖職者がため息をついていましたし」

「んぐっ……」

「実技試験も、傷ついた動物を癒《い》やすというものでしたよね？　わたくしが足を骨折して処分される寸前だった馬を全快させたのに対し、彼女はうしろ足を怪我《けが》したウサギの傷をふさいだのみ。動物相手の治癒は人間相手より大変ですから、癒やしただけでもたいしたものではありますが、馬とウサギで果たして比べものになるものやら……」

「ぐぐ……」

「結界の張り方も、同じ強度の結界をわたくしがこの礼拝室の壁《かべ》一面にめぐらせたのに対し、彼女は扉《とびら》程度の大きさのみ。結界が展開できる聖女は数が少ないだけに、できるだけですごいのは間違いありませんが、それにしてもねぇ……」

「ぐぎぎ……」

「祈禱文の詠唱《えいしょう》もどちらが流麗《りゅうれい》に詠《よ》めたかは一目瞭然《いちもくりょうぜん》でしたでしょう。護符の描《か》き方も、彼女のやり方は少々雑だったと思うのですが」

ほかにもつらつらと語りまくるミーティアに対し、額の青筋をピクピクさせていたボランゾンは耐《た》えきれない様子で叫《さけ》んだ。

「け、結局なにが言いたいのだ、この性悪聖女めがッ！」

「どう考えても、わたくしがグロリオーサ様に試験で負けたなど、ありえないと申し上げたいわけです」

ミーティアは簡潔にはっきり答えた。

ボランゾンはよけいに顔を真っ赤にする。

「そ、そなた、採点した我《われ》ら聖職者の目が節穴だと申すのか⁉」

「むしろ節穴以外のなんなのですか？」

「この！　言わせておけばつけあがりおって――」

「あいにく、まだ言い足りないので黙《だま》って聞いてくださいね。理由二つ目の『首席聖女の職務の範囲外となることを行おうとした』というのは、まぁいろいろあると思いますが、一番はわたくしが『地方に聖女を派遣《はけん》したほうがいい』と進言したことが挙げられるのでしょうね」

ミーティアはそれまでの不機嫌顔を少し引っ込め、真面目《まじめ》に告げた。

「最近、地方で魔物退治に勤《いそ》しむ騎士たちの怪我が増えております。魔物の数が例年にないほど増えていると。考えたくはありませんが、これは【神樹】の加護が弱まっている証《しょう》拠《こ》ではありませんか？」

「【神樹】の加護が弱まっている……⁉」

集まった聖女や聖職者たちがゾッとした面持《おもも》ちで立ちすくんだ。

場が騒然《そうぜん》となる中、ボランゾンだけは「ふんっ」と鼻を鳴らす。

「それを神殿《しんでん》のトップであるわしが把握《はあく》していないとでも思うのか？　国境には王家とも話し合った上で、充分《じゅうぶん》な数の騎士を派遣している。これは政治的な問題で、聖職者が考えるべきものだ。聖女の職務の範囲《はんい》ではない！」

「とか言って、地方で傷ついて戻ってきた騎士の手当ては聖女に丸投げするくせに」

「な、なにをぅ？」

今度はミーティアが「はんっ」とボランゾンを鼻で笑った。

「しょせん、聖職者が持つ【神の恩寵《おんちょう》】たる聖なる力は、聖女の足下《あしもと》にも及《およ》びませんものね。この神殿にいる聖職者全員の力を合わせても、わたくし一人に敵《かな》うものではないというのは自覚されておりまして？」

「な、なん……、こ、この……っ」

「あら、人間って図星を指されると言葉が出なくなるものですね」

ミーティアはこれ以上ないほど、嫌《いや》みったらしく笑う。だが再び口を開いたときには真面目な面持ちに戻っていた。

「騎士も数に限りがあります。そもそも怪我をして戻ってくる騎士を減らすためには、今度聖女が地方をめぐって【神樹】の加護が及ぶ範囲――すなわち、国境に沿って設置してある【杭《くい》】の状態を確認《かくにん》し、場合によっては祈りを捧《ささ》げる必要があると思います。――と、提案したことが『聖女の職務の範囲外のことをした』に当たるというなら、わたくしが提案する前に聖職者のほうで対策を練っておくべきだったのでは？」

杖《つえ》の先を筆頭聖職者に向けて、ミーティアは憤《いきどお》りを込めて主張する。

「おっしゃいましたよね？　『政治的な問題は聖職者が考えるべき』なのだと。わたくしからすれば、あなた方がこの問題を真剣《しんけん》に捉《とら》えているとはとうてい思えません。事態はこの国の安全に及ぶというのに！」

　ガンッ、と杖で床《ゆか》を叩《たた》いて、ミーティアは続けた。

「そして三つ目の理由の『【神樹】への祈り時間の不足』ですが、これは当たり前のことでは？　大怪我をした騎士が年がら年中運び込まれてくるし、その治癒はすべてわたくしに回されるのですよ？　祈るどころか眠《ねむ》る時間すら削《けず》っている有り様なのですが」

　どうなんだとにらまれて、ボランゾンはうぐっと言葉を詰《つ》まらせた。

「そ、それは……治癒の力はそなたが一番強いから……」

　いいわけがましくぼそぼそとつぶやいたボランゾンに、ミーティアはガンッ！　とこれまで以上に強い力で杖を床に打ちつけた。

「強いから、じゃないわよ、このクソハゲ親父《おやじ》！　おかげで首席聖女になってから三ヶ月、こっちは一日四時間も睡眠《すいみん》時間が取れていないことをわかってて言っているわけ⁉」

「ひぃっ！」

　ボランゾンが縮こまる。ミーティアの迫力《はくりょく》に圧《お》され、見物している聖職者たちまであとずさりはじめた。

　とはいえ、彼らはだいたいミーティアに同情的だ。

「確かにミーティア様はここ数ヶ月、ずっと治癒室にいらしたわ。なんならその隅《すみ》で仮眠なさっているときもあったし……」

「わたしたちもがんばって治癒に回っているけれど、やっぱりミーティア様のお力はずば抜《ぬ》けていらっしゃるから……」

「どうしても重傷者はミーティア様に回されがちだものね……」

聖女たちがコソコソとうなずき合う。ボランゾンがうろたえた様子で視線を泳がせた。

「そ、それは……や、やはり重傷者には早いこと楽になってもらいたいではないか……」

「そのお気持ちはご立派ですけれどね。治癒に当たるこちらも、聖女である前に人間なのです。飲まず食わずで働き続ければ、そのうち倒《たお》れるという当たり前のことがおわかりになりませんか？　……まぁ、わからないから、このわたくしに追放を言い渡《わた》すような能なしの技《わざ》を為《な》せるのでしょうけども」

「の、能なし……」

「わたくしだって首席聖女に選ばれたからには、【神樹】への祈《いの》りは人一倍熱心に行いたいと思っておりましたとも。で・す・が、それを阻《はば》むように次から次へと重傷者を回してくるのは、いったいどこの筆頭聖職者様の差し金なんですかねぇ？」

「さ、差し金なんて、そんなことは……」

さみしくなった頭部に冷や汗《あせ》を滲《にじ》ませるボランゾンに、ミーティアのみならず居並ぶ人々も一様にしらけた視線を送った。

「それでもなお、わたくしを首席聖女から降ろし、地方へ向かわせるということは、単純にわたくしの存在があなた方、神殿の上層部にとって邪魔《じゃま》だからということですよね」

「うっ……」

腕組《うでぐ》みしたミーティアは、縮こまるボランゾンに対し大きなため息をついて見せた。

「重傷者の手当てだけに走り回っておとなしくしていればいいのに、わたくしが神殿のやり方に口を出すものだから、いっそのことわたくしを遠くに飛ばしてなにも言えないようにしてやろう、と。つまり、そういう魂胆《こんたん》なわけでしょう？」

「そ、それは……」

「──それはもなにも、そういうことでしょうが！　最初からはっきりそう言えばいいものを、明らかに『はあ？』としか言えない理由を並べ立てて、わざとらしく大勢の前で言うから、より滑稽《こっけい》なんですよ。このクソハゲ馬鹿《ばか》親父！」

「ば、ばか……⁉」

クソ、ハゲ、のみならず馬鹿まで加わって、ボランゾンはひきつけを起こしそうな顔になってふらついていた。

ミーティアは盛大に鼻を鳴らして、聖女の杖を槍《やり》かなにかのように肩《かた》に担《かつ》ぐ。

「──ま、わたくしもそんな能なしの上司の下であくせく働くのも馬鹿らしいので、お望み通り、中央神殿から出て行って差し上げますわ」

　堂々とした宣言に、聖職者や聖女たちが「そんな！」と悲痛な声を上げた。

「ミ、ミーティア様に出て行かれたら、毎日のように詰めかける怪我人《けが》や病人をどう捌《さば》けばいいのか……っ」

「ああ、それはわたくしではなく、わたくしの追放を決定したそこの馬鹿親父に言ってくださいな。わたくしも首席聖女として皆様《みなさま》と一緒《いっしょ》にがんばりたかったのですが、馬鹿の馬鹿な決定のせいで難しくなってしまいました。本当に悲しいことですわ」

　聖女らしい優《やさ》しい笑《え》みを浮《う》かべてミーティアは言う。

　儚《はかな》げで美しい笑顔なのに、くちびるから漏《も》れる『馬鹿』という言葉が辛辣《しんらつ》すぎて、聖職者たちもなにも言えなくなってしまった。

　だが、そんな中でもただ一人「あ、あの……！」と果敢《かかん》に声を張り上げる聖女がいた。

「なんでしょう、グロリオーサ様」

　ミーティアは優しく声をかける。

　緊張《きんちょう》の面持ちながら前に出てきたのは、ミーティアと首席聖女の試験を争ったグロリオーサだった。

　ふわっとした栗色《くりいろ》の髪《かみ》に大きな緑の瞳《ひとみ》をした彼女は、十六歳という若々しさに満ちた将来有望な聖女だ。

果たして、聖女グロリオーサは意を決した面持《おもも》ちで意見する。

「さ、さすがに、お口が悪すぎると思います……！　地方に異動になって腹が立つのはわかりますけど、そ、その口の利《き》き方……聖女として恥《は》ずかしくないんですか⁉」

見守っていた周囲の人々は、なんとも言えない表情になる。

グロリオーサの言うことはもっともだが、そんなきれい事など言っていられるかというミーティアの心境もわかるだけに、どうたしなめたらいいのかという雰囲気《ふんいき》になるが……。

周囲の困惑《こんわく》などどこ吹《ふ》く風。ミーティアは後輩《こうはい》相手ににっこりとほほ笑んで見せた。

「そうですね。では、そんなわたくしを反面教師として、あなたは身も心も清らかな聖女を目指してください。わたくしはあいにく、こちらが素《す》なの」

「素って……」

あっけらかんと笑うミーティアに、グロリオーサは毒気を抜かれた面持ちになる。

そんな彼女に歩み寄り、その肩をぽんぽんと優しく叩いて、ミーティアは続けた。

「清廉潔白《せいれんけっぱく》な聖女を演じていたのは、首席聖女になって、あのクソハゲ馬鹿親父率いる上層部にもの申したかったからなのよ。もの申した結果、追放ということになったから、もう猫《ねこ》を被《かぶ》る必要もなくなったわけ。理解できて？」

「は、はぁ……」

「根が真面目《まじめ》で聖女の仕事に誇《ほこ》りを持つあなたなら、きっと見せかけではない本物の清らかな聖女になれると思うわ！　がんばってね、心から応援《おうえん》しています」

「へっ？　え、あ、ありがとうございます……？」

きらきらした笑顔のミーティアに手を握《にぎ》られ、上下にぶんぶん振《ふ》られたグロリオーサは、わけがわからないという顔になりながら一応うなずく。

そんなグロリオーサの手を掲《かか》げて、ミーティアは晴れやかな笑みで周囲を見回した。

「もはやわたくしの言葉がどれくらいの効力を持つかはわからないけれど、次の首席聖女にはグロリオーサ様を推薦《すいせん》すると、ここで宣言しておきます。グロリオーサ様、首席聖女となった暁《あかつき》には、わたくしと同じようにたくさんの重傷者を癒《い》やし、【神樹】に祈りを捧《ささ》げ、寝食《しんしょく》を惜《お》しんで一生懸命《いっしょうけんめい》に働いてくださいね！」

「えっ……？」

不穏《ふおん》なせりふを言われた気がしたグロリオーサが口元を引き攣《つ》らせる中、ミーティアは美しい所作で一礼した。

「では、お役御免《やくごめん》になったわたくしは、さっそくここを出る支度《したく》をしますので。……あ、クソハゲ馬鹿親父……もとい筆頭聖職者様、追放したわたくしを『やっぱり人手不足だから戻《もど》ってきて！』なんて呼び戻したりしないでくださいね。心の底からウザいので。——それでは皆様、ごきげんよう！」

ミーティアは居並ぶ人々に輝《かがや》かしい笑顔で手を振って、さっさと広間を出て行った。

残された人々は啞然《あぜん》としたまま固まってしまう。

何人かがグロリオーサと、すっかりしおれたボランゾンに目を向けたが、二人もまた呆《ぼう》然《ぜん》と目を見開いたままピクリとも動かなくなっていた。


「――ここから先は行けねぇよ！　命が惜しいならすぐに中央に戻りな！」

「馬車なら車輪が腐《くさ》るし、馬なら足が腐る。自分の足で歩くなんてとんでもねぇこった」

新しい勤め先となる地方の神殿《しんでん》を目指し、王都から辻《つじ》馬車を乗り継《つ》いで移動してきたミーティアは、途中《とちゅう》で何人もの人間に「地方へ行くなんて無謀《むぼう》だ」と止められた。

それどころか王都から離《はな》れれば離れるほどに、これから避難《ひなん》するという人々に出くわすことになり、今朝たどり着いた村など、住民がほとんど引っ越《こ》したあとになっていた。

「ここから先は瘴気《しょうき》がひどいんでさぁ。とても出歩けたもんじゃねぇ。聖女様も悪いことは言わねぇから、すぐに王都にお戻りなせぇ」

自身もそろそろ避難するからと、引っ越し準備を進めていた村長に言われ、ミーティアは（ここからは一人で行くしかないか）と腹をくくった。

「では、馬を一頭売っていただけないかしら？　護符《ごふ》もつけるわ」

「はぁ、それならこの馬をお譲《ゆず》りしますが。……って、そっちは王都じゃなくて国境の方向だぁ！　避難しろって言ったのが聞こえなかったんかぁ⁉」

村長が驚《おどろ》いた声を出すが、ミーティアは巧《たく》みに手綱《たづな》を操《あやつ》り、さっさと村を出立した。

確かに、村を出てすぐ、身体《からだ》にまとわりつくねっとりとした瘴気が強く感じ取れるようになってくる。結界や護符で身を守れる者ならまだしも、そうでない者はただ立っていることすら困難なほどひどい状況《じょうきょう》だ。

「配属先の地方第五神殿はこの先のはずだけど……」

果たして聖女や聖職者は無事なのかどうか。

不安に思った、そのときだった。

「？　なに――」

突如《とつじょ》、目の前の地面がボコンッとふくれ上がる。ふくらみはそのまま左右にボコボコと増えていき、やがてミシッといういやな音を立てて、破裂《はれつ》した。

「っ！」

とっさに手綱を引いて馬を止めたミーティアは聖女の杖《つえ》をしっかり構える。

地面にできた大きな亀裂《きれつ》から巨大《きょだい》なモグラのような魔物が出現して、彼女は思わず「なにあれ⁉」と叫《さけ》んでしまった。

（あれが魔物⁉　そのへんの民家より大きいじゃない）

巨大なかぎ爪《づめ》と巨大な口、そこから鋭《するど》い牙《きば》をいくつも見せる魔物《まもの》は、ドォンと地面を揺《ゆ》るがすほどの轟音《ごうおん》を立てて着地すると、真正面にいたミーティアをギロリとにらんだ。

馬がおびえて全身を震《ふる》わせるのを感じつつ、ミーティアは結界を張ろうと杖を構える。

すると、ドドドドド……という、馬の大群が走ってくるような地鳴りが、魔物の向こうから聞こえてきた。

(まさか新しい魔物⁉)

身構えたミーティアだったが――。

「――逃《に》げるな、このモグラもどきがぁ！」

聞こえてきたのは人間の声だ。同時にバッと魔物の背後からなにかが飛び上がり……ものすごい勢いで落下してくる。

落下地点にいたモグラ型の魔物は、真上から襲《おそ》ってきたそれにドウッと踏《ふ》みつけられて、文字通り地面にめり込んでいた。

『ギャァアアウ！』

地面がミシミシときしむ音とともに魔物の耳障《みみざわ》りな悲鳴が響《ひび》いて、ミーティアは思わず両耳をふさぐ。

もうもうと立ちこめる土煙《つちけむり》の向こうを見ようと目を細めると――何者かが、手にした剣《けん》で魔物を容赦《ようしゃ》なく斬《き》りつけているのが見えた。

「はぁ、はぁっ、とんでもない距離《きょり》を逃げやがって……！　このおれだから追いつけたが、この次、逃げたら、容赦、しねぇぞ！」

『ギャアアアア！』

この次どころか今現在まったく容赦する気はないようで、痛みに暴れ回る魔物にしがみつきながら、その男はざくざくと魔物を斬りつけ続ける。

そうして魔物がぐったりしたところで、両手で剣を掲げて「封印《ふういん》！」と叫んだ。

途端《とたん》に、剣に嵌《は》まる宝石がカッとまばゆいばかりの光を発する。

『グギャアアウ……』

魔物が断末魔の悲鳴を発しながら真っ黒な灰となって崩《くず》れていく。

灰は風に舞《ま》い上がると、男の掲げる剣の宝石にたちまちのうちに吸い込まれていった。

「――よし、完了《かんりょう》」

身軽に地面に降りた男は、剣を鞘《さや》にしまいながらふぅっと息をついた。

すぐ目の前に降り立った彼を、ミーティアはまじまじと見つめる。

彼が身につけていたのは王国騎士《きし》団に支給される制服と、胸当て程度の簡易的な鎧《よろい》、そしてマントだ。いずれも埃《ほこり》まみれのボロボロで、これまでの戦闘《せんとう》がいかに過酷《かこく》だったかを物語っている。

と、その彼が顔を上げて、こちらを真正面から見つめてきた。

ダークブラウンの前髪《まえがみ》からのぞく緑色の瞳《ひとみ》が、まっすぐにこちらを見つめてくる。

ミーティアは軽く息を呑《の》み、挨拶《あいさつ》しようと口を開くが――。

「――まだ避難していなかったのか、無能な聖女め！　おまえたちの護衛までしている余《よ》裕《ゆう》はないんだから、中央神殿にでも引っ込んでろっ！」

「……なっ」

「邪魔《じゃま》なんだよ！」

彼はイライラした様子で吐《は》き捨てると、腰《こし》をぐっと低くして、国境の方角めがけて跳んだ。

「え――」

正しくは走っているのだが、獲物《えもの》を狙《ねら》うカササギよりも速い速度であっという間に走り去った彼を見て、ミーティアは呆然と固まってしまう。

まばたきするうちに彼の姿は見えなくなったが、地面に点々と足跡《あしあと》――というより、衝《しょう》撃《げき》が加えられたことで完全にえぐれた土――が残っているのを見て、夢ではないようだと納得《なっとく》できた。

「恐《おそ》るべき脚力《きゃくりょく》ね。あの大きさの魔物を一人で弱らせ封印した手腕《しゅわん》といい……隊長格か、それ以上の凄腕《すごうで》の騎士であることは間違《まちが》いないみたい」

が、しかし。

「……天才聖女のこのわたくしを、『無能』呼ばわりしてくれたわね？」

ミーティアとしては、そこがもっとも見過ごせないポイントだ。彼が何者であろうと、その認識《にんしき》は早々に改めてもらわねばならない。

「方角からして、彼が向かった先に地方第五神殿もありそう。さ、行くわよ」

手綱をぱっと動かして合図すると、落ち着きを取り戻した馬はすぐに走り出してくれた。


小一時間も馬を走らせただろうか。瘴気がもうもうと立ちこめて視界も悪くなってきた頃《ころ》、前方から複数人の悲鳴が聞こえてきた。

目をこらすミーティアは馬の速度を上げようとするが、馬はこの先になにがあるのかわかっているのか、怖《こわ》がって激しくいななくばかりだ。とうとう歩みを止めてしまい、しかたなくミーティアは馬から下りる。

「たくさん走ってくれてありがとう。このあたりで待っていてね」

そのとき、また前方から悲鳴が聞こえてきた。同時になにかが暴れ回るような物音も。

ミーティアは鞄《かばん》をしっかり背負い杖を握《にぎ》りしめると、急いで物音がするほうへ走った。

朽《く》ち果てた建物をいくつか越えたところで、悲鳴の出所に突《つ》き当たる。そこには荷物を抱《かか》えて走る人々と、その彼らを逃がしながら魔物たちと対峙《たいじ》する騎士団の姿があった。

「魔物のこれ以上の侵攻《しんこう》を許すな！　死ぬ気で止めるんだ‼」

「おお――っ！」

総勢十人ほどの騎士が雄叫《おたけ》びを上げながら魔物に斬りかかる。背後に控《ひか》えた弓兵《きゅうへい》も多くの弓を放つが、魔物は上空に飛び上がることで軽々とそれを避《よ》けた。

瘴気《しょうき》の靄《もや》の向こうに見える魔物を見やって、ミーティアは「うわっ」と声を漏《も》らす。

先ほどのモグラのような魔物も大きかったが、空を飛ぶあの魔物も、やはり民家ほどの大きさだ。

不気味な羽をバサバサと動かしながら飛ぶ魔物は猛毒《もうどく》を持つ蜂《はち》に似ている。だがその胴《どう》体《たい》は蜂よりも太く、灰色の甲殻《こうかく》で覆《おお》われていた。

忙《せわ》しなく羽ばたきながら牙の生えた口をカタカタと鳴らして威嚇《いかく》する姿に、ミーティアは「気持ち悪っ」とげんなりした。

「羽で吹《ふ》き飛ばしてくるぞ！　全員腰を落とせ！」

先陣を切って戦っている騎士が大声で叫ぶ。

ブォン！　と風がうなるほどの音が聞こえて、ミーティアはとっさに地面に伏《ふ》せた。頭上を突風《とっぷう》が吹き抜《ぬ》け、外套《がいとう》とスカートが大きく翻《ひるがえ》る。

（うぅ、瘴気の風だわ。ビリビリする……！）

目に沁《し》みる痛みにとっさに顔をしかめると「こいつの放つ鱗粉《りんぷん》には毒があるぞ！」と騎

士の声が聞こえてくる。

その声には聞き覚えがあった。誰《だれ》であろう、自分を無能呼ばわりした、あの隊長格の騎士の声だ。

ほとんどの騎士が風に吹き飛ばされ地面を転がる中、彼だけは立ったまま踏ん張り、風がやむと同時に跳び上がる。

彼は廃墟《はいきょ》の壁《かべ》や柱を蹴《け》って、あっという間に上空の魔物よりさらに高い位置へ躍《おど》り出た。

「はぁあああ――――ッ!!」

剣の切っ先を下に向けた彼は、全体重をかけて魔物の上にドゥッ！　と降りる。

剣先は深々と魔物の頭を刺《さ》し貫《ぬ》き、魔物はこの世のものとは思えぬ悲鳴を上げた。がむしゃらに羽ばたいたが、ほどなくバランスを失い、地面に真っ逆さまに落ちてくる。

「うわぁっ！」

真下にいた騎士たちがあわてて横に跳んだ。

ドォン！　と地面を揺《ゆ》るがす音とともに落下してきた魔物は、頭から顎《あご》まで貫《つらぬ》かれながらまだ身悶《みもだ》えている。

地上にいた騎士たちはなんとか立ち上がりつつ、弓矢で魔物の身体《からだ》を撃《う》っていった。

だが魔物はより大きな悲鳴を上げて暴れ、突然《とつぜん》、口からドバッと紫色《むらさきいろ》の粘液《ねんえき》を吐く。

「うっ！」

真正面にいた騎士が粘液を全身に浴び、崩れ落ちるように倒《たお》れた。

(いけない……!)

ミーティアは粘液まみれの騎士に向けて即座《そくざ》に走る。

「癒《い》やしの力よ……!」

集中すると、手の中の杖《つえ》がぼうっと熱くなる。彼女は杖先に嵌まる宝石を倒れた騎士の身体に押し当てた。

「治れ……!」

もはやピクリともしなくなった騎士に向け、全神経を集中させる。

杖先の宝石がまばゆいほどの光を放った。同時に紫の粘液が一瞬《いっしゅん》にして飛び散り、騎士の姿が見える。

「——げほっ!」

粘液のせいで呼吸不全に陥《おちい》っていた騎士は、大きく咳《せ》き込んで目を開いた。

「あ、ああ、なにが起きたんだ……!?」

「動かないで!」

ミーティアは目を白黒させる騎士をまたいで杖を構える。魔物が再び粘液を吐き出しそうなのを見て、杖を思い切り振《ふ》った。

「展開!」

ビシッと空気が張り詰《つ》め、薄《うす》く色づいた壁がミーティアやほかの騎士《きし》たちの前に現れる。

魔物が吐き出した粘液はその壁に弾《はじ》かれ、魔物自身に飛び散った。

『ギャァアアアアア!!』

自身の粘液にまみれた魔物が悲鳴を上げる。

上に乗っていた騎士が「おわっ」とバランスを崩しそうになるが、すぐに剣《けん》にすがって体勢を整えた。

「くそっ、攻撃《こうげき》再開だ！　撃て――！」

彼の言葉で、あっけにとられていたほかの騎士たちがたちまち我《われ》に返り、矢を放つ。

上に乗る騎士自身も、魔物の皮膚《ひふ》に剣を何度も突き立てた。

「いいかげんに……しろっ!!」

彼はトドメとばかりに魔物の目に剣を突き刺す。

魔物はまた『ギィイイイイ!!』と悲鳴を上げて暴れ回るが、ほどなく動きを止め、ぐったりと倒れ伏した。

「今だ！　封印《ふういん》……！」

騎士が剣を掲《かか》げると、魔物の身体はみるみるうちに宝石に吸い込まれていった。

静寂《せいじゃく》が訪《おとず》れると、息を詰めて封印を見ていた人々はほぅっと安堵《あんど》の息を吐《は》く。

「……はぁ、はぁ、厄介《やっかい》な奴《やつ》らだった……」

魔物《まもの》が崩《くず》れる寸前に地面に飛び降りた騎士は、剣をしまいながら全員を見回した。

「怪我《けが》はないな？」

「は、はい、なんとか……でも……」

全員の視線がミーティアに向けられる。彼女が助けた騎士もまた、怖々《こわごわ》とこちらを見つめていた。

隊長格の騎士は部下たちの視線の意味を正しく理解して、ずかずかとミーティアに歩み寄ってくる。

「おまえ、さっき結界を展開していたな？　それにそいつも、毒を被《かぶ》ったのにピンピンしているし――って、おまえ、さっきすれ違《ちが》った聖女じゃないか」

彼はようやくミーティアのことを思い出したらしい。「逃《に》げたんじゃないのか？」と重ねて尋《たず》ねられ、ミーティアはこれ見よがしにため息をついて見せた。

「そういうあなたも、ありえない脚力《きやくりよく》で魔物の上まで跳《と》び上がっていたわね。どういう仕組みでそうなっているのかしら？」

「あ？」

「ただそれ以前に、まずはお礼を言うのが先ではなくて？　わたくしはあなたの部下を毒から救い、結界を張って攻撃から守ったのだけど」

「お――」

「さらに言えば、それ以前に謝罪をするべきだわ。わたくしの力を見もしないうちから『無能』と切り捨て、『邪魔《じゃま》』だと断じたことは大概《たいがい》許しがたいことですからね？」

「は――」

遠慮《えんりょ》なく言葉を重ねるミーティアに、隊長格の騎士は大きく目を瞠《みは》って立ちつくす。

ミーティアがあまりにずけずけものを言うから、周りの騎士たちは彼がいつ爆発《ばくはつ》するかという様子で、怖々とした視線を送っていた。

だが一触即発《いっしょくそくはつ》の空気は子どもの泣き声でかき消される。ミーティアはハッと振り返り、必死に逃げていた人々のほうへ駆《か》け寄った。

「どうしたの？　誰か怪我をした？」

「お、お、お兄ちゃんがぁぁあ」

泣いていたのはまだ五歳くらいの女の子だ。すぐそばに激しく咳き込む少年がいる。

「魔物が起こした風から妹を守ったんでさぁ。そしたら咳《せき》が、あぁっ」

周《む》りの大人が説明するあいだに、咳き込みすぎた少年は嘔吐《おうと》してしまう。そのまま白目を剝いて倒れた彼に、妹が悲鳴を上げた。

ミーティアは即座に少年の身体を起こす。

「癒やしの力よ――」

少年の胸に手を当てながら、杖を握《にぎ》る手に力を込める。

するとミーティアの手からあたたかな光が少年に流れ込み、少年は一度大きく咳をして、ぱちぱちと目をまたたいた。

「……え、え？　お、おれ、どうしたんだっけ」

「お、お兄ちゃん!?　うわあああん、お兄ちゃあああん……！」

兄が身体を起こしたのを見て、妹が顔をくしゃくしゃにして抱《だ》きつく。周りの人々も歓《かん》声《せい》を上げ、よかったよかったとほほ笑《え》んだ。

「喜ぶのはまだ早いわ。ひとまず建物のある場所に避《ひ》難《なん》しましょう。建物に魔物よけの護《ご》符《ふ》を貼《は》れば、即席の避難所が作れる」

だが魔物に襲《おそ》われる緊張感《きんちょうかん》の中で逃げたせいか、ほっとして腰《こし》が抜《ぬ》けたり、体力的にもう動けないという人間も多く、立たせるだけでも一苦労だ。

どうしたものかと思っていると、騎士たちがすぐに彼らを背負いはじめた。

「──おい、そこの生意気な聖女、護符を貼るにはどういう場所が最適なんだ？」

あとから続いた隊長格の騎士が尋ねてくる。ミーティアはむっとしつつ、「四方が壁《かべ》に囲まれた場所が一番よ」と答えた。

「だ、そうだ。ひとまず戻《もど》ろう。手が空いている者は周囲への警戒《けいかい》を怠《おこた》るな！　魔物は空の上からでも地面の下からでも、どこからでも出てくるからな」

「はい！」

騎士たちも戦闘《せんとう》で疲《つか》れているだろうに、それをおくびにも出さず、しっかり返事をする。

彼らが人々を運ぶ中、隊長格の騎士は「悪かった」とミーティアに頭を下げてきた。

「無能だの邪魔だの言ったことを心から謝る。瘴気に中《あ》てられた人間を、手を当てるだけで癒やせる聖女なんてそうそういない。あれだけ精度の高い結界を張れる奴もな。……部下のことも、助けてくれてありがとう」

真摯《しんし》な声音《こわね》にミーティアはあっけにとられたが、すぐに深くうなずいた。

「こちらこそ生意気を言ってごめんなさい」

「いや。それより自己紹介《しょうかい》が遅《おく》れた。王国騎士団第三師団、第二隊隊長リオネル・アディッカンだ。魔物退治専門部隊で、三ヶ月前から国境守備の任についている。そっちは？」

「地方第五神殿《しんでん》の所属になった聖女ミーティアよ。中央神殿から赴任《ふにん》したの」

「中央神殿から？　エリートが集まるところから、どうしてこんな田舎《いなか》くんだりに」

緑の瞳《ひとみ》を大きく瞠ったリオネルだが、今はそれを考えている場合ではないとすぐに思ったのだろう。軽く頭を振って真面目《まじめ》な顔になった。

「悪いが聖女としての力を貸してくれ。彼らは近くの村から、もっと中央寄りの街へ避難する途中《とちゅう》だったんだ。逃げるあいだに瘴気《しょうき》を吸って体調を悪くした者も、怪我をした者もいる。治してやってほしいんだが……できるか？」

心配そうにちらっと見てくるリオネルに、ミーティアは「もちろん」とうなずく。

「全員で四十人近くいるぞ？　中央所属のエリート聖女様でも、連続して治せるのは十人くらいが限界だと聞くが」

「安心して。わたくしは天才なの。その十倍の人間が押し寄せても、しっかり癒《い》やすわ」

ミーティアはきっぱり言いきり、先行する騎士たちが見つけた避難場所へ急いで入った。もとは集会場とおぼしき、そこそこ広い建物跡《あと》だ。避難途中の人々はひとまず真ん中に固まって座り込む。

ミーティアは荷物から紙を取り出すと、杖《つえ》の先に嵌《は》まる宝石を取り外した。

幼い子どもたちが興味津々《きょうみしんしん》に見守る中、宝石部分を紙にぐりぐりと押し当てて、護符の複雑な模様を描《えが》いていく。

「聖女様、この護符はどのあたりに貼ればいいですか？」

「東西南北、それぞれに一枚ずつ。なるべく壁の高い位置に貼ってちょうだい」

「了解《りょうかい》です」

騎士たちは護衛として周囲を見張る班と、薪《まき》を集めてきて火をおこしたり、怪我人の寝《ね》床《どこ》を作る班に分かれて粛々《しゅくしゅく》と動いた。

四枚の護符を貼り終えると、肌《はだ》に貼りつくようだった空気がふっと軽くなり、誰《だれ》も彼もが大きく深呼吸してほほ笑み合う。

「すごいな。たった四枚の護符でここまで空気がきれいになるとは」

「身体《からだ》まで軽くなった感じがする」

騎士たちも口々につぶやく中、ミーティアは避難民を一人一人手招いた。

「聖女様、なにをするの？」

「みんなの怪我や病気を治してあげるの。さ、三人の手を重ねて、わたくしの手の上に置いてみて」

「病気、治るの？」

子どもたちは期待半分、疑い半分の顔をしつつも、言われたとおりに手を重ねる。

ミーティアは彼らの手を包むように握り、治れと念じた。

「……うわぁ……っ」

最初に反応したのは、三人の中でもっとも幼い男の子だ。

「おねえちゃん！　いたいのがなおった！」

「ぼくもー！」

「……わたしのお腹《なか》が痛いのも治った……言ってなかったのに、なんで」

大はしゃぎの男の子たちの横で、年長の少女は呆然《ぼうぜん》と腹部に手を当てる。

ミーティアはにっこりとほほ笑んだ。

「それはわたくしが本物の、それも優秀《ゆうしゅう》な聖女だからよ。——さぁ、皆《みな》さんもわたくしの力はご理解いただけたかしら。どうぞ、こちらに集まってください」

子どもたち以上に胡乱《うろん》なまなざしでこちらを見つめていた大人たちは、子どもたちのはしゃいだ声を聞いて、ようやくわらわらと集まってくる。

そしてミーティアは小一時間かけて、集まってきた四十人ほどを治していった。

暗い顔をして疲れ切った人々も、ミーティアの力を受けてすっかり元気になった様子だ。

避難しはじめてすぐに魔物に襲われたようで、道中はそうとう怖《こわ》い思いをしたらしい。

魔物よけの護符さえ持っていれば安全だからと、ミーティアは彼らの荷物に貼れるように何枚か護符を用意した。

そうして彼らは何度も礼を言いながら、日が暮れる前に目的の街にたどり着くため、荷物をまとめて旅立っていった。

「ふわぁ、聖女様、すげー……」

「あれだけの人数を一度に癒やせる聖女なんて、実在するんだ」

避難民を一緒《いっしょ》に見送った騎士《きし》たちが言ってくるのに、ミーティアはにっこりほほ笑んだ。

「今日はここで野営する。火起こしや食事の用意におのおの動いてくれ」

「はい！」

騎士たちが動き出す中、リオネルは「ちょっといいか」とミーティアの前に座った。

「いくつか確認《かくにん》したいことがある」

「ええ。わたくしも聞きたいことがあるけど、ひとまず護符を描《か》きながらで大丈夫《だいじょうぶ》？　野営するならもう少し護符があったほうが安心だから」

「ああ」

ミーティアが護符を描く様子を見たリオネルは「すごいな」と素直《すなお》に驚《おどろ》いた。

「文字がきらきら光ってやがる。これはかなり強い力が込められている証拠《しょうこ》だろう？」

「あら、わかるの？」

「職業柄《しょくぎょうがら》、聖女に護符を描いてもらうのは日常茶飯事《さはんじ》だから」

「そういえば、騎士の装備には守りの護符が仕込まれているものよね」

「ああ。だが三ヶ月前にもらったものだから、正直効果は切れていると思う」

「でしょうね。護符が上手《うま》い聖女が描くものでも、三ヶ月は保《も》たないもの」

ミーティアは鞄《かばん》から新たな紙を取り出した。

「人数ぶんの守りの護符を描くわ。悪いけど紙を手のひら大に切ってくれる？」

「お安いご用で」

隊長格の人間がやる仕事ではないと思うが、リオネルは文句も言わずに紙に折り目をつけ、ピリピリと慎重《しんちょう》に破っていく。

そうしてお互《たが》い手作業をしながら、あれこれと確認をはじめた。

「地方第五神殿に配属になったと言っていたな？」

「ええ」

「あいにく地方第五神殿はもうないぞ」

「えっ？」

「なにせここが地方第五神殿だった場所だ。魔物に荒《あ》らされて、この通り」

両手を広げて苦笑《くしょう》するリオネルに対し、ミーティアはあぐっと口を開けて固まった。

「……神殿に勤めていたひとたちはどこに行ったの？」

「五日前に逃《に》がしたばかりだ。魔物がすぐそばまで現れてな。おまえみたいに結界やら治《ち》癒《ゆ》やらいろいろできれば残ってもらったんだが、あいにく擦《す》り傷一つ治すのも息切れするような奴《やつ》らばっかりだから」

足手まといなので逃がした、と言われ、ミーティアはため息をついた。

「わたくしを見た第一声が『無能』と『邪魔《じゃま》』だったのはそういうわけね。わたくしもまたその程度の聖女と見なされた、と」

「悪かったよ、そう言ったことは。あんまり根に持つなって」

「ごめんなさいね。聖女になってから言われたことがなかった暴言だから、印象深くて」

「チッ」

「この建物以外にも家があった跡が残っているようだけど」

「ああ、神殿を囲むように街があったんだ。全員逃がした……というか、逃がす頃《ころ》には半数はすでに避難《ひなん》していたが。空気がかなり悪いだろ？　護符《ごふ》がないと出歩けないほどだ」

「そうね」

ちなみにこの集落が神殿も含《ふく》めボロボロになっているのは、三日前に火を噴《ふ》くタイプの魔物が襲《おそ》ってきて、全部燃やし尽《つ》くしたからだそうだ。

「あなたたちの部隊、よく無事だったわね」

「これでも魔物退治専門の部隊だ。簡単にやられてちゃ、そう名乗るのもおこがましい。……とはいえ支援《しえん》物資は途切《とぎ》れているし、護符の効果もなくなって全員が疲労困憊《ひろうこんぱい》中だ」

そういうリオネルの目の下にも濃《こ》い隈《くま》が浮《う》かんでいる。なまじ顔立ちがいいだけに、不調がくっきり出ていて痛々しく思えた。

「あなたたち騎士のこともあとで癒《い》やすわね」

「助かる……が、そんなに聖女の力を使いまくって大丈夫か？　おまえが倒《たお》れないか？」

「ご心配ありがとう。わたくしは特別だから大丈夫よ」

「……そもそも、護符も結界も治癒もできる聖女なんて稀少《きしょう》すぎるだろう。その手のエリートは中央神殿《しんでん》の奥に籠《こ》もっているもんだが、なんだって地方に飛ばされたんだ？」

新たな護符をどんどん描きながら、ミーティアは淡々《たんたん》と答えた。

「追放を言い渡《わた》された一番の原因は、わたくしが【神樹】の加護が弱くなっているのではないかと指摘《してき》したことにあるの。もしそうなら早急に聖女を国境に派遣《はけん》し、設置された【杭《くい》】を点検するべきだと訴《うった》えたのが、上層部の癇《かん》に障《さわ》ったみたい」

リオネルは驚いた様子で目をぱちぱちさせた。

「……そりゃあまた、はっきり出たな。そういう方針を打ち出すのは聖女じゃなくて、聖職者の仕事だろう？　だからこそ気に入らないって言われて左遷《させん》されたんだろうが」

「そういうこと。若手の聖女と試験対決までさせて、わたくしを蹴落《けお》とそうとしてきたわけ」

「そりゃ災難だったな」

「おかげで地方に行く権利を得られたのだから、自由になったという点では悪いことばかりではないけどね。あなたたち魔物退治専門の騎士隊に出会えたのも幸運だったわ。さすがにわたくし一人では自分の身は守れても、魔物を退治するまではできたかどうか」

緩《ゆる》く首を振《ふ》るミーティアに「幸運というならおれたちもだよ」とリオネルは言った。

「凄腕《すごうで》の聖女が駆《か》けつけてくれたおかげで、今夜はゆっくり眠《ねむ》れそうだ。魔物よけの護符に守られていれば安全だからな。おまけに空気も美味《おい》しい」

すぅっと深呼吸するリオネルに、ミーティアは「そうでしょうね」とうなずいた。

そのとき、野営の準備をしていた騎士の二人が「隊長〜！」と困った顔で駆けつける。

「ヨークとロイジャか。どうした？」

「井戸《いど》の水がもう駄目《だめ》になっています。瘴気《しょうき》がとうとう水にまで達したようで」

「ここも駄目になったか。困ったたな」

強面《こわもて》の騎士ヨークが汲《く》んできた水を見たリオネルは「確かに臭《にお》うな」と顔をしかめた。

「水が腐《くさ》っているの？」

「ああ。魔物が通った場所はどうしても瘴気が残るから」

まずは空気が瘴気で濁《にご》り、そのあとは土が汚染《おせん》され、その下の水脈も駄目になるという流れらしい。

「水が確保できないのはつらいわね……」

「ああ。食料以上に水がないのは深刻だ」

「ちょっと待ってね」

ミーティアは護符を描く手を止めて、左手を杖《つえ》に、右手を桶《おけ》に添《そ》えた。

「癒やしの力よ……」

怪我《けが》や病を癒やすのと同じ要領で、癒やしの力を込めてみる。

すると水の中に浮かんでいた油のようなものがふぅっと消えて、臭いもなくなった。

「……え、えっ？　ま、まさか聖女様、水もきれいにしちゃいました？」

「おそらく、きれいになっているとは思うけど」

「マジで……？　……っ！　すっごく美味しい水ですよ隊長！　すげぇ！」

手ですくった水をゴクリと飲み、即座《そくざ》に歓声《かんせい》を上げたのはロイジャという若い騎士だ。

目を輝《かがや》かせる若者の頭に、年長のヨークがゴンッと拳《こぶし》を見舞《みま》った。

「いってぇ！」

「馬鹿者《ばか》！　いくら喉《のど》が渇《かわ》いているとはいえ、煮沸《しゃふつ》も濾過《ろか》もせずに飲む奴があるか！」

「でもこの水、マジで美味《うま》いっすよ？」

叱《しか》られることなどなんのその、ロイジャはすぐに仲間のもとへ桶を抱《かか》えていった。

「おーい！　すごく美味い水を聖女様がくださったぞー！」

騎士たちからたちまち歓声が上がる。ヨークがやれやれと頭を抱え、リオネルもあっけにとられる中で、ミーティアはにっこりほほ笑《え》んだ。

「これで水は確保できたわね、隊長さん？」

「……傷や病以外のものを癒やす聖女なんて聞いたことがねぇ。本当に規格外の天才だな」

あきれ半分、感心半分でリオネルは緩く苦笑した。

「だが助かる。ヨーク、今のうちに大量の水を汲んでおいてくれ」

「護符も描《か》けてきたから取りにくるように言ってちょうだい。怪我も治すから」

「了解《りょうかい》であります！」

そしてやってきた騎士《きし》たちは嬉《うれ》しそうに護符を受け取り、ミーティアに順に怪我や疲《つか》れを癒やしてもらっていた。

「はぁ～……生き返るぅ」

「しかもこの護符、最高だな。持っているだけで、ここ数日でまとわりついていた瘴気の気配がすっかり消えた感じがする」

「これをあちこちに仕込めば、もう魔物の攻撃《こうげき》も毒も怖《こわ》くないぜ」

意気揚々《いきようよう》と護符を仕込む部下たちのあいだを回って、リオネルは「しっかり貼《は》っておけよ」と注意を促《うなが》した。

「特に靴《くつ》の中敷《なかじ》きには念入りに仕込んでおくこと。瘴気まみれの地面を踏《ふ》むと靴から駄目になる。おれはともかく、おまえらは生身なんだからな～」

……生身とはおもしろい表現だ。同時に、リオネルが常人離《ばな》れした脚力《きやくりよく》の持ち主であることを思い出した。

「そういうあなたって強化人間なのよね、リオネル？」

部下たちのあいだを一通り回った彼にそれとなく尋《たず》ねてみる。リオネルはおどけたように肩《かた》をすくめた。

「そう聞くってことは、見当はついているんだろう？」

「まあね」

──リオネルはおそらく、聖職者によってなんらかの術を施《ほどこ》された強化人間だ。

なにかを癒やしたり守ったりする力は聖女のほうが強いが、なにかを改良したり呪《のろ》ったりする力は聖職者のほうが強い。

リオネルのように常人離れした身体能力を得るためには、聖職者に【強化術】を施してもらう必要がある。

だが【強化術】は外道《げどう》の術だ。【神の恩寵《おんちょう》】持ちでもない人間が身体《からだ》をいじって、常人ではあり得ない力を手に入れるのだ。当然、代償《だいしょう》も得ることになる。

そしてその『代償』は、神聖国に生きる人々にとっては耐《た》えがたいものでもあるのだ。

「【強化術】を施された人間は女神《めがみ》に背《そむ》いた者として、聖女の治癒の力が効きづらくなる——というか実質的に、ほぼ効かなくなるのではなかったかしら？」

「さすが、よく知っているな」

あっけらかんと答えるリオネルに、ミーティアは思わずあきれ顔でため息をついた。

「神聖国の人間は、女神の加護や聖女の治癒を受けられないことを本能的に恐《おそ》れているだけに、よくその決断に至ったものだと思うわ。ましてあなたは魔物《まもの》退治専門の騎士。怪我をする確率は、ほかの騎士と比べても何十倍も高いでしょうに」

「おれの戦いを見たあとでもそう言えるか？　怪我を治してもらえないなら、怪我をしなければいいだけなんだぜ？」

リオネルは得意げにニヤニヤしてくる。

彼の常人離れした戦い方を思い出したミーティアは「まぁ確かに」と顎《あご》に手をやった。

「土の中を這《は》ってきたり空を飛んだりする魔物を相手に戦うんですものね……。身体をい

くら強化しても足りないくらい、厄介《やっかい》な戦闘《せんとう》になるのは間違《まちが》いないわ」

「へぇ……。そう理解を示してくれる聖女はめずらしいな。『女神の加護を拒否《きょひ》するような罰当《ばちあ》たり、視界にも入れたくない！』って、露骨《ろこつ》にいやがる奴《やつ》も多いのに」

「聖女の側の気持ちもわかるわ。なにせ【強化人間】を治そうとすると、聖女もまた罰《ばつ》を負うことになると聞くから」

その罰がどういうものかはミーティアも把握《はあく》していない。【強化人間】の数がそもそも少ないので、言い伝えられていること以上の情報がないのだ。

いずれにせよ、リオネルは怪我をしても聖女に頼《たよ》れないという覚悟《かくご》の上で、その道を選んだのだろう。そこに外野がやいやい言うほど野暮《やぼ》なことはない。

そう伝えると、彼はいたく感心した顔つきになった。

「合理的というか、理知的な考え方をするんだな、おまえは。完全な偏見《へんけん》だけど、聖女に限らず若い娘《むすめ》って奴は、感情にまかせてぎゃあぎゃあわめくものだと思っていたからさ。……おまえみたいな奴も存在するんだなぁ……聖女の見方が変わったかもしれない」

しみじみと腕組みして語るリオネルに、ミーティアはくすりと笑った。

「実はわたくしも、騎士って奴は横柄《おうへい》で怒《おこ》りっぽくて、身勝手で面倒《めんどう》だと思っていたわ」

「あ？」

「なにせ中央神殿《しんでん》で治療《ちりょう》してきた騎士たちは、そういうのばかりだったから」

大層な怪我でもないのに「さっさと治せ！」とわめいてきたり、順番を待たずに「早く診《み》てくれ！」と泣きついてきたり……かと思ったら治った途端《とたん》に「今度お茶でも一緒《いっしょ》にどう？」などと、ふざけたことを抜《ぬ》かしてくる輩《やから》も一人や二人ではなかった。

そういう人間に限って一個隊の隊長だったりするから、どの職種も『上司』という肩書《かたが》きを持つ者は碌《ろく》でもない人種だな、とすら思っていたのである。

それに比べ、リオネルは素直《すなお》でさっぱりしている。悪かったと思えば謝ってくるし、ありがたいと思えば礼を言ってくる。

巨大《きょだい》な敵に対し先陣《せんじん》を切って立ち向かう勇敢《ゆうかん》さを含《ふく》め、高潔な騎士と言っても過言ではないだろう。……口はかなり悪いほうだが。

（まぁ、許容範囲《はんい》よ。聖女にもいろいろいるように、騎士にもいろいろいるということね）

当たり前のことだが、彼との出会いでそれを確認《かくにん》できたことは幸運なことだった。

「――しかし、赴任《ふにん》先がこんなことになって大変だな。これからどうするよ？」

「国境の【杭《くい》】がどうなっているかを確かめに行くわ。【杭】が正常に働いているなら、国境の中であるこのあたりが、こんなに瘴気《しょうき》まみれになっているはずがないもの」

ミーティアは俗《ぞく》に『中央』と呼ばれる、王都の方角へ顔を向ける。

かなり距離《きょり》があるため、うっすらとしか見えないが、靄《もや》の向こうには雲に届くほどの高さがある巨大な木がそびえているのだ。

あの巨木こそ、【神樹】と言われる我がサータリアン神聖国の守り神である。

魔物がうごめくこの大陸において、【神樹】は創造神である女神が人間に与《あた》えた、唯一《ゆいいつ》の救いと言われている。

根っこから幹から枝から、生《お》い茂《しげ》る葉まで真っ白な【神樹】は、根から清らかな水を生みだし、葉から清浄《せいじょう》な空気を放出している。【神樹】の力の及《およ》ぶ範囲であれば、人間は瘴気に冒《おか》されることもなく、きれいな水を飲み、肥えた土地で畑を耕すこともできるのだ。

それだけでなく【神樹】の皮には強い浄化作用があり、それは特に魔物に対して威力《いりょく》を発揮する。

基本的に【神樹】は傷つけることが禁じられていて、少しの皮を剝《は》ぐだけでも、万全《ばんぜん》を期した上で慎重《しんちょう》に行う必要があった。

（その手間をかけて取ってきた皮を練り込んだ、宝石こそが――）

ミーティアはチラリとリオネルの腰《こし》に目をやる。そこには白く輝く宝石を嵌《は》めた、どっしりとした剣《けん》があった。

「ん？　剣が気になるのか？」

「ええ……。その宝石、【神樹】の皮が練り込まれているでしょう？」

「ご明察。とはいえ魔物を封印《ふういん》するところを二度も見ているんだから、わかるよな」

リオネルは腰の剣を鞘《さや》ごと引き出した。

「魔物をある程度弱らせ反撃《はんげき》できない状況《じょうきょう》に追い込めば、こいつで封印できるって寸法さ」

「魔物はただ倒《たお》しただけでは骸《むくろ》が残って、そこから瘴気が広がりますから。封印すればその心配もないので、本当にありがたい剣ですよ」

近くで護符《ごふ》を仕込んでいたヨークの説明に、ロイジャが「ありがたや～！」と拝むポーズを取る。調子に乗るなと、ロイジャはまたヨークのげんこつを喰《く》らっていた。

部下たちのやりとりに声を立てて笑ったリオネルは、大切そうに剣を腰に戻《もど》す。

「――それで、おまえの言う【杭】っていうのは、あの【杭】のことだよな。国境沿いに一定間隔《かんかく》で刺《さ》さっているっていう」

「ええ、その【杭】よ」

はるか昔に聖職者が作り出した【杭】は、【神樹】が生み出す正常な水と空気を保つための重要な聖具になっている。一本一本はミーティアの腰ほどの高さで、聖女が持つ杖《つえ》と同じ程度の太さしかない銀色の棒だが、その内部には【神樹】の皮がぎっしりと詰《つ》められているのだ。

また【杭】には歴代の聖女たちがかけてきた守りの力が込められていて、【神樹】の力が国内に均等に届くように調整する役割も担《にな》っている。【神樹】の力を国内に留《とど》める、結界としての役割もあるわけだ。

だからこそ、その【杭】が壊れる、あるいは抜けていたりすると、【神樹】の力が届かず土地の汚染《おせん》が進み、魔物が外から入りやすくなる。

三方が山に囲まれているサータリアン神聖国であるが、この北にだけは、国境の外に魔物が多く棲《す》まう森が広がっている。そのため昔から【杭】が抜けていると、すかさず魔物が入り込んでくる被害《ひがい》が多い土地でもあるのだ。

（本来なら二、三年ごとに聖女が派遣《はけん》されて、祈《いの》りを捧《ささ》げることで【杭】の力を強化しておくのだけど……魔物の侵攻《しんこう》とそれによる怪我《けが》人が増えたことで、聖女もその手当てに手一杯《いっぱい》になっていたから）

だが、そのせいで【杭】に異常が起こり、魔物が侵攻し放題になったのだとしたら、それは神殿と聖女の怠慢《たいまん》だったと言わざるを得ない。

（その結果がこの惨状《さんじょう》だというなら、中央でのさばる筆頭聖職者たちに、ぜひとも見せてやりたいところね）

近隣《きんりん》の村々もすでに汚染され、なんなら魔物の通り道や住み処《か》になっていると聞かされれば、なおさらである。

「おれたちは目の前に現れる魔物を倒すことで手一杯になっていたが……確かに、魔物が入ってくる原因がはっきりしているなら、そっちをどうにかするべきだよな」

顎に手をやりながらリオネルは考え考えつぶやく。

「おれたちの隊に与えられている任務も『国境守備』……そう考えると、国境と国内の安全を守るためには、【杭】をどうにかするのが先決だよな」

「――おっ、てことは隊長。おれたちの明日からの行き先は……？」

話に割り込んできた、お調子者の騎士《きし》ロイジャの声に、リオネルはしっかりうなずいた。

「聖女ミーティアを護衛しつつ、ともに国境を目指して【杭】の状況を確認する！　だから今日はしっかり寝《ね》て英気を養って――」

「――いやっほううう！　可愛《かわい》い聖女様と旅ができるぞ、野郎《やろう》どもぉ！」

「貴重な女の子成分だー！　ありがたやぁあああ！」

隊長の言葉をさえぎって歓声《かんせい》を上げるロイジャとその他《た》の騎士たちを、リオネルは「うるせぇ！」と一喝《いっかつ》する。ヨークも注意するが、大半の騎士は楽しげに笑っていた。

「隊長だって可愛い女の子と旅ができて嬉《うれ》しいくせに～！」

「物見遊山《ものみゆさん》じゃねぇんだよ。もっと気を引き締《し》めろ！」

「ほらほら、お腹《なか》が減っているから怒りっぽくなるんですよぉ。食べて食べて」

「聖女様もどうぞ～！　まったく美味《おい》しくない固形保存食ですが」

ずいっと差し出された四角いなにかは、確かに薄味《うすあじ》でまったく美味しくない。

水を美味しくできるなら食事も美味しくできる力があればいいのになと思いながらも、

騎士たちの雰囲気《ふんいき》に気持ちが和《なご》んで、ミーティアはありがたく固形食をいただいた。

第二章　果たすべき本分

そうしてぐっすり眠《ねむ》った翌日。

リオネルは隊をいくつかの班に分けた。新たな拠点《きょてん》を探す班、昨日のように中央へ逃《に》げようとする民《たみ》を見つけたら護衛する班、ミーティアが描《か》いた護符をあちこちに貼《は》っていく班、という具合だ。

「おれとミーティアはここから国境へまっすぐ向かう班だ。おそらく魔物との遭遇率《そうぐう》が一番高いだろうから、騎士五人を連れて行く。一番の大所帯だな」

「よろしくお願いします、聖女様！」

「よし、じゃあ出発だ！」

「おーう！」

全員が癒《い》やしの力を受け、新しい護符を身体中に仕込んでいるせいか、昨日とは比べものにならないほど元気だ。

馬たちにも癒やしの力を与《あた》えたため、心なしか瘴気《しょうき》の中でも軽快に走ってくれた。

「――お、さっそく魔物《まもの》の大群のお出ましだぞ」

馬を進めていくと、前方からドドドド……という低い物音が聞こえてくる。

目をこらして見てみれば、やはり民家ほどの大きさの獅子《しし》のような魔物が三体、こちらにまっすぐ向かってくるところだった。

「新しい護符をつけているんだから見逃《みのが》してくれてもいいのに、人間が好物すぎて、動いているのを見ると襲《おそ》いたくなっちゃうんだよなぁ、魔物って」

「悠長《ゆうちょう》に言っている場合？　それに、あなた方に貼っているのは魔物よけじゃなくて身体《からだ》の守りの護符だから、魔物が近寄ってくるのは当然のことよ」

「まっ、その通りだな。——弓兵《きゅうへい》は横へ移動！　先鋒《せんぽう》が切り込むから援護《えんご》しろ！」

「はい！」

弓矢専門の騎士が左右に分かれる。馬たちが怖《こわ》がって進まなくなったと見るや、リオネルは鞍《くら》を足場にして、高く跳《と》び上がった。

「ミーティア！　こいつらが国の内側に行かないように結界を張ってくれ！」

「言われずとも！」

ミーティアは杖を掲《かか》げ、広範囲《こうはんい》に結界を張る。それを見たロイジャが「うわ、馬鹿《ばか》でかい結界だぁ！」と仰天《ぎょうてん》していた。

「右から左まで、果てが見えないほどの結界を張れるとは。さすがミーティア様！」

「どうもありがとう。でも前方を見て！　迫《せま》ってきているわよ魔物！」

「うわっとと！」

感心していたロイジャは、先頭の魔物が毒針を射出してきたのを見てあわてて避《よ》けた。

「うらぁっ！」

そのあいだ、急降下したリオネルは剣《けん》を魔物の目に叩《たた》き込む。

『グギャアアアアウ‼』

魔物の断末魔の悲鳴を合図に、残る騎士たちも動き出した。

リオネルが単騎《たんき》で飛び込み、魔物の急所を攻撃《こうげき》して相手がひるんだところで、剣を手にした騎士が追撃する。そして弓兵がトドメを刺《さ》すという見事な連係だ。

昨日は空を飛ぶ魔物一体相手にも苦戦していたのに、護符《ごふ》と体力がしっかりある状態だと、ここまで強くなれるのかとミーティアは舌を巻く。

そうして三体の魔物をあっという間に倒《たお》し、リオネルの剣に封印《ふういん》するも、さらに奥から新たな魔物が走り寄ってくる。今度は先ほどの三倍の数だ。

「キリがないな。……いっちょやってみるか」

「え、なにを？　――って！」

ミーティアの隣《となり》に危なげなく着地したリオネルは、不意に彼女を馬から抱《かか》え上げる。

横向きに抱《だ》かれた形になり、さしものミーティアも赤くなって抗議《こうぎ》した。

「いきなりなにをするのよ！」

「おまえ、そこそこ大きな結界を張ったままでいられるか？」

「は？　どういう意味——」

「できるか？」

「……できるわ。わたくしに不可能はない」

「よっしゃ、じゃあ結界を張っていて——くれ！」

「ひっ——」

リオネルが姿勢を低くし、突如《とつじょ》地面を蹴《け》って走り出したので、ミーティアは杖《つえ》をぎゅっと握《にぎ》ったまま固まる。

強化人間であるリオネルの走りは、馬の全速力……いや、それとは比べものにならないほど速い！

風圧なのか重力なのか、ともかく身体中が後方に引っぱられるような圧力を感じつつ、ミーティアは半ばやけくそになって結界を張った。

「展開！」

できうる限り杖を掲げて叫《さけ》ぶとブォンと空気がうなって、薄《うす》く色づいた壁《かべ》のようなものが現れる。

「いいぞ！　そのまま結界を維持《いじ》してくれ！」

「そ、それはいいけど、あなたどこへ走って行くつもり!?　目の前は魔物の大群……っ、きゃあああ！」

さすがのミーティアも悲鳴を抑《おさ》えることができない。リオネルはあろうことかミーティアを抱えたまま、襲いかかる魔物たちに突進《とっしん》していったのだ。

土煙《つちけむり》を上げながら突《つ》っ込んできたリオネルに驚く間もなく、魔物たちはミーティアの結界によってはじき飛ばされ宙に舞《ま》い上がる。

列を成していた魔物が轟音《ごうおん》を響《ひび》かせながら、次々に宙に舞う姿は現実離《ばな》れしすぎていた。

「あ、あのねぇ！　聖女の結界はこういう使い方をするものじゃないのよ!?」

「だが、これで魔物を十体は倒せたぞ」

しれっと答えるリオネルの言うとおり、地面に墜落《ついらく》した魔物たちは目を回してピクピクとうごめくばかりだ。あわてて駆《か》けつけた騎士《きし》たちが、それぞれ急所を刺したり射貫《いぬ》いたりしてさらなる攻撃を加えている。

リオネルはミーティアを安全な場所に下ろし、再び宙に舞い上がって剣を掲げた。

「封印！」

総勢三十もいただろうか。ピクピクとしか動かなくなった魔物たちを無事に封印し終えて、一行はほぅっと安堵《あんど》の息をついた。

「……いやぁ、聖女様、すごすぎますよ、あのでっかい結界！　さすがです」

はしゃいだ声を上げる騎士ロイジャに、上空から戻《もど》ってきたリオネルも「規格外のすごさだよなぁ」と同意する。

だが聖女としての力は規格外でも、身体は十八歳の少女でしかないミーティアだ。突然《とつぜん》ものすごい速さで移動させられ、さすがにぐったりである。

「まったく……結界をあんな風に使うなんて、あなたくらいなものだからね、リオネル⁉」

「そりゃあ使える攻撃の手段があるなら、使わないともったいないからな」

「そもそも結界は攻撃に使うものではないの――！」

吠《ほ》えるミーティアを「まあまあ！」となだめて、ロイジャたちが陽気な声を出した。

「ともかくほら！　大量の魔物が退治できましたから！」

「聖女様、魔物よけの護符を！　その辺の枯《か》れ木とかに貼ってきますから！」

部下たちの怒濤《どとう》の言葉にミーティアもリオネルも黙《だま》り込む。

彼らが護符を貼って回っているのを見ると、喧嘩《けんか》しているのも馬鹿《ばか》馬鹿しくなってきた。

「……次にわたくしを運ぶときは、もう少しレディのように扱《あつか》ってちょうだいね」

「へいへい、善処させていただきますよ」

――とはいえ、なんだかんだ言いつつ、大量の魔物を退治できたのは確かだ。

互《たが》いに毒を吐《は》いていたミーティアとリオネルは視線だけ相手に送ると、ほぼ同時ににやりと笑って、おのおの部下たちの手伝いへと向かった。

それから何度か似たような戦闘《せんとう》を経て、三日後に一行はとうとう国境へたどり着く。

国境には【杭《くい》】だけでなく、国をぐるりと囲むように壁も建てられているのだが……。

「うーむ……。壁がもう『壁跡《かべあと》』と言ったほうがいい有り様になってますね」

先行する年長の騎士ヨークが困惑《こんわく》気味につぶやく。

彼の言うとおり、石造りの壁はボロボロに崩《くず》れていた。本来なら二階ぶんの高さがあるはずなのに、がれきが散乱して基礎《きそ》の部分しか残されていない。

「魔物《まもの》が外から入ってきたのが丸わかりだなー……。さて、肝心《かんじん》の【杭】はどこだ？」

「神殿《しんでん》から持ってきた地図によると、本当に近くのはずなのだけど」

ミーティアも地図を片手にきょろきょろと【杭】を探し回る。

そして半時も探し回っただろうか。ヨークが「聖女様！　もしかしたらこれが【杭】では……!?」と大声で呼んできた。

急いで駆けつけたミーティアは大きく息を呑《の》む。

本来なら地面にまっすぐ刺さっているはずの銀色の【杭】は——真っ二つに折れた状態で、瘴気《しょうき》まみれの地面に無惨《むざん》にうち捨てられていた。

「——おいおいおい、完全に壊《こわ》れているじゃねぇか！　真っ二つってどういうことだよ！」

「中には確か【神樹】の皮が詰《つ》まっているはずでは？」

「中身……空っぽだな」

残骸《ざんがい》となった【杭】を持ち上げたリオネルは、中身をのぞき込んで顔をしかめた。

「あ、中身、このあたりに飛び散ってるコレじゃないですか？」

「この白い粉みたいな奴《やつ》か」

周囲を調べた騎士の何人かが、近くの地面を指さして教えてくれる。

瘴気に冒《おか》されて、どこもかしこも紫《むらさき》っぽいぬかるみになっている中、確かに点々と白い光が見えた。【神樹】の皮が粉状になったもので間違《まちが》いないだろう。

「でも、こんなに粉々になっているなんて……まるで誰《だれ》かに踏《ふ》み荒《あ》らされたみたい」

ミーティアがぽつりと言う横で、【杭】の残骸を観察していたリオネルも眉《まゆ》をぎゅっと引き絞《しぼ》っていた。

「折れた片方だけでもかなり重いな、この【杭】……。作りもしっかりしているし、当然かなり硬《かた》い。それがこんなふうに折れたりするものなのか？」

ミーティアは「わからないわ」と困惑を隠《かく》せないまま答えた。

「悪天候によって抜《ぬ》けることがあるとは記録書で読んだけれど……こんなふうに壊れていることは、たぶん過去にもなかったはずよ。少なくとも記録上は」

「マジか。壊れた原因として考えられることは？」

ミーティアは「うーん……」と顎《あご》に手をやって考え込む。

「可能性があるとすれば、外から入ってきた魔物が壊した説なのだけど、基本的にそれは考えづらいのよね……」

なにせ【杭】の中には【神樹】の皮がぎっちり入っていたはずなのだ。

魔物は【神樹】の力に弱く、ほんの少しさわっただけで大怪我《おおけが》をするし、もともと弱った状態であれば一息に死んでしまう。魔物も本能的にそれをわかっているから、【杭】にはまず近寄ろうとしない。だからこそ国境の安全は保たれているわけだ。

ただ、はるか古くよりたたずむ自然物の【神樹】と違って、【杭】は【神の恩寵《おんちょう》】を持つ人間が作った人工物。だからこそ、ひとの手による管理が必要不可欠なのだ。

（その理論で言うと……【杭】が壊れたのは、それまで定期的にあった聖女の祈《いの》りが途絶《とだ》えた結果……力が弱まり、雨風や瘴気のような自然の力にも負けてしまうようになった、ということかしら？）

どんなに頑丈《がんじょう》な建物でも、定期的に補修を行わなければ崩れてしまうのと同じ理屈《りくつ》だ。

（でも……雨風にやられたところで、真っ二つに折れたりする？）

ミーティアが眉をひそめて考える隣《となり》で、リオネルが簡潔にまとめた。

「ともかく、魔物が国境の外から入り放題になっている理由は、これではっきりしたな。

【杭】がこの状況《じょうきょう》じゃ、魔物も壁《かべ》をぶち破って好物だらけの中に入ってきたくもなるわ」

部下の騎士たちもうんうんとうなずいていた。

「ミーティア、ともかくこの【杭】をどうにかできるか？　応急処置的な感じで」

「うーん……【神樹】の量がこれっぽっちじゃ、応急処置したところで無意味だわ。魔物よけの護符《ごふ》を国境沿いにずっと貼《は》っていったほうが、まだ効果があると思う」

「だよな。そんな気がしてた。こいつはそのまま刺《さ》しておくか」

再び取り上げた【杭】をリオネルは地面に突き刺す。重くて運び出すのも大変なだけに、こうしておくしかないだろう。

ミーティアは急いで護符を描《か》き、騎士たちが国境の壁に沿ってそれを貼っていく。

このまま西へ移動していこうという話になり、護符を貼りつつ進んだのだが……そのあいだに見つけた三本の【杭】も、やはり真っ二つになってうち捨てられていた。

「さすがにミーティア一人がどうにかできる問題じゃないな。拠点《きょてん》に戻ったら中央神殿宛《あ》てに手紙を書こう。『【杭】の修繕《しゅうぜん》のため、聖女でもなんでも人手を寄越《よこ》せ』と」

「そうね。これだけの数が壊れているとなると、魔物が入ってくる危険はもちろんだけど、【神樹】の力が北地方に届かなくなる」

護符を貼ったことで国境の外にいる魔物は、神聖国内に入ってこられなくなった。護符の効力が続くうちに、どうにか【杭】を修繕していきたいところである。

「とはいえ、神殿の上層部がすぐに動くかどうかは謎《なぞ》ね」

「あん？　追放聖女のおまえの言うことは誰も聞かないいってことか？　【杭】の保全は国の安全に関《かか》わることだぞ。聞いてもらわなきゃ困るだろ」

「そうなのだけど、今の中央神殿はともかく人手不足なの。怪我人がどんどん運び込まれるから」

「その怪我人ってのはどっから湧《わ》いてくるんだよ」

「神聖国の南方方面よ。魔物と戦って傷ついた騎士《きし》がひっきりなしにやってくるわけ」

するとリオネルは露骨《ろこつ》にいやそうな顔をした。

「神聖国の南は貴族や富豪《ふごう》の居住区だからな。で、そこに行きたがる騎士もそういう家出身のボンボンが多い」

そしてリオネルはそういう温室育ちの騎士を軽蔑《けいべつ》しているのだろう。あからさまに馬鹿《ばか》にする表情で鼻を鳴らした。

「騎士学校では単位を金で買って、適当に卒業するような馬鹿ばっかりさ。魔物に突《つ》っ込んでいったところで、ろくな攻撃《こうげき》もできずに返り討《う》ちにされて終わりだろうよ」

ざまぁみろだ、と言い捨てるリオネルの笑顔《えがお》は見事に黒かった。

「あら、あなたもいわゆる『家柄《いえがら》のいいボンボン育ち』ではないの？」

「あ？」

「口は悪いけど、顔立ちは整っているし。立ち居振《ふ》る舞《ま》いもそこまで粗野《そや》ではないから、貴族の次男か三男ではないかと思ったわ」

するとリオネルは口を思いきりへの字に曲げた。

「……否定はしない。確かに生まれはそれなりだ。だが、なんとなく格好いいからとか、将来が安泰《あんたい》だからという理由で学校に入ってきた奴らとは違う。おれは明確な意志があって騎士を志したし、それに見合う努力をしてきたつもりだ」

「ああ、なんとなくわかるわ。強化人間であることを差し引いても、あなたの戦い方は実戦的で、ともかく魔物を倒《たお》そうっていう気概《きがい》にあふれているもの。今の実力を身につけるまで、そうとう訓練したのでしょうね」

「……」

リオネルが驚《おどろ》いた様子でこちらをぽかんと見つめてきた。

「なによ。レディをまじまじ見ないでくださる？」

「いやぁ、嬉《うれ》しいことを言ってくれるなと思って」

「別に、思ったままを言ったまでよ？」

「それだよ。性格的にお世辞なんか言う奴じゃないってわかってるからさ。本心なんだなと思ったら、やっぱり嬉しいなと思って。ありがとよ」

「……」

軽い感じで礼を言われて、ミーティアは思わず黙《だま》り込む。なんだか急に気恥《きは》ずかしい気持ちが沸《わ》いて、頰《ほお》のあたりが熱くなってきた。

「――そういうおまえだって、今の実力をつけるためにそうとうがんばってきたんだろう、ミーティア」

「そんなわけないでしょう。わたくしは天才よ。努力などせずとも常に上に行けるわ」

照れくささをごまかすためにつっけんどんに答えたが、リオネルは「あながち誇張《こちょう》でもなさそうなところが怖《こわ》いよなぁ」と楽しげに笑った。

「ともかく、ボンボン育ちの騎士がクソ弱いおかげで、聖女は癒《い》やしに忙殺《ぼうさつ》される。そのせいで地方に人手を割《さ》く余裕《よゆう》はない、ってわけだな。それでなくても聖女がもう一人いればなぁ。そうすりゃおまえが疲《つか》れたときに、その聖女がおまえを癒やしてくれるだろう？」

「確かにそうね」

聖女は他者の傷や病なら癒やせるが、あいにく自分自身を癒やすことはできないのだ。

ミーティアも首席聖女時代、どうしても疲れてしまったときは、同僚《どうりょう》の聖女に頼《たの》んで癒やしの力を与《あた》えてもらっていた。

「とにもかくにも【杭《くい》】だ。いっそのこと、おれたちの連名で国王陛下に手紙を出すか」

「え？　中央神殿《しんでん》ではなく国王陛下に？」

目を丸くするミーティアに、リオネルは大真面目《おおまじめ》な顔でうなずいた。

「一介《いっかい》の騎士と追放された聖女の訴《うった》えじゃ弱いって言うんなら、王家を巻き込めばいい。なにせ国家存続の一大事だからな。そうだろう？」

「そりゃあ、使えるものはなんでも使ったほうがいいとは思うけど……」

リオネルの言うとおり、民衆のトップに君臨する国王陛下の言葉なら、筆頭聖職者ボランゾンもそうそう聞き流すことはできないからだ。

このサータリアン神聖国では、【神の恩寵】の力を持ち、【神樹】を祈りによって守る聖職者と聖女の地位がかなり高い。

ざっくりとした序列で言うと、一番上が筆頭聖職者、二番目が国王、三番目が聖職者、四番目が国王をのぞく王族、五番目が首席聖女、六番目にその他の貴族と聖女が同列で並ぶ――という感じなのだ。

あのボランゾンが神聖国で一番偉《えら》いと考えると、未《いま》だに微妙《びみょう》な気持ちになるが、聖職者としての力は残念ながらそこそこ強い。

そのため中央神殿では絶対的な権力を持っている。ミーティアが再三【杭】をどうにかしろと手紙を送ったところで、元首席聖女の言葉なんか知らんと言われればそれまでだ。

だが、そんなボランゾンでも序列二位の国王陛下の言葉なら無視はできない。

「国王陛下は基本的に人民思いだ。【杭】が壊《こわ》れたことで魔物《まもの》が入り放題になっていて、中央へ攻《せ》め込むのも時間の問題だ、と脅《おど》したっぷりの内容を書けば、力の限り筆頭聖職者を説得されるだろう」

リオネルが確信に満ちた声音《こわね》で言う。ミーティアは首をかしげた。

「国王陛下のお人柄《ひとがら》をよく知っているわね。個人的に面識があるとか？」

「ま、そんなもんだ」

リオネルはさらっと答える。

彼自身が良家の子息らしいし、腕《うで》のいい騎士でもあるから、陛下に目通りする機会も一介の騎士より多いのだろうか――とミーティアは漠然《ばくぜん》と考えた。

「――さて、日も暮れてきた。今日の行軍はここまでだな。拠点に戻《もど》ろう」

リオネルの言葉に全員がうなずく。

馬を駆《か》って再び地方第五神殿跡《あと》に戻ると、先に戻った隊が夕食の支度《したく》を調《ととの》えていた。

「――『よろしくお願いします』……と。現状報告の文面はこんなもんでいいか。ついでに支援《しえん》物資もお願いします、とつけ足しておこう」

夕食を片手にさらさらと手紙を書いたリオネルの横で、ミーティアも書き上げた手紙を読み返し「よし」とうなずいた。

「じゃ、これを同じ封筒《ふうとう》に入れて、と。ミーティア、その手紙も一緒《いっしょ》に入れておくか？」

ミーティアがほかにも何枚も手紙を書いていることに気づいて、リオネルが不思議そうに尋《たず》ねてくる。

「これは私信よ。中央神殿の同僚の聖女たち宛《あ》て」

「へぇ。頼もしい騎士たちと一緒に旅していますって？」

「そんなところ。【杭】の現状も書いておいたわ。国王陛下からボランゾン様に訴えてもらうのも大切だけど……身内である聖女や聖職者からも突き上げてもらえれば、さらに効果的だと思ってね」

「なるほど。──というわけだ。手紙は王宮と神殿、どちらにも渡《わた》してくれ」

「了解《りょうかい》しました！」

リオネルから手紙を受け取ったのは若手の騎士だ。彼はもう日が落ちる時間だというのに「じゃ、行ってきまーす」と、中央に向けて軽快に馬を走らせていく。

リオネルはもちろん部下たちも大概《たいがい》タフだと、ミーティアはただただ感心してしまった。

そして翌日も国境を西へと進んでいく。途中《とちゅう》、拠点《きょてん》も地方第五神殿跡から、もっと西寄りの集落へと移した。

どの集落もだいたいがうち捨てられ魔物に住み処《か》にされていたが、騎士たちの獅子《しし》奮迅《ふんじん》の活躍《かつやく》で、いずれの魔物も追い払《はら》ったり封印《ふういん》したりすることができた。

そうして五日ほど経《た》った頃《ころ》。

日暮れ前に新たな拠点にたどり着き、護符《ごふ》を貼《は》ったりなんだりしていたときだ。頭上からゴォオオっと、独特の飛行音が聞こえてきた。

「む！　魔物か⁉」

しかし音は魔物が巣くう国境ではなく、中央の方角から聞こえてきた。

「……魔物じゃない、魔鳩《まばと》だ！　魔鳩がきているぞ！　誰《だれ》か合図を出してやれー！」

隊の中でもいっとう目のいい者が叫《さけ》ぶ。衛生係がハッとした様子で荷物をあさり、発煙《はつえん》筒《とう》を取り出した。

「おーい、こっちだー！　魔鳩ー！　こっちにくるんだ――！」

騎士《きし》たちはすかさず円になるように並び、こっちこっちと手を振《ふ》って呼びかける。

ぱちぱちと火花を散らす発煙筒にも気づいたのだろう、上空を飛んでいたそれは一直線にこちらに向かってきた。

やがて騎士たちが作り出した円の中に柔《やわ》らかく降り立ったのは、人間よりゆうに高い身長と、大人を五人は乗せられるであろう大きな身体《からだ》を持った、黒い鳥だった。

「本当だ、魔鳩だわ」

くりくりとした真っ黒な瞳《ひとみ》をこちらに向ける鳥を見て、ミーティアもほほ笑《え》む。

魔鳩と呼ばれるこの鳥は、もとは魔物の仲間だったのだが、二百年前に人間が手なずけた上で繁殖《はんしょく》に成功した唯一《ゆいいつ》の存在だった。

嵐《あらし》の中でも飛行できる上、馬の三倍もの力があるため、かなりの重量の荷物でもすぐに届けることができる、実に優《すぐ》れた生き物だった。

『クルッポ』

よく調教されているのだろう。降り立った魔鳩は『早く荷物を降ろせ』と言うように、短めの首で自身の背中を示す。

魔鳩、というからには鳩のような身体をしているのかと思われがちだが、実際はカラスによく似ている。体毛も真っ黒なので、むしろ巨大《きょだい》ガラスと言ったほうがしっくりくるのだが、それでいて鳴き声は『ポッポー』とか『クルル』という感じなので、ミーティアはおかしさに小さく笑ってしまった。

そのあいだも数人の騎士が魔鳩の背に飛び乗り、荷箱をくくりつける縄《なわ》を切っていた。

「こいつ、乗り手がいないな。一羽《わ》でやってきたのか」

「すごいな。一羽で目的地まで飛べるような賢《かしこ》い魔鳩は、おれたち末端《まったん》の騎士のところにはそうそうこないのに」

「だいたい荒《あら》くれ者というか、人間の言うことなんざ知ったこっちゃねぇ、って奴《やつ》がくるよなぁ」

「まぁ大半の魔鳩がそんな感じだけど」

騎士たちが言うとおり、魔鳩の使役《しえき》や管理はそれなりに大変なものなのだ。

彼らは気むずかしやで、人間の言うことを理解できても、魔鳩自身が気に入っている人間がそれを言わなければ、指示などハナから聞こえないというフリを平然と決め込む。

本物の鳩よろしく方向感覚を仕込むのも、最短でも二年はかかると言われていた。

一番大変なのは、なんと言っても食事だ。なにせこの大きさなので、一回の食事には牛三頭ぶんか豚《ぶた》十頭ぶんの肉が必要になる。それを一日二回――長距離《ちょうきょり》を飛んだあとは、さらにもう一回用意しないといけないのだ。

そのため飼育する数にも限界があるし、魔鳩を使役できる機関も王宮と神殿《しんでん》だけという厳しい縛《しば》りがあった。

この魔鳩はかなり大きいほうだし、一羽で飛べるほどに賢いから、王族や聖職者を乗せて、外国にまで行けるタイプのものだろう。

(確かに、騎士に荷物を運ばせるには、仰々《ぎょうぎょう》しすぎる気がするわね……)

そんな中、魔鳩の背中から荷を降ろした騎士たちは、中身を見てわっと沸《わ》き立った。

「保存食料と水、新しい剣《けん》と槍《やり》、矢もたくさん……！　それと聖女様が護符を描《か》くための紙も入っています！」

いち早く中身を確認《かくにん》した騎士が叫ぶと、ほかの騎士たちからも歓声《かんせい》が上がった。

「新しい武器は久々だなぁ、矢もありがたい！　……おお～！　干し芋《いも》が入ってるぞ！」

「マジかよ、やった！　ご馳走《ちそう》じゃん！」

騎士たちがわいわい騒《さわ》ぐ中で、ヨークが「あっ」となにかを取り出した。

「手紙が入っておりました！　おそらく隊長宛《あ》てだと思います」

「おう、ありがとうよ」

ヨークが持ってきた手紙をすぐに広げて、リオネルはさっと文面に目を走らせる。

「……これはおれ宛てじゃないな。差出人が神殿になってる」

「ということは、わたくし宛て？」

手紙を受け取ったミーティアは、リオネルにも見えるように便箋《びんせん》をしっかり広げた。

手紙は、かのクソハゲ馬鹿親父《ばかおやじ》……もとい、筆頭聖職者のボランゾンからのものだった。

『国境の【杭《くい》】に異変が生じているのは大変遺憾《いかん》なこと。すぐにでも聖女を派遣《はけん》したいが、あいにく運ばれてくる怪我《けが》人の数が多くて、その対応に手一杯《ていっぱい》。すぐに向かわせるのは無理なので、現地で合流した騎士団とともにミーティア自身が応急処置を施《ほどこ》せ。そのための支援物資を送る――』

面倒《めんどう》くさそうに走り書きで書かれた文字に、ミーティアはくらりとめまいを覚える。

「中央神殿が人手不足なのは重々承知しているけれど……手紙であれほど訴《うった》えても聖女を派遣しないなんて！　ありえないわよ、あのハゲ！」

これにはリオネルも「まさか現地に丸投げとはな」と顔をしかめていた。

そんな中、文面を横からのぞき込んだ騎士ロイジャが「ん？」と目をまたたかせる。

「聖女様、なんか端《はし》っこに書いてありますよ。インクが滲《にじ》んでますけど……四……、うん、『四』って書いてありますね」

「『四』？　なにを表す数字かしら？」

　そのとき、新しい武器に頬《ほお》ずりしていた騎士のひとりが「あっ」と声を上げた。

「四で思い出しました。隊長、おれたちの隊はともかく西へと先行して護符を貼りまくっていたんですが」

「ああ」

「とうとう地方第四神殿にまで到着《とうちゃく》しちゃったんですよ。小さな集落もあって、そこはまだ魔物の被害《ひがい》が出ていないそうなんです」

　地方第四神殿には二人の聖職者と一人の聖女がいるらしく、彼らは第三隊の現状――ミーティアとともに国境を回っていること――を聞くなり、拠点をこちらに移してはどうかと提案してきたそうだ。

「それはありがたい申し出だな。聖女がいるならミーティアの疲《つか》れも取ってもらえるかもしれないし。……案外、この手紙の『四』という数字も、地方第四神殿に行って、そこの聖女たちと協力しろってことかもしれない」

「それならそうとはっきり書いてくだされぱいいのに、あのハゲ」

「めっちゃ『ハゲ』を連呼するな……よほど筆頭聖職者への恨《うら》みが深いと見た」

「上司に逆らった罪と適当な試験ごときで左遷《させん》されたら、誰だって恨むものでしょう？」

「確かにな」

リオネルは同情の面持《おもも》ちで深くうなずいた。

「【杭】の修繕《しゅうぜん》のための人員がこられないのは残念だけど……騎士たちにとっては嬉《うれ》しい支援《しえん》が届いたようで、それはほっとするところね」

「そうだな。ずいぶんいいものを送ってくれたという感じだが……。まして王宮や騎士団ではなく、神殿が送ってくれるとは、ね。元首席聖女の威光《いこう》が働いたのかな？」

「都落ちした相手に優《やさ》しくしてくれるほど、中央神殿は甘くはないはずだけど」

とはいえ、これらの品々が無事に届けられたのはいいことだ。

最後の荷箱も開き終えた頃《ころ》、魔鳩の様子を確認していた衛生係の騎士が「あれ？」となにかに気づいた。

「こっちにもう一個くくりつけられているな。なんだろう？」

見れば確かに、魔鳩の足の部分にこんもりした布のようなものが縛りつけてあった。

「それも支援物資か？」

「わからないですが、とりあえず外してみますね」

かがんだ衛生兵が、その布を取り外そうとしたときだ。

『ッポー！　グルッポー！』

突如《とつじょ》、魔鳩が大きく叫び翼《つばさ》を羽ばたかせる。突然《とつぜん》のことで、近くにいた何人かが翼にぶつかりひっくり返った。

「うわっ！　い、いきなりどうした！」

「危ない、離《はな》れろ！」

リオネルの命令を受け、騎士たちが転げるように離れた瞬間《しゅんかん》、魔鳩は二度、三度と大きく羽ばたいて浮《う》き上がった。バサバサという羽音がゴーッという飛行音に変わり、あっという間に飛んで行ってしまう。

豆粒《まめつぶ》ほどの小ささになった魔鳩《まばと》を、全員がぽかんとした面持ちで見送った。

「……おい、翼に打たれた奴ら、大丈夫《だいじょうぶ》か？」

まっ先に我《われ》に返ったリオネルが倒《たお》れた騎士《きし》たちに呼びかける。

騎士たちもハッとした様子で「大丈夫です」と手を上げた。

「傷一つありませんよ。聖女様の護符《ごふ》に守られているおかげで、この程度の衝撃《しょうげき》ならびくともしません」

「まぁ、いきなり魔鳩に飛び上がられて、心臓のほうはひっくり返りそうでしたけどね」

「あはは、確かに！」

騎士たちは安堵《あんど》もあって明るい笑い声を漏《も》らした。

「無事ならいい。しかし……あの荷物、おれたちへの支援じゃなかったのか？」

魔鳩が飛んで行った方角を見やって、リオネルが不思議そうに首をかしげる。騎士たちも同じような顔になった。

「ほかの部隊に届けに行くんですかね？　こっから北は、おれたちの隊以外はいないはずなんですが」

「言われてみればそうだよなぁ」

ミーティアも同意見だった。が、魔鳩が飛んで行った方角を考えて、ふと思いつく。

「もしかしたら……山を越《こ》えて隣国《りんごく》に行く予定なのかもしれないわ」

「えっ。隣国？」

驚《おどろ》く騎士たちの中で、リオネルだけは一人「ああ、確かにデュランディクスの方向に飛んでいったな」と理解を見せた。

「デュランディクス？　って、なんなんですか隊長、聖女様」

「あ？　あー……そうか、普通《ふつう》は他国の話なんて知らないよな。騎士でも王宮や神殿の警護をしていれば耳にすることもあるだろうが」

リオネルは一つうなずいて、首をかしげている部下たちに説明をはじめた。

「デュランディクスは、北にある遠い山脈を越えたところにある王国の名前だ。この大陸には八つの国があって、そのうちの五つには我が国の守り神と同じ【神樹】が存在する。ただデュランディクスには【神樹】が存在しない」

「ええ？　【神樹】がないと、きれいな水や空気が確保できないんじゃないですか？」

「その通り。だからかはわからんが、デュランディクスには【神の恩寵《おんちょう》】持ちも存在しない。代わりに、【魔術師】と呼ばれる特殊《とくしゅ》能力持ちがいるらしい」

「まじゅつし？」

騎士の何人かがぱちぱちと目をまたたかせた。

「はぁ～……ところ変われば人種も変わると言いますが。その魔術師も聖女みたいに傷を癒《い》やしたりできるんですか？」

「おれはそこまではわからないな。ミーティア、どうなんだ？」

話を振《ふ》られ、ミーティアは考え考え答えた。

「わたくしも詳《くわ》しいことは知らないけれど……。でも土地に祈《いの》りを捧《ささ》げて、土や水を清浄《せいじょう》な状態に持っていくことはできるようなの。だからデュランディクスでは魔術師こそが【神樹】の役割を担《にな》っているのかもね」

「へぇ～、そうなんですか」

「全然知らなかった」

顔を見合わせる騎士たちに、ミーティアは「そうでしょうね」とうなずいた。

「わたくしも聖女としての教育を受けるまで、サータリアン神聖国以外にひとが住む国があることすら知らなかったわ。普通に暮らす人々はまず聞くこともないから……」

言いながら、ミーティアはついリオネルを見つめてしまう。

魔物たちが棲《す》まう森の向こうにあるデュランディクスについては、貴族であってもよく知らない者がほとんどなのだ。

神殿《しんでん》の上層部や王族に関しては、たまに相手国に魔鳩を飛ばして現況《げんきょう》を報《しら》せたり聞いたり、場合によっては作物の種や苗《なえ》を交換《こうかん》したりするが、数年に一度あるかないかの交流なので重要視もされていない。

それだけになぜリオネルが隣国について知っているのか気になったが――。

(いい家の出とも言っていたし、親御《おやご》さんや教師から聞いていたのかもしれないわね)

と、とりあえず結論づけておくことにする。

(どのみち深く考えることではないわ。大切なのは聖女としての本分を果たすことよ、ミーティア。すなわち、多くの人々を癒やしの力で助け、魔物の侵攻《しんこう》を食い止めて土地の汚《お》染《せん》をなくすこと)

そのためには、とにもかくにも国境の【杭《くい》】だ。

(【神の恩寵】の力を授《さず》かった者として、しっかり働かなければ)

――そうでなくては、自分がここにいる意味はない。

聖女の杖《つえ》をしっかり握《にぎ》りしめて、ミーティアは運ばれてきた荷物から自分への物資を回収したのだった。

翌日からは地方第四神殿を目指して、全員で移動していくことになった。

途中《とちゅう》で魔物に遭遇《そうぐう》することもあり、この日も集落跡《あと》あたりにさしかかった途端《とたん》に、魔物の群れの急襲《きゅうしゅう》に遭《あ》った。

「そっちに行ったぞ！　回り込め！」

「おう！」

騎士たちがすぐさま動き出す中、ミーティアもまたここ数日考えていた攻撃《こうげき》を実行する。

「展開！」

結界をいつも通り『面』の状態で展開した彼女は、それを鋭《するど》い鏃《やじり》の形に変えていく。

ミーティアの想像通りに形を変え、先端《せんたん》がキラリと光る槍《やり》のようになった結界は、彼女が杖を振ると同時に魔物の群れに雨のごとく襲《おそ》いかかった。

『グギャアアア！』

本物の槍より鋭い結界に身体《からだ》を貫《つらぬ》かれ、魔物たちは断末魔の悲鳴を上げる。

「ええっ⁉　ミーティア様、そんなこともできるの⁉　すごっ！」

「でも、さすがに体力を使うわ。すぐに二発目は無理そう……！」

よろめきながら歯がみするミーティアに、騎士たちは「問題なしです！」と叫《さけ》び返す。

「これだけ弱らせてくれれば、あとはおれたちだけで余裕《よゆう》っす！」

その言葉通り、騎士たちは二十はいた大群にすぐさまトドメを刺《さ》す。最後にリオネルの剣《けん》が魔物を封印《ふういん》し、あっけないほどに戦いは終わった。

「ふぅ、最初の頃のぐだぐだな戦いぶりがうそみたいだな」

「大丈夫ですか、聖女様」

「ええ、なんとか」

遅《おく》れてやってきたリオネルも、疲労《ひろう》を隠《かく》せないミーティアを心配そうに見ていた。

「大丈夫か？　……いや、大丈夫だったら逆に怖《こわ》いな。ずっと移動続きで休む間もなかっただろう。美味《うま》い食事と快適な寝床《ねどこ》があれば違《ちが》うだろうが、こういう環境《かんきょう》だけに、ただ進むってだけでも若い娘《むすめ》には過酷《かこく》だからな」

（……言われてみれば、確かに）

移動や食事はともかく、眠《ねむ》るのは想像以上に大変だった。毛布を身体に何枚も巻き付けても、やはり床《ゆか》や地面に横になるのは硬《かた》いし冷たいし、不快なのは否《いな》めない。

気が張っていたぶん自分では疲労に気づけなかったが、リオネルのほうはきっちりと彼女の不調を見抜《みぬ》いていたのだろう。

（世話焼き隊長はひとの顔色を見るのも得意なのね）

嫌味《いやみ》ではなく心からそう思って、ミーティアは「ありがとう」と素直《すなお》に礼を述べた。

「部下の心身を気にかけるのも隊長の仕事だからな」

「わたくしはあなたの部下ではなくってよ」

「言葉の綾《あや》だって。そういう返事ができるうちはまだ大丈夫だろうけどさ」

軽い嫌味を織り交ぜつつも、リオネルはすぐにミーティアを馬に押し上げ、休憩《きゅうけい》できる場所へ移動すると部下たちに指示する。

そして集落跡へたどり着くと、全員がてきぱきと野営の支度《したく》をはじめた。

「ヨークとロイジャ、護符《ごふ》を貼《は》り終わったらミーティアの護衛についてくれ。くる途中に魔物《まもの》の足跡《あしあと》を見つけたから、おれは周辺の見回りに行ってくる」

「了解《りょうかい》です」

リオネルが出て行くと、急いで護符を貼り終えた騎士《きし》二人がすぐにやってきた。

「大丈夫《だいじょうぶ》ですか、聖女様？　気持ち悪いのが落ち着いても熱が出るかもしれませんね」

「今のところは大丈夫よ。……あなたたちこそ、怪我《けが》は？　大丈夫？」

二人は心配ないとばかりにカラッと笑った。

「まったく問題なしです。めちゃくちゃ元気！　聖女様のおかげですよ」

「おれたちも一応それなりに丈夫で、腕《うで》のいい騎士ですからね。そうでなければ魔物退治専門の部隊に配属はされませんが」

「とはいえ、聖女様と会った日の戦闘《せんとう》はひどいもんでしたけどね～……」

苦笑《くしょう》しながら頬《ほお》を掻《か》くロイジャに対し、「おまえは毒をもろにかぶっていたからな」とヨークがやれやれという口調で肩《かた》をすくめた。

「そういえばそうだったわね」

「あのときは皆《みな》どこかしらに怪我や痛みを抱《かか》えていましたし、護符の効果もない上に武器も錆《さ》びついていて、正直、玉砕覚悟《ぎょくさいかくご》で戦っていたのですよ」

ヨークの言葉にさすがに息を呑《の》むミーティアだが、

「だから、ミーティア様がきてくれてホントに助かりました」

とロイジャに言われ、青い目を見開いた。

「補給以上に、ミーティア様の守りの護符のおかげで、ビビらずに魔物に飛び込んでいけるのがありがたいんですよ。おれたち、ミーティア様のおかげで本来の力で戦えます」

二人だけではない、そばにいる騎士たち全員が感謝の笑《え》みを浮《う》かべているのを見て、ミーティアは心からほっとした。

「そう……。わたくしは、きちんと役に立てているのね」

「そんなの当たり前ですよ。さ、横になってください。眠ったほうがいいです」

実際にほっとした途端に眠気がやってきて、ミーティアはヨークに促《うなが》されるまま横になる。白湯《さゆ》の効果か身体の芯《しん》がぽかぽかと温かい。

（だけど、手足が妙《みょう》に冷えるわね……）

王国の北のほうにいるからかしら……などと悠長《ゆうちょう》に考えていたが。

日頃《ひごろ》の無理がたたったのか、ミーティアはほどなく高熱を出して、朦朧《もうろう》としながら馬で運ばれることになったのだった。

◆◇◆◇◆

――ああ、胸がざわざわする。

（無理なんてするものじゃないわね。熱を出して倒《たお》れると、決まってこの夢を見る……）

ミーティアは思わず眉《まゆ》をひそめながら、眼前に広がる光景を見やる。

そこには、鬼《おに》のような形相で扇《おうぎ》を振《ふ》るう貴婦人と、扇にぶたれうずくまる幼い少女の姿があった。

貴婦人は何度も扇を振り下ろしながら、美しく整えていたはずの髪《かみ》を振り乱して、狂気《きょうき》じみた声で叫ぶ。

『あんたなんて生まれてこなければよかったのよ！　あんたがいるせいで、なにもかもうまくいかない！　なんであんたは生きてるのよ⁉』

ヒステリックな叫びを聞いて、ミーティアは思わず「はぁ……」とため息をつく。

大声でわめく貴婦人の前で、幼い少女は頭をかばいつつ、ただうずくまって嵐《あらし》が過ぎるのを待っていた。

ミーティアはその子を見ながらぽつりとつぶやく。

「そんなふうに怒鳴《どな》られても困るわよね。なぜ自分が生きているのかなんて、考えたところで答えがないんだもの」

──そのとき、頬になにか温かいものがふれた。

思わず手を重ねると、ふれているものが剣ダコだらけの手だとわかる。

『──おい、そろそろ起きろ』

そんな言葉が頭上から聞こえてきた。なんだか不機嫌《ふきげん》そうな男の声だ。

その瞬間《しゅんかん》、ミーティアの身体はふわっと浮き上がり、闇《やみ》に沈《しず》んでいた意識が一気に明るいところへ出て行くのを感じた。

「ん……？」

視界の端《はし》にまぶしさを感じて目を開けると、ぬっと誰《だれ》かの顔が視界に入り込んできた。

「お、起きたか。熱が下がってきたからそろそろだろうと思っていたけど、目が覚めたならよかった、よかった」

のんびりした声で言ってきたのはリオネルだ。ミーティアが身体を起こそうとしたのを見て、すかさず介助《かいじょ》してくれる。

「ここは……？」

周りを見回したミーティアは、最後にいた場所と違うところに寝かされていることに気づいた。おまけに床ではなく古びた寝台《しんだい》に寝ていたらしい。

「最後にいたところからさらに西に行ったところにある拠点《きょてん》の一つだ。ここは住民が逃《に》げ出して間もないらしくて、魔物にも破壊《はかい》されていない。先行した部隊が護符を貼ってくれたおかげで、快適な寝床になりそうだよ」

「それはよかったわ」

「本当はもうちょい先にある地方第四神殿《しんでん》まで行けたらよかったんだが、日が落ちてきたからな。おまえとおれは、今夜はここに滞在《たいざい》だ」

ほら、と水が入ったコップを差し出しながらリオネルが説明する。ミーティアはありがたく水を飲んだ。

「食欲はあるか？」

「いいえ、お水だけで充分《じゅうぶん》。まだ少しだるいし」

「馬で雑に運んじまったからな……。無理もない。むしろもう熱が下がってきているほうが驚《おどろ》きだ。化け物じみた回復力だな」

「強化人間のあなたに言われてもね」

ミーティアは肩をすくめて軽く茶化《ちゃか》すが、リオネルは真面目《まじめ》な面持《おもも》ちになった。

「強化人間だからこそ、だ。聖女としては天才だろうと、普通《ふつう》の生身の娘が、こんなに早く回復するなんて信じられないことだからな」

おまけにじっと見つめられて、ミーティアは思わずたじろいだ。

「な、なによ」

「おまえも実はどっか強化している人間じゃないかと考えていた」

「おあいにく様。わたくしは全部生まれたままよ」

「そうだろうけどさ。おまえの力は……本当に、桁違《けたちが》いだから。そういう疑いを持つのは自然なことだろ？」

「……」

ミーティアは意識的にほほ笑み、軽く胸を張った。

「わたくしの力をそこまで認めてくれたのは嬉《うれ》しく思うわ」

「……乱発はしてほしくないけどな。とはいえ、おまえがどのくらい力を使ったら熱を出してぶっ倒れるかがわかったのは収穫《しゅうかく》だった」

「大変失礼な見解ね。でも、お互《たが》いの力量を正確に知っておくのは、行動を共にする上では必要なことだと思うわ」

「おまえのその合理的な考え方はきらいじゃない。天才ゆえの性格は微妙《びみょう》だけどな」

にやりとしながら言われて、ミーティアはツンとそっぽを向いた。

「前者はともかく、後者の意見には『失礼ね』と怒《おこ》らせていただくわ」

するとリオネルは安心したようにほほ笑んだ。

「そういう顔は年相応だな。よかった」

「……どういう意味？」

「んー、合理的と言えば聞こえはいいが、おまえは時々、感情を排除《はいじょ》したような考え方をするからさ……。聖女としての優秀《ゆうしゅう》さは群を抜《ぬ》いているが、なんというか……年の割に生き急いでいる感じがして。もっと自分の娘《むすめ》としての部分を大事にしろよって思うんだ」

「……」

「実際、無理をしているんじゃないか？」

「……どういうこと？」

リオネルは言うべきか悩《なや》むような面持ちを見せたが、やがて腹をくくった様子でミーティアと真正面から向き合った。

「寝言《ねごと》で言っていたぞ。『わかってる』とか『ちゃんとやるから』とか。まるで脅迫《きょうはく》でも受けているみたいな、ひどいうなされ方をしていた」

「……」

ミーティアは背筋がすっと冷たくなるのを感じて黙《だま》り込む。

力を使いすぎて体調を崩《くず》したとき、いやな夢を見るのは昔からだったが……まさか寝言が漏《も》れていたとは。完全に不覚だった。

ミーティアの顔色が変わったのを見てか、立ち上がっていたリオネルは寝台の端に腰《こし》かけ、彼女の顔をじっと見つめてくる。

「普段のおまえにそんな様子はなかった。だからこそ、熱を出したりしたときだけに変な夢を見るなんて、尋常《じんじょう》じゃないぞ。いったいどんな夢を見ているんだ？」

「……言いたくないわ」

「弱みを見せるようでいやだから、か？」

「そうではないけど」

突《つ》っ込んで聞いてくるリオネルが意外に思えて、ミーティアはたまらず口ごもった。

「弱みとか……そういうのではなくて、誰しも今日日《きょうび》、話すのにためらう過去の一つや二つ、持っているものでしょう？」

「……まぁな。無理に話せとも言えないが……。話せないならせめて、心配くらいはさせてくれよ。仲間がうなされているのは見ていて気分がいいものじゃないからな」

「……世話焼き隊長さんらしいお言葉ね」

あえてからかうようなことを言ってみたが、リオネルは「そういう性分《しょうぶん》なんでね」とさらりと返すだけだった。

「それに、心配するのは隊長だからっていうだけじゃない。個人的にも、おまえのことは気にかけている」

「リオネル……」

「天才っていうのは厄介《やっかい》なもんさ。そう簡単に弱みや愚痴《ぐち》を表に出せない。だからこそ、人生で一人くらい、なんでも言える相手を作っておくのは大事だぞ」

「……」

「——暗くなってきたな。明かりを持ってくる。まだ寝てろ」

リオネルは言うだけ言うと立ち上がって、立て付けの悪そうな扉《とびら》から部屋を出て行った。

（……心配をかけてしまったわね。悪いことをしたかも。でも——）

リオネルにも言ったとおり、体調が悪いときに見る悪夢については、やっぱり口に出して話すことは難しいのだ。

自分でもそれを口に出すことで、どういう気持ちになるのかわからないところがある。とても恥《は》ずかしくて、情けない気持ちになるのは間違いないと思うが……。

そう思ったら、リオネルの言葉がふと耳によみがえってきた。

『天才っていうのは厄介なもんさ。そう簡単に弱みや愚痴を表に出せない』

きっと彼はミーティアの葛藤《かっとう》をとっくに見抜《みぬ》いて、そんなことを言ってきたのだろう。

こちらの気持ちを軽くするためか、発破をかけるためかはわからないが……。

(こういうときは、彼が年上で、一個隊を率いる立派な騎士《きし》であることを思い出すわね)

ミーティアはふーっと息を吐《は》いて、眉間《みけん》のあたりを指でもみほぐす。

あれこれ考えているとまた熱が上がりそうだ。リオネルの言うとおり寝てしまおうと、ミーティアはぱふんと寝台に身を横たえたのだった。


パタンと扉を閉めて建物の外に出たリオネルは、ふぅっと息を吐き出す。明かりを持ってくると言っておきながら、彼はそこからは動かず、顎《あご》に手をやって考えに沈んだ。

(とりあえず、ミーティアが起きてくれてよかった。明朝には出発できるだろう)

真っ二つにされていた【杭《くい》】の周りに、かなりの数の護符《ごふ》を貼《は》ってきたから、新たな魔《ま》物《もの》が入ってくることもそうないだろうし。そうなれば移動も楽だ。……しかし。

「やっぱり、いくらなんでも、回復が早すぎやしないか……？」

疑念が強すぎるあまり、つい本音が口から漏れた。

神殿に仕える聖女たちとは、何度も顔を合わせたことがある。幼い頃《ころ》から彼女たちが怪《け》我《が》や病を治しているのを見てきたし、強化人間になる前――いや、それこそ騎士になる前から、何度も彼女たちの力に世話になってきた。

だからこそ、聖女というものがどの程度の力を持っているか、彼は正確に把握《はあく》している。

すなわち、どんなに腕《うで》のいい聖女でも、重傷者を三人も見ると顔色が悪くなり、五人も見れば倒《たお》れて、その後二日は高熱に喘《あえ》ぐ――それがリオネルが見てきた聖女の限界だった。

(だがミーティアはこの短期間で、避難民《ひなんみん》とおれの隊の全員を癒《い》やし、護符を三桁《けた》以上もの枚数、描《か》きまくった)

おまけにあの槍《やり》形の結界だ。結界を展開できる聖女自体が稀《まれ》なのに、それを自在に変化させられる聖女など聞いたこともない。

(数日は寝込んでもおかしくないのに、半日もせずに目覚めるとは。規格外にもほどがあるだろう)

だがミーティアの持つ異常な力に対し、あれこれ考えをめぐらせたところで、一介《いっかい》の騎士でしかない自分が出せる結論などたかが知れている。

(能力の話は別として、あのうなされ方はなぁ……)

熱にうかされていたときのミーティアを思い出して、リオネルはさらに眉《まゆ》を寄せる。

誰《だれ》かに向けて『わかってる』とか、『ちゃんとやるから』とつぶやいていたミーティアの声音《こわね》は、普段からは想像もできないほど弱々しく震《ふる》えていた。

それは誰かに叱責《しっせき》を受けた……いや、それ以上に暴力を受けたときの、やめてほしいという懇願《こんがん》の声に聞こえたのだ。

（あの高慢《こうまん》ちきの聖女が、そういう声を出すなんて、な）

目が覚めた彼女がいつもと変わらぬ様子だったのがまた、彼女が年中あの手の夢を見ているのではないかという懸念《けねん》につながって、リオネルもどうにも無視できなかった。

（というか、あんなふうに弱いところを見せられて無視するのって、普通《ふつう》に無理だろ）

発熱のせいでいつもよりしおらしかったミーティアの様子を思い出すと、庇護欲《ひごよく》が湧《わ》いてたまらなくなる。

「──そりゃあ本人の言うとおり、こんなご時世、ひとに言いたくないことの一つや二つ、誰でも抱《かか》えているもんだけどさぁ」

それでも気になってしまうのは、自分が世話焼きだからか、隊長だからか、彼女が貴重な戦力だからか。それとも……。

「……」

リオネルはダークブラウンの髪《かみ》を掻《か》きむしってから、腰の剣《けん》に手をやり深呼吸した。

（王国騎士の本分は、【神樹】が守るこの神聖国の防衛と、治安、環境《かんきょう》の維持《いじ》だ。それを果たすために、おれはここにいる）

何度もくり返すと、もどかしく落ち着かない気持ちも凪《な》いできた。リオネルは「よし」と気合いを入れて、頬《ほお》を叩《たた》くのだった。

第三章　やるせない日々

翌早朝、熱も下がったミーティアは、リオネルとともに馬に乗って出発した。

「ほかの騎士たちは？」

「先に地方第四神殿《しんでん》に向かわせた。ここから一時間くらいで到着できる場所だからさ」

そこへ行くまでの道には魔物よけの護符が点々と貼ってあったので、二人は順調に馬を進めて、地方第四神殿の近くの集落へとたどり着くことができた。

するとさっそく、集落の長《おさ》という人間が手を揉《も》みながらやってくる。

「どうもどうも！　中央にお勤めだった聖女様に立ち寄っていただけるなんて光栄です！　どうぞお好きなだけ滞在《たいざい》なさってください。井戸《いど》の水もお好きなだけお使いください！　ただそのあいだ、できれば護符やら土地への祈《いの》りやらやっていただけるとぉ……。聖女様はすばらしい癒やしの力をお持ちだと、騎士様たちからうかがっておりましてぇ……」

――つまり、ここへの滞在はミーティアが聖女として働くことが前提ということだ。

これにリオネルはむっとした顔になったが、ミーティアはくすっとほほ笑《え》んだ。下心を隠《かく》すことなくはっきり要求してくるあたり、逆にすがすがしいではないかと思ったのだ。

「わかりました。その代わり、騎士様たちに便宜《べんぎ》を図《はか》っていただけるとありがたいわ」

「もちろんでございます！　で、さっそく住民たちに癒やしをお願いしたいのですがぁ」

「ええ、どうぞ、皆《みな》さんを集めてきてください」

遠慮《えんりょ》のない長に笑いを漏《も》らしながら、ミーティアは集まってきた人間一人一人に癒やしの力を与《あた》えていった。

とはいえ目に見える重病者は見当たらない。ここから少し歩いたところに地方第四神殿があり、そちらに勤める聖女が定期的に癒やしの力を与えに回っているというから、きっと彼女の力で平穏《へいおん》が保たれているのだろう。

街を囲む壁《かべ》にも等間隔《とうかんかく》に魔物よけの護符が貼られている。さほど強力なものではなかったが、一ヶ月ごとに貼り替《か》えているそうだから、護《まも》りとしては充分《じゅうぶん》なものだ。

(どうやら地方第四神殿の聖女はきちんとした方のようだわ)

――そもそも聖女の力は二十代の半ばがピークで、その後はめっきり小さくなっていくものなのだ。

それなのにこれほど活動しているということは、その聖女は若い頃は中央神殿勤めのエリートだったのかもしれない。

そんなことを考えつつ住民を癒やすあいだ、リオネルは護衛よろしく、ずっとミーティアの背後に陣取《じんど》っていた。

昨日のことがあるので、ただ見つめられるだけでも、ミーティアはどうにも落ち着かない。

「リオネル、その……見回りとか行かないの？」

「あん？　おれがそばにいると不都合があるのか？」

「そんなことはないけど」

「なら別にいいだろう」

むぅ、とミーティアはくちびるを引き結ぶ。おかげでリオネルがちょっと楽しげににやにやしているのには気づけなかった。

とにもかくにも全員を癒やし終えたので、次は畑や家畜《かちく》小屋を回って祝福を施《ほどこ》そうか、と立ち上がったときだ。

「聖女様～。神殿から『いつもの聖女様』がきたよ」

先ほど癒やしたばかりの女児が駆《か》け寄ってきて、ミーティアはハッと顔を上げる。

「いつもの聖女様というと、第四神殿の方かしら」

「そうだよ。聖女様に会いにきたんだって」

「まぁ、本来ならこちらから出向くのが礼儀《れいぎ》なのに」

ミーティアはあわてて女児について、集落の長の家へ向かった。

長の家で待っていたのは、古い外套《がいとう》を身につけ、使い込まれた杖《つえ》を手にした聖女だった。

年齢《ねんれい》は三十代の半ばくらいか。すらりと背が高く、理知的な光を宿した目をしていた。

落ち着かない様子で待っていた彼女は、ミーティアとリオネルが姿を見せるなりぱっと笑顔になって、ぱたぱたと駆け寄ってくる。

「ああ、あなたがミーティア様ね？　首席聖女であられた……！　先にこちらにやってきた騎士《きし》たちからうかがったわ。国境の【杭】を見回って、護符を貼ってくださったって。本当になんと感謝をお伝えすればいいか……！」

彼女としっかり握手《あくしゅ》を交《か》わしたミーティアは、軽く膝《ひざ》を折って挨拶《あいさつ》した。

「改めまして、ミーティアと申します」

「わたしは地方第四神殿所属の聖女、チューリです。若い頃は中央神殿に勤めていて、十年前にこちらの神殿に配属になったの」

「十年前……わたくしが中央神殿で聖女の修行《しゅぎょう》をはじめたのは八年前ですから、お目にかかる機会はなかったのですね」

「聖女の最盛期は十年もありませんからね。こういうすれ違《ちが》いはよくあるのですよ」

先輩《せんぱい》聖女らしく、チューリは優《やさ》しくほほ笑んで教えてくれた。

「国境を守る【杭《くい》】に異常が生じているのは、わたしも感じ取ってはいました。ですがわたしの力では魔物《まもの》がうごめく国境におもむくのはまず無理で……。中央神殿になんとかしてほしいという旨《むね》の手紙も送っていましたが、地方の、それも北のことはあとまわしにさ

れていたのでしょう。ずっと梨《なし》のつぶてで」

チューリは疲《つか》れた様子でため息をついた。

「一口に地方と言っても、北は魔物の森に近いぶん、きたがる者も少ないですからね」

「そう、まさにそうなのよ。魔物もどんどん入ってくるし、本当にどうしたものかと」

「チューリ殿はいつ頃《ごろ》から【杭】に関する報告を中央に上げていたんですか？」

「半年前からよ。正確には【杭】というより、魔物の目撃《もくげき》情報が増えたのが、その時期なのだけど……魔物が増えるときは、だいたい【杭】に異常が起きているときだから」

「そんなに前からか。神殿がその頃にさっさと対応してくれていれば、ここまで魔物が人り放題になることはなかっただろうに」

リオネルもまた悔《くや》しげに眉をひそめていた。

「【杭】が真っ二つに折れていたという話を聞いているけど、それは本当かしら？」

半信半疑という様子のチューリに、ミーティアはしっかりうなずいた。

「はい。おまけに地面にうち捨てられていて、中に詰《つ》まっているはずの【神樹】の皮が、粉々になって散らばっていたんです」

「まぁ、なんということ……！　でも、不可解な話だわ」

チューリは難しい顔で腕組《うでぐ》みした。

「聖女の祈りが絶えても【杭】の機能は五年は失われないはずなのに」

「五年……。確か、最後に聖女による祈りを行った公式記録が残っているのも、五年前だったと思います」

　ミーティア自身も中央神殿で調べたことの記憶《きおく》を引っぱり出して答えた。

「【杭】があのように壊《こわ》れたのは、祈り不足で機能を失ったからではないかと、わたくしは考えていたのですが」

　ミーティアの持論に対し、チューリは難しい顔で首を横に振《ふ》った。

「機能を失ったとしても【杭】自体が壊れる理由にはならないわ。なにせ【杭】は頑丈《がんじょう》で特殊《とくしゅ》な素材でできているから」

「確かに、持ち上げたときに、かなり重くてびっくりしたな」

「そうでしょう？　何百年も前の聖職者と聖女が、【神樹】から湧《わ》き出るもっとも清らかな水に浸《ひた》して、一年以上もかけて祈りの力を込めた素材が、あの【杭】には使われているのよ。岩や鉄など目ではないほど、重くて硬《かた》い素材なの」

　それは【神樹】に力がある限り、どんなことをしても砕《くだ》けることはないと言われている素材なのだと、チューリは説明した。

「の、わりに、真ん中からボッキリ折れていたけど」

「だからこそ不思議なのよ。それこそ、わたしたちの考えの及《およ》ばぬ力が働いているとしか思えない」

「考えの及ばぬ力……」

ミーティアとリオネルがそろってくり返す。チューリは困惑《こんわく》顔でうなずいた。

「それがなにかは、わたしにもわからないのだけど。ともかく、わたしの知識と経験から考えて、【杭】が壊れるというのはあり得ないことよ。そして、そのあり得ないことが起きている今は間違いなく異常事態である――と。これも断言できるわ」

北だけならまだしも、南でも魔物が増えているのだ。同じ現象が南でも起きているかもしれないというのが、また厄介《やっかい》なところだった。

「それと、個人的にもう一つ気になっていることがあるの」

この際だからすべての情報を共有しようという面持《おもも》ちで、チューリが口を開いた。

「最近、魔鳩《まばと》が飛んでいくのをよく見るようになったわ」

「魔鳩が？」

先日、支援《しえん》物資を届けてくれた大型の魔鳩が思い出される。あの魔鳩は北のほうに飛んでいったのだが……。

「あの独特の飛行音で飛んでいるのは気づけるのだけど、降ろすことはできなくて。方角的にここよりさらに北、デュランディクスに飛んで行っているのだと思うの」

「デュランディクスに」

ミーティアとリオネルは思わず顔を見合わせた。

「どうかなさって？」

「……実はおれたちは一回、魔鳩から支援物資を受け取ったんだが──」

リオネルがした簡潔な説明に対し、チューリも不審《ふしん》そうに眉《まゆ》を寄せた。

「荷物を足に巻き付けたまま、魔鳩が飛んで行ってしまった……ですって？」

「北に向かったから気になっていて。おれたち以外に北に詰めている部隊はいないし」

「それで、山を越《こ》えてデュランディクスに行くのではないかと思っていたんです」

「いったいなんのために……」

チューリも難しい顔で考え込んでしまった。

「デュランディクスなんて。わたしが中央にいた頃には希《き》薄《はく》な関係だったのに。ここ最近で頻繁《ひんぱん》にやりとりをするようになったということ？」

「いや、おれにはさっぱり」

「わたくしも。少なくとも首席聖女になる前後で、そういう話を聞いたことはなかったわ」

そのため、全員がどういうことだろうと首をかしげてしまう。

「その荷物がどういうものかわかっていたなら、いろいろ考えることもできるけど……」

「だな。確認《かくにん》できればよかったんだが」

「ちなみにチューリ様、魔鳩はどれくらいの頻度《ひんど》で見かけるのですか？」

「だいたい二週間に一回くらいかしら」

「かなりの高頻度だな……。【杭】は不可解にぶっ壊れるわ、魔鳩は国外に向けて飛んでいくわ、言っちゃあなんだが、あんまりいい予感がしない事態だな」

リオネルの言葉にミーティアも深くうなずく。

チューリも同じような面持ちだったが「でも」とわずかに口元を緩《ゆる》めた。

「第四神殿《しんでん》には聖女はわたししかいなくて、残りは日和見《ひよりみ》のおじいちゃん聖職者が二人ばかりだから、若い方々と建設的なお話ができただけで救われた思いだわ」

「それは大変でしたね……」

「魔物と戦っていらしたあなた方ほどではないでしょうけどね。……そういえば、ミーティア様は『元』首席聖女なのよね？　騎士たちの話を聞く限り、中央に囲い込まれていてもおかしくない力の持ち主のようだけど、どうしてこんな辺境に？」

今度はミーティアが追放された経緯《けいい》をかいつまんで説明すると、チューリは「妙《みょう》なことね」と不審そうにつぶやいた。

「いくら聖職者に逆らったとは言っても、その程度のことで追放されるなんて。ミーティア様の持つオーラは本当に稀有《けう》なものなのに……」

「聖女の目から見ても、やっぱりミーティアって特別なんだな？」

「もちろんよ。……そういえば、公式の記録にあったわ。だいたい二百年くらいの周期で、力の強い聖女が生まれることが多いって。もしかしたらミーティア様は、その二百年に一人の逸材《いつざい》なのかも」

「ほぉ、そいつは――」

すごいな、とリオネルが言いかけたときだ。

なにか、ゴォォ……と低いうなり声のような音が聞こえて、全員がハッと顔を上げる。

ほぼ同時にロイジャが、泡《あわ》を食った様子で玄関《げんかん》から飛び込んできた。

「隊長、大変です！　なんか不自然な飛び方の魔鳩が、こっちに向かってきてます！」

「不自然な飛び方の魔鳩？」

三人は顔を見合わせ、ほぼ同時に外へ走り出た。

ゴゥ、ゴオオ……という独特の羽音が響《ひび》くほうを見れば、騎《き》士《し》たちの言うとおり、どこか飛び方のおかしい魔鳩がこちらに向けて飛んでくるところだった。

飛んでいる……というより、高度を上げることができずに、緩やかに墜落《ついらく》しようとしている！

騎士たちは魔鳩を誘導《ゆうどう》する組と、住民に避《ひ》難《なん》を呼びかける組に分かれて動きはじめた。

「魔鳩が突《つ》っ込んでくるぞー！　すぐに建物の外に出て避難をー！」

「こっちだ、こっちー！　ここまでがんばって飛んできてくれー！」

大勢でごった返す中、ミーティアたちも魔鳩が落ちそうなところへ向かって走った。

やがて、羽ばたくたびにガクン、ガクンと高度を落としてきた魔鳩が、なんとか騎士たちが誘導する広場のほうへ、ドウ……っと音を立てて倒《たお》れ込んできた。

「いったいどうしたんだ、今にも死にそうな飛び方して！」

騎士たちがあわてて魔鳩の介抱《かいほう》に向かう中、いち早く駆《か》けつけたリオネルが声をかけた。

「どんな具合かわかるか？」

「これは……翼《つばさ》をざっくり斬《き》られていますね、かわいそうに」

いの一番に魔鳩に駆け寄ったヨークが、怪我《けが》をしている箇所《かしょ》を指して言う。

魔鳩は痛みと恐怖《きょうふ》で混乱しているのか、ヨークが傷口にふれようとした途端《とたん》『ギャア！』と鳴いて暴れ出した。

「癒《い》やしの力を使うわ！　下がって！」

ミーティアの言葉に弾《はじ》かれたように騎士たちが下がる。彼女は杖《つえ》をしっかり掲《かか》げ、癒やしの力を込めた。

「……ぐ……」

人間相手ならまだしも、動物相手……それももとは魔物だった魔鳩を癒やすのには、かなりの集中力を必要とした。

癒やしの力をあまりたくさん使っては、もともと持っている魔物としての魔鳩の魂《たましい》が傷ついて、よけいに暴れ出してしまう。

先に集落の人々を癒やした疲《つか》れもあったのだろう。そこそこ時間がかかってしまって、目を開けたミーティアはぜいぜいと肩《かた》で息をしていた。

「……治った、はずよ。確認してみて」

ヨークが魔鳩《まばと》の身体《からだ》をなで、傷口が塞《ふさ》がったのを確認した。

「もう大丈夫《だいじょうぶ》なようです。誰《だれ》か！　桶《おけ》いっぱいの水を用意してくれ！」

ヨークの声で、また周囲がさわがしくなる。

「ミーティア、大丈夫か？　ちょっと休憩《きゅうけい》してろ。――チューリ殿、こいつを頼《たの》みます」

「ええ」

ふらつくミーティアをチューリに任せたリオネルは、魔鳩の身体をなでながら、ほかに異常はないか慎重《しんちょう》に確認していった。

「こいつ、荷を背負っているな。またおれたちへの支援物資か？」

『クルッポー……』

魔物は困った様子で羽を震《ふる》わせたが、騎士たちがどうどうと声をかけると、荷解《にほど》きまでおとなしく待っていた。

前回と同じような大きさの木箱を降ろした騎士たちは、すぐに小刀で縄《なわ》を断《た》ち切る。そうしてふたを開けた途端、彼らは「えっ……!?」と目を見開いた。

「な、なんだ、この白っぽい枯《か》れ木みたいなのは……？」

（白っぽい枯れ木？）

ハッとしたミーティアは、チューリに支えられながら木箱をのぞき込もうとするが――。

「う、うわぁああ！　魔物だぁ！　魔物が向かってくるぞ――！」

「みんな逃《に》げろ――！」

集落のほうから悲鳴が聞こえて、騎士たちがバッと振《ふ》り返る。

「こんなタイミングで魔物襲来《しゅうらい》かよ！」

「隊長、どうします？」

「どうもこうも、迎《むか》え撃《う》つに決まってるだろ」

うろたえる部下たちの気持ちを引き締《し》めるように、リオネルはすぐに指示を出した。

「魔鳩と聖女たち、それにそこの荷箱を護衛するために三人残れ！　それ以外はおれに付いてこい！　行くぞ！」

「うわぁ！」

号令をかけるなり膝《ひざ》をかがめ、大きく屈伸《くっしん》して跳《と》んでいったリオネルに「いや、付いていける速さと高さじゃないって」とロイジャがぼそりと言った。

「わたくしも戦闘《せんとう》に出るわ……！」

「ああっ、ミーティア様はここに残って！　ふらふらじゃないですか」

「大丈夫ですよ。体調バッチリのおれたちなら、どんな魔物とでもやり合えますから！」

そう言って、ロイジャをはじめとする騎士たちはすぐさまリオネルを追いかけていった。

皆《みな》がてきぱきと動く中、自分だけ座っているのが許せないミーティアだ。ここからで援《えん》護《ご》できればいいが……と、どんどん近づいてくる轟音《ごうおん》の方向に目をやる。

どんな形の魔物が近づいているのだろうと思って目をこらすが……。

「なんなの、あの大きさ……！」

土埃《つちぼこり》を上げながら迫《せま》ってくる魔物を見やって、ミーティアは目を見開く。

蛇《へび》型の魔物は地面をうねうねと這《は》いながら進んでくるが、首をもたげたその高さは、建物三階ぶんよりさらに高い。

尻尾《しっぽ》までの長さを入れればどれだけ巨大《きょだい》なのだろう。これまでにない大きさには、ミーティアのみならず騎士たちも「ひっ」と腰《こし》を引かせていた。

「あ、あんな大型の魔物、見たことねぇよ……！」

「あれだけデカいのに、なんて速さ……！　どんどんこっちに近づいてくる」

と、トントンッと魔物の身体を伝い上がって、リオネルが真上から魔物を攻撃《こうげき》するのが見えた。だが全身を包むうろこがそうとう硬《かた》いのか、攻撃ははじき返されるばかりだ。

「隊長の攻撃が効かないなんて」

隣《となり》でヨークが呆然《ぼうぜん》とつぶやく。ミーティアも冷や汗《あせ》を滲《にじ》ませた。

（大きさもそうだけど、硬さもこれまでの魔物と明らかに違《ちが》う……！）

しかも魔物はまっすぐ集落へ向かってくる。すべてを踏《ふ》み潰《つぶ》そうとするように。

「このままでは建物が踏み潰されるわ！　結界を張って守らないと……！」

だが今のミーティアは歩くのも苦労するほどだ。そんな彼女に歩み寄ってきたのは――。

『ポッポー！』

短めの嘴《くちばし》で可愛《かわい》らしく鳴く、魔鳩だった。

「え、魔鳩……？」

『クルッポ、ポッポ』

魔鳩は翼《つばさ》をくいくいっと動かし、背中を気にするそぶりを見せる。

ぽかんとしたミーティアだが、魔鳩の意図を理解するなり、その背に飛びついた。

「聖女様!?　なにをするおつもりですか！」

「ミーティア様、無謀《むぼう》よ！　いくらあなただって……あ！」

ヨークとチューリが全力で止めようとする中、魔鳩がバサッと翼を広げる。

騎士たちが翼の打撃に撥《は》ね飛ばされる中、ミーティアを乗せた魔鳩はバサバサッと羽ばたき、あっという間に上空へ躍《おど》り出た。

『ポ――！』

巨大な魔物へまっすぐ進んだ魔鳩は、ちょうど集落の入り口の真上あたりで停止する。

魔鳩の胴《どう》を両足でしっかり挟《はさ》んだミーティアは、ぐっと杖を掲げた。

「展開！」

ブォン、と空気がうなって、きらきらと輝《かがや》く結界が集落全体を覆《おお》うように現れる。

巨大魔物に何度も斬りかかっていたリオネルがこちらに気づいて「馬鹿野郎《ばかやろう》！　休んでろって言っただろ！」と叫《さけ》んできた。

「こんな大きな魔物に突進《とっしん》されたら集落は終わりよ！　結界を張るくらいいいでしょ⁉」

「よくねぇ！　隊長命令に逆らうな！」

「わたくしはあなたの部下ではないって何度言ったらわかるのよ！」

互《たが》いに大声を出しながらも、リオネルはひたすら魔物に斬りかかり、ミーティアは魔物をじっと見つめて、その弱点はないかと観察する。

（！　あれは――）

魔物の喉元《のどもと》あたりによくない気配を感じ、ミーティアは結界の一部を槍《やり》状に作り替《か》えた。

「――行け！」

杖を振って飛ばした槍形の結界は、魔物の喉《のど》にグサッと突《つ》き刺《さ》さり、魔物は背筋が凍《こお》るような悲鳴を上げた。

「！　喉が弱点か」

リオネルがすぐさま反応し、剣《けん》を構え直して魔物の頭上へ躍り出る。

「う、らぁあ――！」

かけ声とともに、ザンッ！　と音がするほど鋭《するど》い一閃《いっせん》が、魔物の喉を縦に切り裂《さ》いた。

『ギィイイイイイ……！』

魔物は悲鳴を上げながら、斬《き》りつけられた喉からドバッ！　と紫色《むらさきいろ》の血を噴《ふ》き出す。

「うっ！」

落下していたリオネルはそれを避《よ》けきれず、身体の右半分に血を受けてしまった。

「リオネル!!」

「――避けろぉ!!」

悲鳴を上げたミーティアに対し、リオネルが顔をしかめながら叫んでくる。

え、と思ったミーティアに、蛇型の魔物が『グアア！』と声を上げながら突進してきた。

「ひ――」

『クルッポウ！』

魔鳩がすばやく身を翻《ひるがえ》し直撃《ちょくげき》は避《さ》けられたが、反動でミーティアは振り落とされる。

『ポ――！』

魔鳩の悲しげな声が響《ひび》く。それを切り裂くように、ミーティアの身体は跳び上がったリオネルにしっかり抱《だ》き留められた。

「！　リオネ――」

「掴《つか》まってろ！」

リオネルは一声叫ぶと、高い建物を足場に、勢いよく跳躍《ちょうやく》する。

そしてまっすぐ魔物の喉元に飛び込み――。

「いいかげんに……倒《たお》されろ‼」

ギィン！　と音がするほどの力で、魔物の喉を再び切り裂いた。

『ギィアアアアアアア！』

喉元にバツの形に傷を受けた魔物は、大きくのけぞってドバッと血を噴き出させる。

『クルッポウ！』

大急ぎで駆《か》けつけた魔鳩《まばと》が二人を背中でキャッチして飛び去ったおかげで、二度目の血の直撃は避けられた。

「弓兵《きゅうへい》、撃《う》て――‼」

リオネルの号令に合わせて、地上で準備していた弓兵が一斉《いっせい》に矢を放つ。

『グギィイイイ！』

大量の矢を喉に喰《く》らった魔物が、とうとう地響《じひび》きを起こしながら倒れ伏《ふ》した。

その衝撃《しょうげき》で、切り裂かれた喉からキラリと光る玉のようなものが飛び出してくる。

その途端《とたん》に魔物はシュルシュルとその大きさを縮めていき――普通《ふつう》の魔物と同じ、民家ほどの大きさになった。

（どういうこと……⁉）

全員があっけにとられる中、リオネルは剣を掲《かか》げ「封印《ふういん》！」と叫ぶ。

さんざん暴れ回った巨大魔物はぼろりと崩《くず》れ、柄《つか》に嵌《は》まる宝石に吸い込まれていった。

ほっ……と一息ついた途端、ミーティアの背後にいたリオネルの身体《からだ》がぐらりと傾《かし》ぐ。

「リオネル！」

『ポウ！』

魔鳩が身体を傾《かたむ》けてバランスを取りながら、なんとか地面に軟着陸《なんちゃくりく》した。

そこからずるりと滑《すべ》り降りたリオネルは、魔物の血をかぶった右半身を左手で痛そうに押さえる。そこからはシュウウ……と紫《むらさき》の瘴気《しょうき》があふれていた。

「リオネル！　す、すぐに治すから……！」

激しく動揺《どうよう》しながら、ミーティアは杖《つえ》を掲げようとする。

すかさずリオネルが杖をガッと摑んで遠ざけようとした。

「おれは強化人間だ……！　下手に癒《い》やそうとしたら、おまえも罰《ばつ》を喰らうぞ」

だからやめろと真剣に伝えてくるリオネルに、ミーティアは気圧《けお》されてびくりと肩《かた》を揺《ゆ》らすが……。

「……強化人間だからなによ！　わたくしに癒やせない存在なんててない！」

「お、おい──」

ミーティアは左手で杖をしっかり握《にぎ》って、右手を彼の患部《かんぶ》に押し当てる。

「治れ……!!」

自分の中の力をすべて注ぎ込む勢いで、ミーティアは必死に祈《いの》った。

いつもなら少しの集中で足りるというのに、消耗《しょうもう》しているせいか、あるいは恐怖《きょうふ》で浮《う》き足立っているせいか、なかなか思うように癒やしの力が流れていかない。

「ミーティア、やめろ！　ひどい顔色になっているぞ……！」

リオネルが杖を奪《うば》おうとしてくるが、ミーティアは放すものかと奥歯を嚙《か》み締《し》める。

そうして数分の時間をかけて……彼女はなんとか、リオネルの身体から瘴気と傷を取り去った。

「……だ、だいじょうぶ、リオネル……？」

「おれより、おまえがやばいんだって！　無茶《むちゃ》しやがって……！　おい、誰《だれ》か担架《たんか》——」

リオネルが叫ぶ声が遠ざかっていく。

限界を迎《むか》えたミーティアは、あわてて抱き留めてくれた彼の腕《うで》でがっくりと気を失った。

第四章　救国の聖女

——振《ふ》り上げられた扇《おうぎ》が容赦《ようしゃ》なく頭を打ってくる。

ぶたれた瞬間《しゅんかん》ひどい痛みがこめかみを走り、ミーティアは顔をしかめた。

（ああ、またこの夢なのね）

もういいかげんにしてほしいとミーティアはげんなりする。力を使いすぎるたびに過去の出来事を夢に見て、責め立てられるのはまっぴら御免《ごめん》なのに。

「あんたなんて生まれてこなければよかったのよ！　あんたがいるせいで、なにもかもうまくいかない！　なんであんたは生きてるのよ⁉」

ああまたですか……と、いつもなら俯瞰《ふかん》して見られるはずだが、今日のミーティアはいつもと違《ちが》って、ヒステリックに叫ぶ女の足下《あしもと》にうずくまっていた。

いつもはうずくまるその少女ごと、少し離れたところから見ているばかりの光景だったのに、なぜ今回は違うのか……。

（え、ちょっと待って、これは……夢では、ないの？）

もしかして、これは今、現実に起きていること？

そう思った途端、女が振り下ろしてきた扇がバチンと音を立てて頬《ほお》をぶってきて、ミーティアはあまりの痛みにのけぞりそうになった。

（い、痛い？　どうして？）

やっぱり、これは夢じゃない……？

そう思った瞬間、底知れない恐怖が足下から沸《わ》いてきて、指先までさぁっと冷たくなっていく。鈍《にぶ》かったはずの痛みまで強く感じるようになって、ミーティアはすっかりパニックに陥《おちい》って浅い呼吸をくり返した。

（ま、まって、待って。これは過去の出来事のはずよ。とっくに終わったことなのよ。なのにどうして、またわたくしは小さい頃《ころ》に戻《もど》っているの!?）

よく見れば頭をかばう腕は細く、手も小さい。折り曲げた膝小僧《ひざこぞう》は今にも骨が飛び出しそうな不健康さだ。纏《まと》っているのは聖女の白い衣服ではなく、すり切れたボロだった。

「い、や、だ……どうして……っ」

ミーティアが震《ふる》える声でつぶやいた瞬間、目の前に立ち塞《ふさ》がる女がひときわ強い力で扇を投げつけてきた。

「いっ……！」

扇の端《はし》の硬《かた》い部分がひたいに当たって、血がたらりと垂れてくる。

腰《こし》を抜《ぬ》かすミーティアの前で、女がはぁはぁと肩を上下させながら、ガタン、と椅子《いす》を取り上げた。椅子なんて先ほどまでなかったはずなのに。

「あんたなんか……さっさと消えればいい」

ずるずると椅子を引きずりながら、女が低い声でつぶやいた。

「なんの力もない、なにもできない、無能でお荷物で、わたしの邪魔《じゃま》をするあんたなんて――この世から消えてしまえばいいのよ!!」

女は細腕で椅子を高々と持ち上げる。そしてミーティアめがけて振り下ろそうとした。

ミーティアは恐怖で金縛《かなしば》りに遭《あ》ったようになりながらも、衝動《しょうどう》的に（だめ！）と思った。

（お願い、やめて！　どうか助けて！　痛いことをしないで――！）

現在の自分と、椅子で殴《なぐ》られそうになっていた過去の自分――まだ幼い少女だった自分の叫《さけ》びが、どうしようもなく重なる。

椅子が振り下ろされる。ミーティアはとっさに腕を上げて頭をかばった。

――そのときだ。

『助けよう』

どこからか、深く重々しい声が聞こえてきた。

『助けよう。ゆえに――』

――そなたも、助けよ。


頭の中に直接響《ひび》いた宣告に、ミーティアは大きく息を呑《の》む。

その瞬間、身体の奥からとてつもなく大きな力がゴウッと湧いてくるのを感じた。

その力は幼いミーティアの身体をあっという間に駆《か》けめぐり、外に向けて放出される。

目を開けていられないほどの光がカッと、幼いミーティアの身体から瞬時に放たれた。

「ぎゃあああああ――！」

あまりのまぶしさに目を灼《や》かれて、女が椅子を取り落とす。よろけた彼女はテーブルにぶつかり、足を滑らせ……。それから……。

『……ー……ア……、……ィア……、……ティア……！』

あまりの光景にミーティアが呆然《ぼうぜん》と目を見開く中、どこからか彼女を呼ぶ声が聞こえてきた。

『……ーティア……、……ミーテ……ァ……！』


男の声だ。さっきの宣告の声？　……いや、違う。

この声はもっと、おおらかで、温かくて、ミーティアを心配してくれている……。


「──ミーティア!!」

──強い声で名前を呼ばれて、ミーティアはハッと大きく目を見開いた。

◆◆◆

「──ミーティア！　おい、大丈夫《だいじょうぶ》か？　しっかり……」

「あ……い、いや……っ」

ミーティアは無意識に両手を突《つ》き出し、目の前にいた人物を押しのけようとする。だが厚い胸板《むないた》はびくとも動かず、ミーティアはたちまち混乱した。

「やだ、やめて……、たすけて……っ」

「助けてだと？　おい、どんな夢を見たんだ？　大丈夫だ──」

喘《あえ》ぐようにつぶやくミーティアには「大丈夫」という声も受け入れられない。抱《だ》きしめようとする誰《だれ》かから手足をバタバタ動かして、なんとか逃《のが》れようとする。

だが指先が痺《しび》れたように痛んできて、泥沼《どろぬま》に沈《しず》められたように息が苦しくなってきた。

「はっ、はっ、ひゅ、ひゅ――……」

ひゅーひゅーというかすれた音ばかりがくちびるから漏《も》れる。視界が狭《せま》くなっていく感覚にミーティアはガタガタ震えた。

（いや、いやだ、怖《こわ》い、怖い……！）

「おい、まさか過呼吸を起こしてるのか？」

ずっと声をかけ続けてくれた誰かが、あせった声音《こわね》でつぶやく。

そうしてたくましい腕《うで》でミーティアを抱きしめ、顔を上向けると――突如《とつじょ》、くちびるをふさいでいた。

「んぅ――ッ……！」

ただでさえ苦しいのに、口をふさがれるなんて。防衛本能から思わず噛《か》みつくが、相手は意に介《かい》さずミーティアの口をふさぎ続け、ふぅっと温かい空気を吹《ふ》きこんできた。

「んぅ……っ」

不思議なことだが、与《あた》えられる空気を吸ううちに苦しさはなりを潜《ひそ》めていった。震える指先を包み込まれ背をさすられると、冷たさも引いていく。

それでも恐怖《きょうふ》は完全には引かず、口が自由になる頃には、ミーティアは抱きしめる誰かに自然と寄りかかって小さくなっていた。

「――まったく、パニックを起こすなんて、らしくないぜ。こっちまで肝《きも》が冷える」

そんな中、あえてなのか、軽い口調で愚痴《ぐち》られる。

ぼうっとしていたミーティアは、その声によってようやく顔を上げることができた。

「……リオ、ネル？」

「ミーティア、大丈夫かっ？　ああ、よかった、おれがちゃんと見えるか？」

彼はほっとした様子でつぶやき、ミーティアの身体《からだ》を一度離《はな》すと、彼女の頬を両手で包んで視線を合わせてきた。

心配と不安でどこか泣きそうに見える顔で見つめられて、ミーティアは息を呑む。

「だ、だいじょうぶ、よ……ここは？」

ぐるりと見回した部屋は覚えのないものだ。今は夜なのか、枕元《まくらもと》にある蠟燭《ろうそく》の光しか見えなかった。いつかの夜と同じような光景だ。

リオネルはすぐには答えず、ミーティアを再度抱きしめ「本当によかった」とつぶやく。

彼の声が震えているのを感じ取り、ミーティアはさらにぎょっとした。

「リ、リオネル、どうしたの？　こんなに震えて――」

「――おまえがすでに限界超《こ》えていたくせに、強化人間のおれを癒《い》やそうとするからだろうが！　おかげでおれは元気いっぱいだが……本当に……おまえが倒《たお》れたのを見たときは肝が冷えた……もう二度とあんな無茶《むちゃ》しないでくれ。心臓が保《も》たない……！」

ぎゅうっと抱きしめられ、ミーティアはどぎまぎしつつ彼の背をなでる。まさかこんなに心配をかけるとは思わず、さしものミーティアも反省の気持ちが芽生えた。

「た、確かに無茶をした自覚はあるわ……ごめんなさい」

「ほんっとうに、もう二度とやるなよ、絶対に。……ああ、ちなみにここは地方第四神殿《しんでん》だ。あのあとチューリ殿が案内してくれた。集落からは追い出されちまったからな」

「集落……チューリ……」

ポツポツとつぶやいたミーティアは、なにがあったかをハッと思い出した。

「そうだわ、集落にいた民《たみ》たちは無事……う……」

途端《とたん》にめまいを感じて、ミーティアはよろよろとリオネルの腕に倒れる。リオネルは彼女を積み上げた枕に寄りかからせ、「まだ熱があるから気をつけろ」と念を押した。

「熱……まだあるのね……」

「そりゃあな。あれだけ力を使えば枯渇《こかつ》状態になって、回復にも支障をきたすだろう。チューリ殿が癒やしの力をありったけ使ってくれたから、まだその程度で済んでいると考えたほうがいいぞ」

チューリ殿も倒れる寸前までがんばってくれたんだから、とリオネルに言われ、ミーティアは少しうなだれた。

「……ごめんなさい、迷惑《めいわく》をかけて」

「……殊勝《しゅしょう》なおまえは、それはそれで気持ち悪いな。『わたくしのおかげであなたの怪我《けが》は治ったし、集落もあの程度の被害《ひがい》で済んだのよ、感謝しなさい』って、ふんぞり返ってもいいぐらいの結果なんだが」

「でも、集落の一部は駄目《だめ》になってしまったのでしょう？　あなた今、追い出されたって言ったもの」

「チッ……そういう細かいところまで気にしなくていいのに」

言葉こそ乱暴だが、ミーティアの手をぎゅっと握《にぎ》るリオネルの手は温かかった。

「確かに、民家がいくつかぶっ壊《こわ》れたおかげで住民から追い出される形になったが、それはおまえ一人の責任じゃない。むしろおまえがいたから、この程度の被害で済んだ。何度でも言うぞ、あの巨大《きょだい》な魔物《まもの》を相手に、建物が壊れた程度の被害で済んだのは奇跡《きせき》だ。おれたちは何度も、もっとひどい被害の光景を目にしたことがある」

心なしか、リオネルの手の力が強くなった気がした。自分が守れなかった人々のことを思い出しているのだろうか……？

「だから、もう自分を責めるな。な？　おまえはよくやった。確かに先走ったところはあったが、結果的に全員生きているし、おれももうどこも痛くない。大丈夫だから」

ぽんぽんと優《やさ》しく手の甲《こう》を叩《たた》かれる。

そっと見上げたリオネルの顔は、確かにきれいになっていた。この顔が魔物の毒でただれかけていたことを思い出すと、それだけで胸がぎゅうっと引き絞《しぼ》られるように痛む。

なんとか癒やせてよかった。でも……自分が軽率《けいそつ》に戦いに出て行かなければ、彼はそもそも怪我も負わず、目覚めないミーティアのことで、やきもきすることもなかったかもしれない。

そう思うと……ほっとした気持ちと、情けない気持ちと、怖かったという気持ちが一緒《いっしょ》くたになって……急に涙《なみだ》になって、表にぼろっとこぼれてきた。

「……っ」

人前で泣くなんて、それこそあり得ないことだ。ミーティアはリオネルに背を向けようとするが……。

「泣きたいときは泣いておけ。絶対に涙は我慢《がまん》するな」

ぐっと強く抱き寄せられて、ミーティアはわずかに息を呑《の》む。

「泣きたいときに泣かないと、心がずっと沈んだままで、痛みばかりが大きくなっちまうんだ。おれたちはそれを身をもって知っている。……おまえは天才を自称《じしょう》するが、天才だって人間なんだ。痛みを感じる機能が備わっていないわけじゃない」

「……リオネル」

「だから我慢するな。つらいときはつらいと言え。泣きたいときは、思いっきり泣け。もしそれを笑うような奴《やつ》がいたら、そいつはおれがぶっ飛ばすから」

「ぶっ飛ばすなんて……」

子どもじゃあるまいし……と続けようと思ったのに、言葉の代わりに涙が次々にあふれてきて、たちまち声が詰《つ》まる。

「……う……」

――自分のふがいなさや未熟さのせいで涙をこぼすなど、普段《ふだん》のミーティアなら絶対にしないし、したくない行為《こうい》だ。

ましてそれを誰かに見られるなんて、屈辱《くつじょく》の極《きわ》みでしかない。

しかし……リオネルは我慢する必要などないとばかりに、ぎゅっと抱きしめてくれる。

ミーティアの強がりたい気持ちすら、まるごと包んでくれる温かい抱擁《ほうよう》だった。

「いいから、泣いとけ」

おまけに優しい声音で促《うなが》されて、ミーティアはもう我慢できない。

傷ついたリオネル、ふがいない自分、夢で見ていた女の鬼《おに》のような形相……いろいろな姿が思い出されて、胸が苦しくてたまらないのだ。一人なら抱《かか》え込んでしまうその苦しさを、今はリオネルの抱擁が受け止めてくれる。

それがたまらなく嬉《うれ》しくて、ほっとして、気づけば涙は次から次へとあふれていった。

「うっ……、うぅぅ～……」

思わず彼の背に腕を回して抱《だ》きつくと、リオネルはいやがらずにミーティアの髪《かみ》をなでてくれる。

こんなふうに、誰かにすがって泣いたのははじめてだ。普段のミーティアなら絶対にしない行為だが……今ばかりは、リオネルの優しさに寄りかかっていたい。

そしてミーティアは彼の肩口《かたぐち》にひたいを押し当て、あふれ出る涙を苦しみとともに吐《は》き出して行ったのだった。


「――ほら、喉《のど》が渇《かわ》いただろう」

一時間後、リオネルが持ってきたのは温めたミルクだ。このあたりは牛もヤギもいないだけに、ミルクはとんでもない贅沢品《ぜいたくひん》だ。

さんざん迷惑をかけて泣きわめいたあとだけに、受け取るのも気が咎《とが》める。

まして激情が去って落ち着いてくると、子どものように振《ふ》る舞《ま》ったことがともかく恥《は》ずかしく、穴があったら入りたい思いに駆《か》られていた。

それどころか……。

（抱きついて泣いたことだけでも恥ずかしいのに……わたくしたち、その……キス……してたわよね？）

いやな夢を見て起きたものの、過呼吸に陥《おちい》って意識が遠のきかけたのだ。そのとき……自分の記憶違《きおくちが》いでなければ……リオネルがくちびるを重ねて、息を吹《ふ》きこむことで助けてくれたような……。

本人に尋《たず》ねれば「救命措置《そち》のことか？　ああ、したぞ」と軽く答えてくれそうだが。

（……い、い、いやぁあああああ！　とてもではないけど、恥ずかしすぎて！　聞けないわよ、そんなこと!!）

せめてもの意地で動揺《どうよう》を顔に出さないように努めたが……内心では恥ずかしさのあまり顔を覆《おお》って、その辺をゴロゴロ、ジタバタしたいミーティアである。

己《おのれ》の中の羞恥心《しゅうちしん》を抑《おさ》えることに全神経を使っているため、ついつい固まってしまったミーティアに、リオネルが勝手にミルクのカップを握らせてきた。

「熱を出しているときくらい、いいものを口にしておけって。それでなくても、おまえはこの行軍における一番の功労者なんだから」

ミーティアの心境などまるで気づかない様子で、リオネルは言い聞かせてくる。

ミーティアはこれ以上ないほどドキドキする心臓をなだめながら、必死にすまし顔を作って礼を言った。

「……ありがとう。いただくわ」

　ともかく落ち着こう、落ち着かなければという気持ちでミルクを口に含《ふく》むと、優しい甘さが口に広がる。荒《あ》れくるっていた内心がふわりと落ち着くほどに美味《おい》しいミルクだった。

「……とても美味しいわ。香《かお》りだけでほっとできる」

「ミルクってそういうもんだよな。おれもガキの頃《ころ》は熱を出すたびによく飲んでいたよ」

「あなたが……？」

　ミーティアはかすかな驚《おどろ》きに目をまたたかせた。

「意外かもしれないが、これでも子どもの頃は身体《からだ》が弱かったんだ。喘息《ぜんそく》持ちで、しょっちゅう倒《たお》れててさ。空気のいいところで静養しろって言われて、中央生まれなのに、子どもの頃はずっと西のほうに療養《りょうよう》に行っていた」

「西……南ではなく？」

「乳母《うば》の実家が西にあったんだ。療養には乳母が付き添《そ》ってくれた。だから七歳を過ぎる頃まで乳母を本物の母親だと勘違《かんちが》いしていたんだ」

　子どもの頃を思い出したのだろう。リオネルは少し照れくさそうに笑った。

「乳母自身の子どもが生後二ヶ月で亡《な》くなったこともあって、乳母もおれのことを実の息子《むすこ》同然に可愛《かわい》がってくれたよ。ただ病気のとき以外は厳しいひとでさ。喘息を克服《こくふく》するためには体力をつけることが一番ですって、引退した騎士《きし》を呼んで剣《けん》や乗馬を習わせたり、なんかいろいろやらされて。当時はそれがいやでしょうがなかった。けど……」

ふとリオネルの瞳《ひとみ》に影《かげ》が差した。

「彼女がおれをかばって魔物に喰《く》い殺されたことで、そんな甘いことは言っていられない心境になった」

「えっ……」

大きく目を見開くミーティアに、表情を消したリオネルは淡々《たんたん》と語った。

「おれたちはそのとき、乗馬の練習を兼《か》ねて国境近くに遠乗りに出ていたんだ。ひどい嵐《あらし》が過ぎ去った三日後くらいだった。おれと、乳母と、指導役の騎士とで出かけたわけだ」

おそらく嵐のせいで国境を守る【杭《くい》】が抜《ぬ》けていたのだろう。群れからはぐれたとおぼしき魔物が、国境を越《こ》えて三人めがけて走ってきたのだ。

「乳母はみずから囮《おとり》になったんだ。騎士におれを連れて逃《に》げろと命じて」

「そんな……」

「おれはもちろん拒否《きょひ》したが、騎士はすぐさまおれを抱えて全速力で逃げた。——当然だ。へっぴり腰《ごし》で剣もまともに振るえない子どもなんて、足手まといにしかならないからな」

その後、討伐《とうばつ》隊の騎士たちがやってきて魔物《まもの》は退治された。

そして捜索《そうさく》に当たった騎士は、人間の左腕《ひだりうで》を一本だけ持ち帰ってきた。

肘《ひじ》の下から指までの腕は血と泥《どろ》で汚《よご》れていたが、薬指には乳母が常に身につけていた結《けっ》婚《こん》指輪が嵌《は》まっていた。

「腕一本。それが乳母に残った唯一《ゆいいつ》だった。おれを守るために彼女は悲惨《ひさん》な死を遂《と》げた。……おれが無力なせいで、犠牲《ぎせい》になった最初の人間さ」

リオネルは自嘲《じちょう》気味にほほ笑《え》んだ。

「その日からおれはがむしゃらに剣を習うようになり、五年後には騎士学校に入って、飛び級で十六の年に卒業した。だが学校の勉強と現場の仕事じゃ大違い。二度と乳母のような犠牲を出したくないと思って騎士になったのに、って奴だ」

若いリオネルは魔物の討伐に参加しては、味方の騎士にも守るべき民《たみ》にも犠牲が出ていく状況《じょうきょう》に、絶望を隠《かく》せなかったという。

どんなに訓練しても、隊の中で一番と呼ばれる腕を持つようになっても、守るべきものを守れないなら、騎士でいる意味がないではないか――と。

「で、もうこんな役に立たない身体ならいらない、魔物を倒すために身体をいじろう、って考えてな」

「……それで、強化人間になったの？」

ミーティアの問いに、リオネルは肩《かた》をすくめることで答えた。

「その道を選んだことに後悔《こうかい》はない。この頑丈《がんじょう》でバネのようになった足腰《あしこし》のおかげで、あれだけの戦闘《せんとう》ができるようになったからな」

強化人間を異端視《いたんし》する者も多い中で、彼は本当に後悔一つない様子でからりと笑った。

「……死んだ乳母に誓《ちか》ったんだ。おれが魔物を全部倒す、そして……おれのように、魔物に大切なひとを殺されて、泣くような子どもを絶対に作らないって」

ミーティアはハッと息を呑《の》んだ。

自分の手のひらを握《にぎ》ったり開いたりしながら語っていたリオネルは、そこではじめて泣き笑いのような顔になる。

「なのに、現実は厳しいよな。今日だって家を壊《こわ》されたって言われて集落を追い出されたし。泣いている子どももいたし……。そういうのを見るたびに、過去の自分に責められているような気さえする。『誓いを守れないおまえなんて、生きている価値もない』ってな」

「……それ……」

ミーティアがかすかに瞳を揺《ゆ》らめかせたのに、気づいているのかいないのか。

「だから、おまえもあんまり自分を責めたりするなよ。わざわざ意識して責めなくたって、胸の奥底に刻まれたトラウマが勝手におまえを責めてくる。おまえは真面目《まじめ》な性分《しょうぶん》だからな。そういう奴《やつ》ほど、無意識下での自己嫌悪《けんお》がやばかったりするんだ」

「……」

「……なにかをやらなきゃ生きている価値がないなんて、そんなことは絶対にないんだからな。こんな時代に生きているっていうだけで、もう満点なんだ。そこが大前提ってこと、おれたち力のある奴らは忘れがちだから、定期的に思い出していこうぜ」

リオネルは言うだけ言うと「そろそろ見回りの交代時間だから」と、脇《わき》に置いていたマントを手に取った。

「じゃあな。ちゃんと寝《ね》てろよ」

「リオネル」

「ん？」

振り返った彼と目が合う。ミーティアは言葉に詰《つ》まって、かすかに目を泳がせてから、おずおずと口を開いた。

「……いろいろ、ありがとう」

「……やっぱり殊勝《しゅしょう》なおまえって気持ち悪いな。しっかり寝て、さっさと元通りになれよ」

そしてリオネルは部屋を出て行った。

ミーティアは細く息を吐《は》いて、手の中のカップに目を落とす。話しているうちにミルクはずいぶんぬるくなっていたが、ごくりと飲み込むと、ふんわりした甘さが広がった。

ほのかな甘みは、リオネルのぶっきらぼうな優《やさ》しさとよく似たものに思えた。思わず口元がほころんで、また涙《なみだ》が出そうになる。

だが、今度の涙は嬉《うれ》し涙だ。それがとても愛《いと》おしいもののように思えて、ミーティアは自然と泣き笑いの面《おも》持ちになった。

◆

部屋を出るなり、リオネルは「はぁー……」と息を吐き出しながら、扉《とびら》を背にずるずると座り込んでしまった。

見れば両手の指先がかすかに震《ふる》えている。ぎゅっと握り込みながらも、なかなか引いていかない寒気に奥歯を噛《か》み締《し》めた。

思い出されるのは、強化人間になったときに、術を施《ほどこ》してくれた聖職者からかけられた言葉だ。

『おわかりかと思いますが、強化人間になったからには、聖女に癒《い》やしの力を求めるのはおやめください』

『求めるもなにも……おれには聖女の癒やしの力は効かなくなったんだろう？』

『いいえ、その気になれば聖女は傷を癒やすことができます。かなり苦労するでしょうが……。そして治した場合、その罰《ばつ》を受けるのはあなたではなく、聖女になります』

『なんで聖女のほうが罰を受けるんだよ』

ぎょっとするリオネルに、聖職者は表情を変えずに淡々と説明した。

『女神《めがみ》に背《そむ》いた強化人間を治すからには、聖女もまた罪を背負った人間だということで、女神の怒《いか》りを買うことになるからです。具体的には、夢の中で罰を受けるとか』

『夢の中……？』

『過去のトラウマをほじくり返されたり、あるいは拷問《ごうもん》を受けるようなことになる、と。数少ない記録には記されております』

聞いただけでいやになる罰だ。思わず口をへの字にするリオネルに、聖職者は『そういうわけですので、命にかかわる傷を負ったら無駄《むだ》なあがきをせずに、あきらめてください』と言い捨てた。

『わかった。おれも、聖女に拷問を受ける夢を強《し》いてまで、生き残ろうとは思わない』

『その気持ちをゆめゆめお忘れなきよう』

念押しして去って行った聖職者の背中を、そのときは何気なく見送ったが……。

「……結果、ミーティアに無理をさせて、案の定、やばそうな夢を見させちまった」

なぁにが『夢を強いてまで』だ。ミーティアのあの様子を見れば、そうとうにひどい夢を見ていたのは間違《まちが》いない。過呼吸を起こして真っ青になる彼女を思い出すだけで、リオネルの胸は掻《か》きむしられるように強く痛んだ。

（以前も熱を出したときにうなされていたが……そのときよりもひどいなにかを見たというなら、後悔してもしきれない……）

なんとしてでもミーティアの手を払《はら》って、治癒《ちゆ》を拒否すればよかった。ただでさえ行軍で疲《つか》れている彼女に、これ以上の負荷《ふか》をかけたくなかったのに。

せめて彼女への罰が、これ一度で済めばいいのだが……。そう思いつつ、ようやく立ち上がったときだ。

「――ミーティア様の様子はどうだったかしら？」

そっと声をかけられ、リオネルは振《ふ》り向く。そこには夜着にショールを引っかけた姿のチューリがいた。

「……悪い、起こしちまったか。ミーティアはまだ熱が高いから、眠《ねむ》るように言ってきた」

感傷に気づかれないよう軽い口調で言う。上手《うま》くごまかせたのか、チューリはリオネルの顔色には気づかず、扉のほうを心配そうに見やった。

「そうね。あれだけ力を酷使《こくし》したあとだから、五日は寝込むのが普通《ふつう》だけれど……意識が半日で戻《もど》っただけでも、本当に信じられないわ」

ため息をつくチューリに、リオネルはおずおずと申し出る。

「……疲れているところ悪いんだが、ちょっと話をしたいんだ。大丈夫《だいじょうぶ》か？」

「ええ、もちろん。応接室を使いましょうか」

チューリはみずからリオネルを案内し、応接室の明かりを点《とも》してくれた。

「……チューリ殿《どの》が力のある聖女と見込んで尋《たず》ねるんだが、ミーティアのことをどう思う？　確か二百年に一度、彼女のような力のある聖女が生まれるものだと言っていたが」

リオネルの率直《そっちょく》な問いに、チューリもったいぶらずに答えてくれた。

「集落の全員を癒やしたあとで、人間以外の生き物を治癒し、さらにはあれほど大きな結界を展開したその能力……あまりに人間離《ばな》れしているというのが率直な感想よ。二百年に一度生まれる聖女であることは間違いないと思うけど……それ以上に」

一度言葉を切った彼女は、ほとんど確信している面持ちで告げた。

「ミーティア様は【救国の聖女】と呼ばれる存在なのかもしれないわ」

「【救国の聖女】？」

聞き慣れない称号《しょうごう》に、リオネルは目をまたたかせる。

「二百年ごとに生まれる聖女の中でも飛び抜《ぬ》けて力を持つ聖女のことで、【神託《しんたく》】という、【神樹】の産みの親たる女神様から与《あた》えられた、使命を仰《おお》せつかっていると言われているの」

「女神からの使命を――」

なんだか大きな話になってきたなと、リオネルは眉《まゆ》をひそめた。

「【救国の聖女】はだいたい、飢饉《ききん》とか疫病《えきびょう》で国が滅《ほろ》びそうになったときに現れるとされているの。ミーティア様が持つ力は、救国のために使われるべきものなのかもしれないわ」

「救国のための力、か。それって最初から備わっているものなのか？　生まれつき？」

「さぁ、そのあたりはわからないわ。聖女と一口に言ってもいろいろなの。赤ん坊の頃《ころ》から不思議な力があって、親が神殿《しんでん》に問いあわせたことで【神の恩寵《おんちょう》】持ちだとわかることもあれば、ずっとなにもなかったのに、いきなり力が開花する場合もあるの」

ちなみにチューリの場合、世話していた猫《ねこ》がカラスに襲《おそ》われ怪我《けが》をしたのを助けたい一心で、聖女を真似《まね》て『治れ』と念じたのだという。

そしたら本当に治ってしまって、仰天《ぎょうてん》した両親に連れられ神殿を訪ねたのだそうだ。

「同じように突然《とつぜん》力が開花する子たちは、だいたい十歳くらいで神殿にやってくるわね」

「ミーティアが神殿で修行《しゅぎょう》をはじめたのも、確か八年前だと言っていたな」

今のミーティアは十代の後半だ。八年前というなら、当時は十歳かそこいらの年齢《ねんれい》だったことだろう。

（【神託】か……。ミーティアがうなされていた夢と関係があるのか？）

そう口元に手をやって考えはじめたときだ。

「ほほほ～い！　ここにいるかい、隊長さん？」

陽気な声とともに扉がバンッと開いて、小さな老人が入ってきた。

「あ、えーと、誰《だれ》だっけ？」

「こちらの神殿長のロードバン様よ」

「ああ、そうだった。ロードバン殿《どの》、こんなに遅《おそ》くにどうされた？　……っていうか、魔《ま》物《もの》から出てきたあの妙《みょう》な玉、あんたが持っていったんだっけか？」

　リオネルがジト目で見ると、ロードバンは「まさにここにあるぞ」と玉を取り出した。昼間倒《たお》した巨大《きょだい》魔物の喉《のど》から飛び出したものだ。これが身体《からだ》から離《はな》れた途端《とたん》に魔物は通常の大きさに戻ったから、絶対になにか仕掛《しか》けがあるのだろうと思って持ってきたのだ。

だが、この地方第四神殿にぜえはあ言いながらたどり着き、事情を説明した途端に、この神殿長はあろうことか玉をかすめ取って、図書室に籠《こ》もってしまったのである。

『ロードバン様は中央にいた頃から研究が生きがいの方なのよ。あの玉についてもなにかわかるかもしれないわ』

　とチューリが取りなしたのでひとまず預けていたが、どうやら返す気になったらしい。

「この玉の解析《かいせき》が終わったんでの。戻しにきたんじゃよ」

　よいしょ、とロードバンは椅子《いす》によじ登る。身長が低すぎるせいで聖職者の衣服をずるずる引きずっているのが、なんとも危なっかしかった。

「解析ねぇ……。で、なにがわかったんだ？」

「わしの仮説が間違っておらぬなら、それは魔術師が作り出したものじゃ」

　ロードバンは小さな胸を張って答えた。

「魔術師？」

「デュランディクスにいるっていう？」

リオネルのみならずチューリまで目を丸くして、思わずお互《たが》いの顔を見合わせる。

「で、ではこの玉は、魔術師が作り出した聖具だとおっしゃるのですか？」

「聖具というより呪《のろ》いの道具じゃ。現にこいつが体内にあったことで魔物は巨大化してたんじゃろ？　それ系統の技《わざ》は魔術師の得手じゃて。この国の者に扱《あつか》うことはできなんだ」

研究が生きがいだという老聖職者は訳知り顔でもこもこの髭《ひげ》をなでた。

「魔術師がなんで魔物を巨大化させて、我が国の街を襲わせるんだよ」

「それはわしの研究外のことじゃな。同期のボランゾンのような男なら、方々に伝手《つて》があるぶん推測可能かもしれんが」

「ボランゾン……聞いたことがあるな。中央の聖職者の中でも偉《えら》い奴《やつ》じゃなかったか？」

首をひねりながら記憶《きおく》をたどると、チューリがうなずいた。

「ええ、現在の筆頭聖職者、つまりはこの国のトップに当たる方ね」

「……ってことは、そいつか。ミーティアを首席聖女の座から追放した奴は」

リオネルは思いきり眉を寄せた。

「そんな阿呆《あほう》に頼《たよ》るのも正直、気が進まないな」

「うーむ。わしが中央神殿でともに働いていたのも、三十年前の話じゃからなぁ」

髭をなでながらロードバンは考え込むように目を伏《ふ》せた。

「わしの知る限り、ボランゾンは優秀《ゆうしゅう》で、女神《めがみ》の教えを忠実に守る男じゃったぞ。権力や欲に目がくらむタイプとは思えんが……人間、年を取ると変わる者も多いからのぅ」

ボランゾンも変わってしまったということなのだろうか？ いずれにせよ、あまりよい傾向《けいこう》とは思えない。

「しかし【杭《くい》】だけでもてんやわんやだっていうのに、外国の魔術師も絡《から》んでくるとは。もう話は異常事態を通り越《こ》して、緊急《きんきゅう》事態になってないか？」

手の中の玉をリオネルはポンポンと宙に投げる。

信じられないほど軽く、表面がきらきらと輝《かがや》いている黒い玉だ。それだけに滑《すべ》りやすく、うっかりすると取り落としそうになる。

「破損したりすると、たちまち呪われたりして？」

「いんや、大丈夫じゃ。もう特別な力は感じぬから。――我々《われわれ》【神の恩寵】の力を持つ者は、神聖国の守り神たる【神樹】に危害を及《およ》ぼしそうなものに自然と反応できる力を持っておる。魔術師の力はこの国にないものだから、【神樹】に害を為《な》すものではないかと本能で身構えるのじゃ。それがないということは、もう効力がないということじゃ」

「そういうもんなのか」

【神の恩寵】に関してはさっぱりのリオネルには理解できない感覚である。

だが戦闘《せんとう》中にミーティアがいち早く魔物の弱点を見つけたことを考えると、そういうものなんだろうなと納得《なっとく》はできた。

「なんにせよ、デュランディクスの魔術師が魔物に干渉《かんしょう》していることも、その結果、巨大になった魔物が我が国の民《たみ》を攻撃《こうげき》したことも、とんでもない事実だ。すぐに中央に報告を上げないとな。それに、デュランディクスと言えば……」

リオネルは難しい顔で窓の外を見やる。

いつの間にか夜明けが近くなっており、東の空がうっすら明るくなってきていた。

「……話をありがとう、チューリ殿、ロードバン殿。おれは魔鳩《まばと》の様子を見てくるよ」

「あなたも少しは寝《ね》たほうがいいわよ、隊長さん。こちらにきてからもずっと動いていらしたし、夜はミーティア様につきっきりだったでしょう」

「部下たちが起きたら仮眠《かみん》をとるさ。どのみちミーティアが回復しない限り動くこともできないし……いろいろ考える時間も欲しいしな」

玉を懐《ふところ》にしまったリオネルは、二人に礼を述べて応接室を出るのだった。


「――よう、魔鳩の調子はどうだ？」

「あ、隊長、おはようございます」

魔鳩のそばで見張りをしていたロイジャがあくび交じりに挨拶《あいさつ》する。

羽に嘴《くちばし》を突《つ》っ込んで寝ていた魔鳩も、目をぱちぱちさせながら身体を揺《ゆ》さぶった。

『クックー』

「お、おまえも起きたか。昨日は助けてくれてありがとうな」

『クー！』

よく調教されている魔鳩なのだろう。リオネルの言葉に嬉《うれ》しそうに鳴いてみせた。

「人なつっこくて可愛《かわい》いもんですよ。ただ、食事がねぇ〜……」

「あー、本来は一回の食事で、牛とか豚《ぶた》とかめっちゃ食うんだもんな、魔鳩って」

困った顔のロイジャの言葉に、リオネルも深く同意した。

「その割に空腹で暴れることはないから、ミーティア様のお力が効いているかもしれないです。聖女の癒《い》やしの力って空腹をまぎらわせる効力もありましたよね？」

「ああ、あったはずだ。痛みと同じく空腹も苦痛のうちに入るからと聞いたことがある。

――っても、まやかしみたいなものだから、そのうちガタはくるけどな」

それでも一日か二日、食事なしで過ごせるならそのほうがいい。

「空腹で限界ってなったら、中央に帰すことになるだろうが……」

ひとしきり魔鳩をなでたリオネルは表情を改め「例のものは？」と尋《たず》ねた。

「屋内に置いたほうがいいと思って、騎士《きし》たちが寝ている広間へ運びました」

「ご苦労。おれはそっちに行くから、交代がくるまで魔鳩のことを頼《たの》む」

「了解《りょうかい》です」

強くなってきた朝日を背に浴びながら、リオネルは神殿内の広間に入った。

「隊長、おはようございます」

「ああ。昨日、魔鳩が積んでいた例のものを確認《かくにん》しにきたんだが」

「こちらにあります。誰もさわらないように見張っていました」

リオネルがやってきたことに気づいて、不寝番《ふしんばん》をしていたヨークがすぐさま立ち上がり木箱を指し示した。

リオネルがふたを開けると、中身が朝日を浴びてきらきらと輝き出す。

そのうちの一つを取り上げ、リオネルは「間違《まちが》いないな」と眉《まゆ》を寄せた。

「【神樹】の皮だ。こまかく崩《くず》れている砂みたいなのも、もとは【神樹】だったものだ」

「なんと……」

リオネルが眉を寄せ、ヨークが絶句する中、仮眠を取っていた騎士たちも続々と起きだして、木箱の中身をのぞき込んだ。

「はじめて見たときにそうではないかと思いましたが、本当にこれ全部が【神樹】ですか」

「おれも剣《けん》の柄《つか》にはめ込む宝石をもらったとき見ただけだが、間違いない。こんなに白い木の皮、この世には【神樹】以外にないからな」

リオネルは手のひら大の皮をそっと持ち上げる。角度を変えると皮はきらきらと白い輝きを放った。

「おれの剣に使われている皮なんて、この半分……いや三分の一もないくらいの少量だ。その程度の量ですら『【神樹】から剝《は》いだものだからありがたく扱え、おまえは死んでもかまわんが宝石が嵌《は》まる剣は壊《こわ》すな、なくすな、もし破損したら命をもって償《つぐな》え』って聖職者に説教されたくらいだぞ」

「うわ……」

「そんな貴重で稀少《きしよう》なものを、こんなにたくさん……なんで魔鳩が運んでたんだ？」

「それだ。そこが大問題なんだ。……もしかしたら、地方第五神殿《しんでん》でおれたちに補給を差し入れてくれたあの魔鳩――あいつが足に巻き付けていた中にも、これと同じものが入っていた可能性がある」

リオネルの指摘《してき》に、騎士たちも「マジか……」と言葉を失っていた。

「おれたちがそれを外そうとしたら、かなりいやがって飛んで行っちまったけど……それを運ぶよう命令を受けていたからか？」

「で、あの魔鳩が向かった先は、あそこよりさらに北……」

「北に連なる山脈の向こうには、デュランディクスって国があるんでしたっけ」

騎士たちはそれぞれの考えを口に出して推理していく。そうして思い当たった答えに、一様に目を見開いた。

「……まさか今回の魔鳩も、本当は【神樹】の皮をデュランディクスに運ぶ予定だった？」

「なんで外国に【神樹】の皮を運ぶ必要があるんだよ。意味わかんねぇ」

騎士たちの顔がどんどん困惑《こんわく》に染まっていく。リオネルも同じ気持ちだった。

「【神樹】は我が神聖国にとって、きれいな水と空気を作り出すのに欠かせない存在だ。当然、大切に扱《あつか》われるべきもので、その皮を剥ぐ場合は細心の注意を必要とする。スプーン一杯《ぱい》ぶんを削《けず》り出すのも慎重《しんちょう》にやるものなんだ。それを……こんな……」

荷箱に詰《つ》められた大量の皮を見て、リオネルはギリッと奥歯を噛《か》みしめた。

「どう考えても雑に剥いだとしか思えないやり方で、無造作に荷箱に詰めているなんて、それだけで大罪もんだ。いったい、中央神殿の奴《やつ》らは【神樹】になにをやっているんだ！」

「これ、皮を剥いでいるのは、神殿に仕える聖女とか聖職者ですよね？　神殿には誰《だれ》でも入れるけど、【神樹】にさわれるような最奥《さいおう》には【神の恩寵《おんちょう》】持ちしか行けないですもん」

「そう考えるのが妥当《だとう》だろうな」

部下の怖々《こわごわ》とした指摘に、リオネルもうなずいた。

そんな中、外から「おーい！」とロイジャが叫《さけ》んでいる声が聞こえてきた。

「隊長、こちらにいますかー!?」

「おう、いるぞ」

「ついさっき、魔鳩の足にこいつが縛《しば》りつけてあるのを見つけて！　すみません、一晩も世話してたのに、魔鳩がずっと寝てたこともあって、ちっとも気づかなくって」

「ああ、見せてみろ」

ロイジャが渡《わた》してきたのは、顔ほどの大きさの白い布だ。木綿《もめん》製で、別になにが書いてあるわけでも、縫《ぬ》い留められているわけでもない。

「うーん、なんの意味があるものなんだか……」

リオネルが首をかしげたときだ。「ほほほ～い」という陽気な声が聞こえて、廊下《ろうか》に続く扉《とびら》からロードバンが顔を出した。

「あ、ロードバンの爺《じい》さんか」

「ふぉっふぉぉっ、挨拶じゃのう騎士隊長よ。また気になるものを手に持っておるな？」

「あっ！」

老人とは思えない素早《すばや》さで布をかすめ取られて、リオネルは眉をつり上げた。

「こいつ、またやりやがった。ひとの許可なくあれこれ持って行くのはやめろよな」

「まあまあ、いいではないか。それより、ほうほう、これは聖職者が使う伝言じゃな」

布を広げたロードバンがさらりと言った言葉に、リオネルのみならず騎士たちはぱちくりと目をまたたかせた。

「た、ただの布じゃないのか？」

「うむうむ。じゃが、わしの力では解読は無理じゃ。ポポ爺さんを呼ばにゃ」

「ポポ爺さん？」

聞けば、この神殿に駐在《ちゅうざい》するもう一人の聖職者の名らしい。

「じゃあ、すぐ呼んできてくれ。【神樹】の皮がたっぷり詰まった荷箱と一緒《いっしょ》にやってきた奴なんだ。絶対になにかあるはずだから」

「は？　【神樹】の皮じゃと？　……ひょえええー！」

ようやく荷箱の中身に気づいたらしく、さしものロードバンも跳《と》び上がって腰《こし》を抜《ぬ》かしそうになっていた。

「どうりで！　むさい男ばかりの広間に清涼《せいりょう》な空気が流れているなと思ったわけじゃ！」

「――うるせぇ！　ともかく、そのなんとかってジジイを起こしてこい！」

いらだちと焦《あせ》りのあまり、リオネルはとうとうブチッと切れて叫んでしまった。

部下たちに「おじいちゃん相手に駄目《だめ》ですよぉ、怒鳴《どな》っちゃ」「気持ちはわかりますけどね」となだめられることにすらイライラしつつ待っていると、ロードバンが彼よりさらによぼよぼとした老聖職者を連れて戻《もど》ってきた。

「えーと、はいはい……おはようございますね、はいはい……」

ポポという名の聖職者は、リオネルが声をかけてもこんな調子でもごもごしている。リオネルはさらにイラッとした。

「本当に大丈夫《だいじょうぶ》なのか？　この爺さんに、解読？　とやらを任せても」

「こう見えてポポ爺さんは【神の恩寵】の力が強い。任せておけば問題ないぞ」

ロードバンが請《う》け合う。本当かよ、と騎士《きし》たちは全員懐疑《かいぎ》的な面持《おもも》ちだ。

だが現状、頼《たよ》れる相手はこのよぼよぼの聖職者しかいない。そして彼は年老いてぷるぷる震《ふる》える手で、なにかに惹《ひ》かれるように布を取り上げた。

「ふむふむ……ほうほう……『助けて』とな……？」

「『助けて』……？」

どうやらポポは布に記してあるなにかを読み取れるらしく（眉毛《まゆげ》が伸《の》びまくって目元を覆《おお》っているので、手元が見えているかも不明なのに）ぼそぼそと単語をつぶやいていった。

「『助力請《こ》う』……『聖女ミーティア』……『神樹』『危機』……『帰還《きかん》求む』……『早急に』……」

どうやらそれが全文だったらしく、ポポは震える手で布を差し出してきた。

それを受け取りながら、リオネルはとまどいの声を上げる。

「これだけ皮が剝がされちゃ、【神樹】がやばいことになっているのは見当がつきますが」

「ミーティアに対する帰還要請《ようせい》、ってことか？　おまけに【神樹】の危機だと？」

箱いっぱいの皮を見て、騎士たちは「さもありなん」とうなずいた。

「ミーティア様を追放したことを、中央の奴らが後悔《こうかい》しはじめたってことですかね？」

「そういうことになるのか……？　しかし、帰れと言われたところで当のミーティアがあれじゃやな。どのみちすぐには動けない」

布を懐《ふところ》にしまったリオネルは「よし」と顔を上げて、部下たちを見回した。

「朝食が終わったら全員に向けて話したいことがある。今寝《ね》ている奴や、見張りに出ている奴にも周知しておいてくれ」

「了解《りょうかい》です」

「隊長、【神樹】の皮はどうしましょうか？」

「その辺に置いておくわけにはいかないからな。おれが持ち運ぶようにするよ」

「お願いします」

リオネルは荷箱のふたをしっかり閉めて、片方の肩《かた》に担《かつ》いで歩いて行った。

「――よし、全員揃《そろ》ったな。今後の我が隊の方針について、おれが状況《じょうきょう》を説明した上で、全員の意見を聞きたい。年齢《ねんれい》、立場関係なく、忌憚《きたん》のない意見を聞かせてくれ」


騎士たちが揃ったところで、彼らの前に立ったリオネルは声を張り上げた。

「まずは、この玉から説明する。昨日討伐《とうばつ》した巨大魔物《きょだいまもの》の喉《のど》から出てきたもので、魔物を巨大化、そして凶暴《きょうぼう》化させる術がかけられていた。そして、これを作ったのは我が国の者ではなく、どうやらデュランディクスの魔術師であるということがわかった！」

「マジで⁉　魔術師が作った代物《しろもの》……⁉」

ざわつく部下たちに、リオネルは大きくうなずく。

「なぜ魔術師が魔物を巨大化させて、我が国の民《たみ》を襲《おそ》わせたかはわからない。だが、今後も似たようなことが起こる可能性は少なからずある」

「マジか。あんな馬鹿《ばか》でかい魔物がいくつも出てきたら、どうしようもねぇぞ」

騎士たちは実にいやそうに顔をしかめていた。

「もしまた巨大魔物がやってくるなら、早急に玉がどこにあるかを見極《みきわ》め、取り出す必要がある。戦闘《せんとう》しながらそれをするのが難しいのは、昨日体験したとおりだ」

今度は騎士たちが難しい顔でうなずいて見せた。

「そんな中だが、中央でもどうやら問題が起きている様子だ。魔鳩の足にこのような布が縛りつけられていた。聖職者ポポが言うには、これは中央神殿《しんでん》から届いたもので、ミーティアに助力を願う、即座《そくざ》に帰還せよという命令が書かれているらしい」

「はぁ？　聖女様を中央から異動させたのは自分らなのに？」

騎士たちが口々に文句を言う。リオネルもこれには大きくうなずいてしまった。

「おれも中央神殿の言い分には腹が立っている。――が、今はこの二つの情報を踏《ふ》まえて、今後おれたちがどう動くべきかを考えないといけない。忌憚ない意見を聞かせてくれ」

リオネルの言葉を受けて、騎士たちは「どうする？」とすぐに話しはじめた。

「おれたち第二隊の任務は国境の守備です。騎士はこのまま国境に留《とど》まり、入り込んでくる魔物を討伐するのみだと思います」

騎士のひとりがさっそく意見を述べる。それを皮切りにあちこちから意見が飛んだ。

「ミーティア様は中央神殿に向かわせるべきでは？」

「追放を言い渡した奴《やつ》らがいる場所に、みすみすミーティア様を戻せるのかよ！」

「そうは言っても、おれたちには神殿の決定に異を唱える権利はないし……」

「権利はなくても心情的にいやすぎるだろう！」

「それは……めちゃくちゃわかる」

騎士たちがうんうんとうなずいた。

「っていうか、【神樹】の皮があんなに剝《は》がされて国外へ運ばれようとしているのって、どう考えても中央の奴らが違法《いほう》なことをやっている証拠《しょうこ》だろ？」

「そんなあくどいことをやっている奴らの巣窟《そうくつ》へ、ミーティア様を戻せって？」

断固反対！　と騎士たちの一部が大きく叫《さけ》んだ。

「でも中央神殿……というか、中央自体が今どうなっているかが心配なんだが。【神樹】の皮が剝がされた影響《えいきょう》とか、なにか出てきていたらどうするんだ？」

「そ、それは……」

一人の言葉に、思わず全員がたじろいだ。

「おれは家族が中央にいる。嫁《よめ》と子どもだ。家族が無事でいるのかが正直、気にかかる」

「そんなの、だいたいの隊員が同じだろう」

「まぁな。それに、おれたちに下された命令はどこまで、いつまで守らないといけないものなんだ？　当初の予定はひとまず半年ってことだったけど――」

一人の言葉に、リオネルも難しい顔で腕組《うでぐ》みした。

「それも正直悩《なや》ましいところだ。国境の【杭《くい》】がしっかり機能している状態で、それでもひょんなことから紛《まぎ》れ込んだ魔物を討伐して、国境に近い街や村を守れ――というのが当初の命令であったはずだし、おれたちもそう考えてこちらに乗り込んだ。……が、現実はどうだ、という話だ」

国境の【杭】はすべて壊《こわ》れているわ、土地の汚染《おせん》も進んでいるわ、巨大魔物は暴れるわ……おまけに魔鳩《まばと》での補給も早々に途《と》絶《だ》えるという、最悪な環境《かんきょう》だったのは間違《まちが》いない。

「隊を二分するとかは不可能かな？　国境を引き続き守る……というより、警戒《けいかい》する組と、ミーティア様について中央に戻《もど》る組」

一人がおずおずと提案する。

そこからまた、あれこれと議論がはじまった。

「二分するとして、どう分ける？　それに今後も補給がくる保証はないぞ。全員で中央に向かって軍備を整えたほうがいいんじゃないか？」

「国境守備の任務を放棄《ほうき》するのか？　またあの馬鹿でかい魔物がきたらどうするんだ！」

話し合いはさらに続き、最終的な結論が出る頃《ころ》には、もう昼を回っていた。

「――いずれにせよ、ミーティアが起きなきゃ話にならないところもある。全員、警戒を続けると同時に、交代でしっかり休んで英気を養っておくこと。いつ出発になるかはミーティアの回復次第《しだい》だが、いつでも出られるようにしておいてくれ」

「はい！」

リオネルがまとめた言葉に騎士たちはうなずき、それぞれ昼食の支度《したく》や馬の世話、見回りに散っていった。

──話し合いが終わったのち、ミーティアの様子を見ておこうと、【神樹】の皮入りの荷箱を担いだリオネルは客室へと向かった。

「あ、隊長さん。ずいぶんと長く話し込んでいたわね」

部屋の中にはミーティアのほかにチューリがいた。どうやらずっと看病に当たってくれていたらしい。

「ミーティア様の熱は朝よりずいぶん下がったわ。わたしもいくらか癒《い》やしの力を送ったけれど、それでもやっぱり驚異《きょうい》的な回復力ね」

チューリは感心を通り越《こ》してあきれた様子で肩をすくめた。

「うなされたりしていなかったか？」

「うなされたり……？　いいえ、そういう様子はなかったわ。何度か目覚めたからお水を飲ませたけど、すぐまた眠《ねむ》ってしまわれたし、ずっと静かよ」

ほら、とチューリが脇《わき》に避《よ》けたので、リオネルは寝台《しんだい》に歩み寄る。確かに、仰向《あおむ》けに横たわるミーティアは熱で少し赤い顔をしていたが、静かに眠っていた。

リオネルは大いにほっとして、チューリに交代を申し出る。

「騎士《きし》たちが昼食をこしらえているから、先に食事を取ってくるといい。ミーティアはおれが見ているよ」

「そう？　それなら先にいただいてくるわね」

チューリを見送り、リオネルは荷箱を寝台の脇に置く。椅子《いす》に腰《こし》かけ改めてミーティアを見ると、発熱で顔を赤くしながらもすやすや眠っているので、また安堵《あんど》した。

同時にもうこれ以上、彼女を苦しめたくないし、苦しんでほしくないとも強く思った。

「こいつはもう充分《じゅうぶん》によくやったよ。おれを癒やしたせいで罰《ばっ》まで受けて……。だから、これ以上の苦しみとか試練は、お願いだからこいつに与《あた》えないでくれよ、女神様《めがみ》」

眠りに沈《しず》むミーティアを見つめながら、リオネルはぽつりと天上の女神に祈《いの》りを漏《も》らすのだった。

第五章　星月夜の涙

（……あれ？　ここは……？）

目を開いたミーティアは、周囲を見て首をかしげる。

あたり一面がすっかり闇《やみ》に包まれているが、不思議と怖《こわ》くはない。なにより自分の姿ははっきり見える。身体《からだ》を包む空気も暖かくて快適だ。

現実のことなのかどうなのか判断がつかず、ぼんやり周囲を見回していると、どこか小さな声が聞こえてきた。

振《ふ》り返ると声が大きくなる。ぐすぐすと鼻をすする音も一緒《いっしょ》に聞こえた……どうやらすすり泣きの声だ。

（だれ……？）

ミーティアは声が聞こえるほうに意識を集中させる。するとあたりを包んでいた闇がさぁっと引いて、一人の男の子が出てきた。

まだ六歳か七歳くらいの小さな子どもだ。身なりはいいが、小さな背をより小さく丸めてうずくまっているので、表情はわからない。だがその肩《かた》は小刻みに震《ふる》えており、すすり泣きも止まる気配がなかった。

（どうしたの？）

ミーティアはそっと近寄って男の子の顔をのぞき込もうとする。そのとき、彼が持っているものに気づいてぎょっと目を瞠《みは》った。

それは大人の人間の腕だった。肘《ひじ》から下、指先まであるが、冬の枯《か》れ木のように青く硬《かた》くなっている。男の子はそれをひしと抱《だ》きしめ、泣いていた。

『もういいかげんにお放しください。きちんと供養《くよう》せねば、あなたも乳母《うば》も死んでも死にきれません――』

男の子の向こうから出てきた誰《だれ》かが弱り切った声でそう告げる。だが男の子は『いやだ！』と反発した。

『ぜったい、ぜったい放さない――』

（駄目《だめ》よ、放してあげて）

ミーティアはそっと男の子の腕に手を置いた。

（この手の持ち主もそれを望んでいるわ。それに、あなたに元気になってほしいとも）

すると、ミーティアの声が聞こえたのか、男の子がゆっくり顔を上げた。顔中が涙でぐしゃぐしゃで、目の周りがすっかり腫《は》れてしまっている。

（悔《くや》しいわよね……自分のせいで乳母が死んでしまったのだと、自分を責めてしまう気持ち、わかるわ……)

ミーティアは心からつぶやく。

助けられなかった人々のことを考えると、自分がもっとどうにかできていたら……と、どうやったって考えてしまう。それはどうしようもないことなのだ。

(でも、死者は弔《とむら》ってあげなければ)

そっと男の子の背中を押すと、また闇がざぁっと押し寄せて視界を覆《おお》い尽《つ》くす。

舞《ま》い散る木の葉のようにやってきた闇を手で払《はら》うと、今度はまた別の景色が見えた。

『おい、あいつ強すぎじゃねぇか？　先月、先輩《せんぱい》どもを全員伸《の》したと思ったら……』

『教師陣《じん》も全員伸して、第三師団の駐在所《ちゅうざいしょ》に道場破りに行ったんだろ？　あり得ない』

まだ十代半ばくらいの見習い騎士たちがコソコソと話している。彼らがあわてて口をつぐんだとき、すっかり背が伸びた例の男の子が、彼らの前を大股《おおまた》で歩き去った。

小さい頃の面影《おもかげ》がまだ少し残っているとはいえ、口を引き結び少しうつむいて、ただただ歩き去る姿は年齢《ねんれい》からするとかなり異様だ。

再び闇が視界を覆い尽くす。再び闇が開けたときには、乳母の腕《うで》を抱いて泣いていた男の子は、立派な騎士になっていた。

魔物の血がついた剣《けん》を手に立ちつくす彼の前に、血まみれになった子どもを抱いた母親が怒《いか》りの声を上げている。

『なんでもっと早くきてくれなかったの！　あんたのせいで、う、うちの子は……！』

そばには母親を亡《な》くして泣きわめく小さな子どもや赤ん坊《ぼう》、あちこち怪我《けが》して息を引き取るのを待つしかない男性、孫を失って茫然自失《ぼうぜんじしつ》となる老人たちもいた。

その全員が全員、騎士を――リオネルを責め立ててくる。

『おまえのせいでみんな死んだんだ！』

また闇がすべてを覆い尽くした。ミーティアは眉《まゆ》をひそめながら闇を払う。

今度は馴染《なじ》みのある景色が見えた。灰色の石が埋《う》め尽くすこの部屋……中央神殿《しんでん》の聖職者たちが使う応接室だ。

『本当によろしいのですか？　あなたのお立場で、身体に術を加えてしまっても』

白髪《しらが》交じりの聖職者が眉をひそめつつ確認《かくにん》する。

彼と対峙《たいじ》していたリオネルはしっかりうなずいた。

『かまわない。おれにとっては魔物の被害《ひがい》に苦しむ人々を助けることがすべてなんだ』

リオネルはきっぱり告げる。

『強化人間になれれば一騎当千《いっきとうせん》の騎士として、魔物を封印《ふういん》できる宝石も賜《たまわ》れる。自分で選び抜《ぬ》いた精鋭《せいえい》で隊も作れる。ガキの頃《ころ》に決めたんだ、おれは魔物討伐《まものとうばつ》にこの命を捧《ささ》げると』

『ですが、お父上が聞いたらどう思うか……』

『どうも思わないさ。もともとおれは身体も弱く、長く生きられないだろうと言われて地方に置いておかれた存在だ。――だからこそ、自分のことは自分で決める』

リオネルの瞳《ひとみ》には静かな決意があった。口元に浮《う》かぶほほ笑《え》みは、自分の運命をすべて受け入れているようにも見える。

だがその奥には確かに傷ついた魂《たましい》がある。ミーティアは思わず彼に手を伸ばすが、また闇がざぁっとすべてを隠《かく》してしまった。

（リオネル）

思わずその名を呼ぶと、視界が開けた。

開けた視界の中で、リオネルはひたすら戦い続けていた。家ほどの大きさもある魔物相手に、強靭《きょうじん》な足腰《あしこし》で飛びかかって、ひたすらに斬《き》り捨てていく。

だがそんな彼に浴びせられるのは感謝や賞賛ではなく、ほとんどが罵詈《ばり》雑言《ぞうごん》だった。

『今頃《いまごろ》きたって遅《おそ》いのよ。もう村がなくなっちゃったじゃない……』

『騎士《きし》が戦ったあとって汚《きたな》くなるからやだ。あちこち魔物の血だらけ』

『あの隊長、魔物相手に一人で飛びかかっていた。あんな動き、人間じゃないぞ』

『あいつ、強化人間になったってよ。学生の頃からそうだったが、根っからの戦闘好きなんだな。本当に気持ち悪い』

それでもリオネルは戦いをやめない。魔物によって悲しむひとをなくすという明確な目標があるからだ。そのために強化人間にまでなった。

しかし、戦っても戦っても終わりがない日々に、消耗《しょうもう》しないはずもない。

ある日のリオネルはぼうっと星空を見上げていた。手には抜き身の剣を握《にぎ》っている。いつ襲《おそ》われてもいいように、剣を手にして座ったまま眠《ねむ》るのが癖《くせ》になってしまっていた。

星を映すその目はうつろで、夜空より深く沈《しず》み込んでしまっている。

ミーティアは思わず、彼の手に手を重ねた。

剣を握りすぎてすっかりタコだらけになった、擦《す》り傷まみれの手。見ているだけで痛々しいその手をしっかり握る。

(泣きたいなら、泣いていいのよ)

ミーティアの言葉が聞こえたのか。ふと、リオネルが視線を揺《ゆ》らした。

(涙《なみだ》を我慢《がまん》してはいけないって、あなた、わたくしに言ったじゃない)

リオネルの顔がこちらに向けられる。疲《つか》れ切って、聞こえているのかいないのかも判別できないような暗い顔だ。ミーティアの胸が締《し》めつけられる。

(言っていいのよ、つらいときはつらいって。泣きたいときは泣きたいって。もしそれを、ああだこうだと言う輩《やから》がいたら……そいつらは、わたくしが片っ端《ぱし》からぶっ飛ばすわ)

おおよそ聖女とは思えない言葉を言いながら、リオネルの手をぎゅっと握る。そして彼の傷が少しでも癒《い》えるように、祈《いの》りの言葉を紡《つむ》いだ。

（あなたががんばっていることを、わたくしは知っている。充分《じゅうぶん》よくやっているわ。がんばるのに疲れたときは、休んだっていいのよ）

聞こえているのかはわからないが、リオネルの表情が憑《つ》き物が落ちたようになっていく。

その顔が泣き笑いのようにくしゃっとなるのが見えた瞬間《しゅんかん》――あたりは闇ではなく真っ白な光に満たされ、ミーティアの意識もふっと途《と》切《ぎ》れてしまった。

◆◆◆

「ん……」

かすかにうめいて目を開けると、見慣れない天井《てんじょう》が見えた。

周囲を見回そうと頭を動かすと、ひたいに置かれていた布がぱたりと落ちる。

そういえば熱があったのだっけと思いながら、彼女はゆっくり起き上がった。

「何時かしら……、えっ」

横を見たミーティアはぎょっとする。

なんとリオネルが壁《かべ》により掛《か》かるようにして、腕組みしながらうとうと眠っていたのだ。

「……ちょ、ちょっと、うたた寝《ね》なんかして、椅子《いす》から転げ落ちても知らなくてよ」

「んあ？」

その膝《ひざ》をゆさゆさと揺さぶって声をかけると、リオネルはパチッと目を開けた。

「……あれ、いつの間にか眠ってたか……。てか、ミーティアが起きてる」

「お、起きてちゃ悪いわけ？」

「悪くはない。ってか元気だな……やっぱり驚異《きょうい》の回復力だ。いっそうらやましいぜ」

彼はふわぁっとあくびをしながら、両手を伸ばしてコキコキと肩《かた》のあたりを鳴らした。

いつもと変わらぬ彼の様子に、ミーティアはどぎまぎしつつもほっとする。

先ほどまで見ていた夢は、夢と言うにはあまりに生々しかった。もしかしたら……彼の過去をのぞき見てしまったのかもしれない。

（夢見……というものかしら）

夢を媒介《ばいかい》として、そのひとの過去や未来、前世なども見ることができるというのが夢見の能力だ。

（聖女の中に稀《まれ》にそういったことができる者もいると聞いたことはあるけれど……実際にできる聖女はそうそう現れないし、見たこともないから、どういうものか知らなかった）

それがまさか、こんな無意識にできるものだなんて。ミーティアはごくりと唾《つば》を呑《の》んだ。

「熱は下がったみたいだが、顔色があんまよくないな。まだどっか調子悪いか？」

リオネルが心配そうに尋《たず》ねてくる。

どう説明しようか悩《なや》んだが、ともかく、他人の過去を勝手に見るなんて褒《ほ》められたことではない。ミーティアは非難されることも覚悟《かくご》で、正直に打ち明けた。

「ごめんなさい、さっきまで夢で……あなたの過去をのぞき見てしまっていたみたい」

リオネルは「は？」と目を丸くする。

ミーティアは少なくない気まずさを覚えながら「実は……」と事の次第《しだい》を話した。

「はー……聖女ってそんなこともできるのか？　なんの役に立つかわかんねぇ能力だけど、無意識にひとのあれこれが見えるのは、そりゃあ気分はよくないよな」

驚《おどろ》いたことに、リオネルは自分の過去を無遠慮《ぶえんりょ》に見られたことより、見てしまったミーティアの心情を慮《おもんぱか》ってきた。

「……怒《おこ》らないの？　あまりに配慮《はいりょ》に欠けた行為《こうい》だったわ」

「意識的にやられたんなら、そりゃあ気分はよくないが、無意識だったんだろう？　それならしかたない。それに、見られて恥《は》ずかしい過去を歩んできたとも思っていない」

リオネルはきっぱり言いきった。だがすぐに申し訳なさそうな面持《おもも》ちになる。

「あー……もしかしたらだが、それも強化人間を癒やした罰《ばつ》に相当するかもしれない。聖職者が言うには、過去のトラウマとかを夢で見る……ってことだったから」

「えっ、強化人間を癒やした罰って、悪い夢を見るということだったの？」

初耳だけにミーティアは驚く。だが……正直、目覚めてすぐ過呼吸を起こした自身の過去の夢に比べれば、罰と言えるようなものではなかったが。

「違《ちが》うなら違うでいいさ。ともかく、おれは傷を治してもらったおかげで、おまえに悪い夢を見させちまったから、それとおあいこってことで、気にしなくていいんじゃね？」

　ごくごくあっさり結論づけたリオネルに、ミーティアはあっけにとられた。

「……あなたって時々ものすごく楽天的ね」

「お褒めにあずかりまして。そうじゃないとやってられないことも多いからな」

　実際にそうなのだろう。彼の過去をちょっとのぞき見ただけでも、壮絶《そうぜつ》な人生を歩んできたことは充分に伝わった。

　あえて明るく、軽く、楽に考えないと本当に精神が病《や》んでしまうのだろう。

（それでも、決して歩みを止めようとはしないのね……）

　自分で決めたことを貫《つらぬ》こうとしているのだ。ひどく理不尽《りふじん》な目に遭《あ》ってきたとしても。

「……わたくし、あなたを心から尊敬するわ」

「いや、それはこっちのせりふだ。罰を受けると知っていながら、おまえはなお、おれを癒やしてくれた。おまえは天才である以前に、聖女の中の聖女だ。本当にありがとうな」

　リオネルが心から感謝している面持ちで礼を述べてくる。

　これまでもたくさんのひとから治癒《ちゆ》の礼を言われてきたミーティアだが……その経験の中でも特にくすぐったい気持ちを覚えて、自然と頬《ほお》に熱が上っていくのがわかった。

「……なぁミーティア、ちょっと聞きたいことが――」

リオネルがそう言いかけたときだ。「ほほほ〜い」という言葉とともに客室の扉《とびら》がバンッと開いた。

「話し声が聞こえたぞ。例の聖女殿《どの》は起きたのかえ？」

「げ、ロードバン」

リオネルがいやそうな顔をする。

ミーティアは目をぱちぱちさせて、聖職者の衣服をずりずりと引きずりながらやってきた老聖職者を見やった。そのうしろにはさらによぼよぼの聖職者が続いている。

「リオネル、こちらの方々は？」

「ああ、紹介《しょうかい》する。ここの神殿《しんでん》長で研究馬鹿《ばか》のロードバン殿。で、うしろのよぼよぼなのが、力はあるけど昼寝が大好きなポポ殿だ」

「もうちっと気《き》の利いた紹介をせんか、口の悪い騎士《きし》隊長めが」

「いてっ」

ロードバンに脛《すね》を蹴《け》っ飛ばされて、リオネルはわりかし痛そうに顔をしかめていた。

「ちょうどポポ爺《じい》さんが目覚めたのでな、聖女の様子はどうかと見にきたのじゃ」

ためつすがめつ見つめられて、ミーティアはどぎまぎしながら頭を下げた。

「お初にお目にかかります、お二方。ミーティアと申します」

「ほっほっほっ。礼儀《れいぎ》正《ただ》しい娘《むすめ》じゃの。……して、ポポ爺さん、この娘はどうかね？」

三人が会話しているあいだも、じっとミーティアを見つめて動かなかったよぼよぼの聖職者は、ようやく口元を動かした。

「確かに、すばらしい……すばらしすぎる力を感じる……話に聞いただけでも充分可能性はあったが……実際に見れば間違いない……」

「ポポ爺さん、なにが間違いないんだ？　もうちょっと大きい声でしゃべってくれ、頼《たの》むから」

リオネルがそう言うのもわかるほど、ポポは震《ふる》える小さな声でぼそぼそつぶやいていた。

ミーティアも思わず前屈《まえかが》みになって耳を澄《す》ましてしまう。

そうして彼女が耳を寄せた瞬間、ポポはぼそっとつぶやいた。

「お嬢《じょう》ちゃん……あんたおそらく【神託《しんたく》】を受けたんじゃろう？」

ほとんど確信に満ちた問いかけに、ミーティアは鋭《するど》く息を呑んだ。

「……どうして」

「見えるのじゃよ……わしは見る力に長《た》けた聖職者じゃから……」

ポポはやはりぼそぼそと答えた。

「あんたの力がなんのためのものなのか……それはあんたが一番よく知ってるね……？」

「……」

ミーティアはくちびるを引き結ぶ。リオネルが「おい、ポポ爺の言葉が全然聞こえないんだが、なにを言っているんだ?」と尋ねてきたが、答えられなかった。

ポポもそれ以上言うことはなかったのだろう。よぼよぼと扉へ歩いて行った。

「若い娘さんの部屋に……長居はできないからの……」

「む、ポポ爺さん、用事は済んだということかえ? なら我々《われわれ》はお暇《いとま》しよう」

さいなら〜と手を振《ふ》って、きたときと同様、二人の老人はこちらの返事も聞かずに部屋を出て行った。

「なんだったんだ、いったい」

リオネルが眉《まゆ》を寄せる。

彼はちらっとミーティアの様子を見ると、なにか言いたそうに口を開いたが——。

「リオネル様? 今ロードバン様たちが出て行かれたけど、入って大丈夫《だいじょうぶ》?」

扉がノックされ、チューリの声が聞こえてきた。リオネルは「あ、ああ」とうなずく。

「ミーティア、チューリ殿を入れてもかまわないよな?」

「……ええ、大丈夫よ」

リオネルはじっとミーティアの様子を観察してから、みずから扉を開けに行く。

チューリは起き上がっているミーティアを見るなり仰天《ぎょうてん》して「まだ寝《ね》ていないと駄目《だめ》よ」とあわてて入ってきた。

「熱は下がっても疲労《ひろう》が取れているとは限りませんからね。今日はゆっくり休むのよ、ミーティア様。いいわね？」

「え、ええ、チューリ様」

「わたしはお昼をいただいてきたから、ミーティア様の看病を交代するわ。リオネル様はご飯に行ってきて、そして、そろそろちゃんと寝なさい」

リオネルは片方の耳に指を突《つ》っ込みつつ「へいへい」と立ち上がった。

「チューリ殿の言うとおり、今日はゆっくり過ごせよ、ミーティア」

そうしてかたわらの荷箱を担《かつ》ぐと、彼は狭《せま》い客室を出て行ったのだった。


再び一眠《ひとねむ》りすると、すっかり元気になった。チューリに「寝台《しんだい》から出てよし」と許しを得られたミーティアは、夕飯のために広間に向かう。

ミーティアを見つけた騎士たちは、嬉《うれ》しそうに次々と声をかけてくれた。

「お元気になって本当によかったです。隊長も喜びますよ」

「そういえば、リオネルは？」

「さすがに疲《つか》れていたみたいで、まだ客室の一つで寝ていますよ」

騎士たちはなぜかニヤニヤとした顔でうなずき合った。

「たぶん聖女様が元気になったから、緊張《きんちょう》の糸が切れたんじゃないですかね」

「なんだかんだ、ミーティア様の容態を一番気にしていたのは隊長ですからね～」

本人は言わないけどね～、と騎士たちは意味深長に付け加える。

ミーティアは気恥《きは》ずかしさに赤くなりつつ、「そうなの」と素っ気なく答えておいた。

「聖女様、食欲はあります？　芋《いも》のふかしたやつ、食べられますかね？」

「ありがとう、いただくわ」

そうしてミーティアは騎士たちに交じって、わいわいと賑《にぎ》やかな食卓《しょくたく》を囲んだ。

「よかった。思ったより顔色もいいし、食欲もあるみたいですね。聖女様の健康は今後の進軍にかかわることだけに、不謹慎《ふきんしん》な言い方ですが、お元気になって本当によかった」

食事も終盤《しゅうばん》にさしかかったところで、騎士ヨークがほっとした顔で話しかけてきた。

「ありがとう。ところで今後の進軍というのは？」

ヨークの隣《となり》にいたロイジャが、芋をごくりと飲み込んで説明をはじめる。

「魔鳩《まばと》が運んできた荷箱が【神樹】の皮だったのは、ミーティア様も気づいてますよね？」

「ええ」

「その魔鳩の足に、ミーティア様への帰還《きかん》命令が書かれた布が縛《しば》りつけられていたんです」

「えっ？」

「ええと、どこに行ったか……。あ、これですね」

ヨークが手渡《てわた》してきたのは、顔の大きさほどの木綿《もめん》の布だ。なにも書かれていないが、確かに、聖職者が使う術の名残《なごり》のようなものを感じる。

「ポポさんが言うには『聖女ミーティアに助力を請《こ》う、【神樹】に危機が迫《せま》っているため早急に中央神殿に帰還せよ』ということが書かれているそうです」

「【神樹】に危機……」

あれだけの量の【神樹】の皮を魔鴆が運びだそうとしていたのだ。危機であることは間《ま》違《ちが》いないだろうが……。

「そういえば【神樹】の荷箱はどこに？」

「隊長が常に担いでそばに置いています。今も隊長が寝ている寝台の下にありますよ」

「彼が守っているなら安全ね。それにしても……」

手元の布を見やってミーティアは首をかしげる。

【神樹】の皮を剥《は》ぐことができるのは、現状では聖職者のみだ。

彼らがなんの目的で、守るべき【神樹】を傷つけているかはまったくわからない。

傷つけた本人たちが『助力を請う、帰還せよ』と言ってくるのは、もっとわけがわからない。支離滅裂《しりめつれつ》もいいところである。

「【神樹】も心配ですが、おれたちの隊に与《あた》えられた国境守備の任務も、難易度が上がりすぎて対処も難しくなってきたし、中央に残る家族のことも心配だしということで、どうしようかと話し合いをしました。結果的に、隊を二分することに決定したんです」

王都に戻《もど》る隊と、引き続き国境を守る隊。ミーティアとリオネルは前者に入るそうだ。ついでに言うと、ヨークとロイジャも。

「特におれたちは隊長たちと同じ先発隊です。ミーティア様が寝ているあいだに、こっちでいろいろ決めてしまって申し訳ないのですが」

「そんなことは気にしないで大丈夫よ。あなた方と行動を共にする以上、隊の決定に異を唱えるつもりはないし」

いずれにせよ【神樹】の状態はすぐに確認《かくにん》しに行きたい。皮を剥がれた【神樹】は、人間で言えば無理やり皮膚《ひふ》を剥がされたようなもので、当然ながら弱ってしまうし、本来の力を発揮できなくなるのだ。

そうなると、どうなるのか。

【神樹】はきれいな水と空気を生みだし、魔物を寄せ付けない力を持っている。

それらが弱るということは、すなわち、神聖国の安全が脅《おびや》かされるということなのだ。

神聖国において、それは一番に避《さ》けなければならないことだ。ともかく傷ついた【神樹】を一刻も早く癒《い》やし、助けなければならない。

（助ける……）

頭に浮《う》かんだ単語に、重々しい声が重なった。

――『助けよう。ゆえに、そなたも、助けよ』

ミーティアは目を伏《ふ》せ、ゆっくり息を吐《は》き出した。

「中央に向かうのはいいけれど、リオネルも一緒《いっしょ》で大丈夫なの？　国境にいたほうがいいのでは……」

ミーティアの心配に気づいたのだろう。ロイジャは「大丈夫っすよ」とうなずいた。

「普通《ふつう》の魔物相手なら、聖女様からいただいた護符《ごふ》と、今ある武器でなんとかできます」

「でも前みたいな巨大《きょだい》な魔物がきたら――」

「それなんですが、神殿《しんでん》長のロードバン爺曰《じいいわ》く、魔物を巨大化させていたあの玉は、一朝《いっちょう》一夕《いっせき》で作れるものじゃないっぽいんですよ」

聖職者にして研究者のロードバンは、魔術師についても詳《くわ》しいらしい。

ロードバン曰く、あの玉は我が国で言うところの【杭《くい》】のように、かなりの時間と手間《てま》暇《ひま》をかけて作る必要があるものだそうだ。

「そう考えれば、巨大魔物が攻《せ》めてくるのはまだまだ先だろうということで。楽観的な考えだとは重々承知ですが、実際、ここにきてからは静かですからね。普通の魔物も入ってこない。……普通の魔物ならミーティア様の護符がたくさん貼《は》ってあるところには近寄れないので、国境あたりで歯がみしていると思いますがね」

ヨークはめずらしく、少しおどけた調子で肩《かた》をすくめて見せた。

「確かにそうね。魔術師がなにを考えて魔物を巨大化させたかは知らないけれど……」

こういうタイミングだけに、魔術師が剝ぎ取られた【神樹】の皮に絡《から》んでいる可能性も大いにある。

「あの魔鳩もデュランディクスに向かうはずだったのなら、なおさらね」

「ですね。……あ、魔鳩と言えば。あの怪我《けが》して墜落《ついらく》した魔鳩、今は厩舎《きゅうしゃ》の近くに繋《つな》いでいるんですが、食事を用意してやれてなくて。あとで癒やしの力をかけてもらってもいいでしょうか？」

「ああ、そうね。食事が終わったらすぐに向かうわ」

ミーティアは残りの芋を胃に収めて、杖《つえ》を手に外へ出て行った。

すっかり日が暮れてあたりは暗くなっていた。魔鳩は夜に溶《と》けるように静かに眠《ねむ》っていたが、ミーティアが歩み寄ると気配を感じてピクッと目を覚ます。

『クー……！』

「あら、元気ね。わたくしのことを覚えていて？」

『クックー！』

魔鳩はいそいそと立ち上がると、嬉しそうにミーティアの腹部に頭を擦《こす》りつけてきた。

「ふふ、お腹《なか》がすいているだろうに、おとなしく待っていていい子ね。今、癒やしの力を送ってあげるからね」

杖を掲《かか》げて、魔鳩の空腹が収まるように念を込めると、魔鳩が『クー……』と気持ちよさそうな声を漏《も》らした。

「しっかり食べさせてあげたいけれど、そうもいかなくて。ごめんなさいね」

『クー』

わかっているよと言いたげに魔鳩がまばたく。本当に賢《かしこ》い子だ。

それだけに、どうして怪我を負っていたのかも気にかかる。

(魔鳩は三回も羽ばたけば、どんな建物より高く飛び上がることができるわ。普通の鳥は魔鳩の大きさに恐《おそ》れをなして、まず近寄ってこないし、魔物より身体《からだ》が軽くてより高いところを飛べるぶん、外敵に襲《おそ》われる心配もない……)

だから、この魔鳩が自然のなにかによって傷つけられた、というのは考えにくいのだ。

それに……。

(羽が黒いからよく見えなかったけど……あの怪我は、剣《けん》かなにかで斬《き》られたような傷に思えた)

飛び上がる前に襲われたということだろうか？

魔鳩《まばと》はなつくことこそめずらしいが、人間を傷つけないよう徹底的《てってい》に調教されている。そして魔鳩のほうも、人間が自分を傷つけることはないと思っている。それだけに斬《き》りつけられたのはひどくショックなことだっただろう。

（そもそも魔鳩は荷物や人間を運搬《うんぱん》するための存在。傷つけていい謂《い》われはないのに）

ましてこの魔鳩は信じられないほど人なつっこい。今もミーティアの腕《うで》を甘噛《あまが》みし、頭を擦りつけてしきりに甘えている。

こんな可愛《かわい》い子を、どんな理由であれ傷つけようとするなんて。

「いったい中央神殿でなにが起きているのかしら……追放したはずのわたくしを呼び戻さないといけないほどなんて」

デュランディクスの魔術師の存在も気にかかる……。本当に、中央や神殿でいったいなにが起きているのやらだ。

『クルッポー？』

考え込んで動きが鈍《にぶ》くなったミーティアに対し、魔鳩が「どうしたの？」と言いたげに首をかしげてくる。

ミーティアは苦笑《くしょう》して、魔鳩の首筋を優《やさ》しく抱《だ》きしめた。

「あなたは本当に賢いのね。それにとても優しい子。……これからどうするべきなのかを考えていたの。わたくしには果たすべき使命があるものだから」

「――それはポポ爺《じい》さんが、おまえにぼそぼそ言っていたことと関係があるのか？」

不意にうしろから声をかけられ、ミーティアは驚《おど》きのあまり飛び上がってしまった。

「リオネル……！」

「すっかり寝過《ねす》ごしちまった。せいぜい二時間くらいの仮眠《かみん》の予定だったんだが」

誰《だれ》も起こしにこないからさぁ、と荷箱を肩に担《かつ》いだリオネルが歩み寄ってきた。

「だから逆に目が冴《さ》えちまった。お、魔鳩も元気か？」

『クー！』

魔鳩はリオネルにも頭をぐりぐりと押し当て、全力で甘えていた。

「本当に人なつっこい魔鳩だわ……」

「人間にこんなに好意的な奴《やつ》はめずらしいよな。おれも驚いたよ」

『クルッポー！』

「ははは、話題にされて嬉《うれ》しそうだな、魔鳩。……んー……魔鳩って呼びかけるのも、なんか人間相手に『人間』って呼びかけるみたいで不自然だよな。名前をつけてやれば？」

「えっ、わたくしが？」

『ポー！』

心なしか魔鳩の瞳《ひとみ》がきらきらと期待に輝《かがや》いている気がする。ミーティアは「そうねぇ」と考えて、

「じゃ、ポーちゃんで」

と即決《そっけつ》した。

「……安直すぎじゃね？」

「覚えやすくて呼びやすいのが一番じゃない？」

『ポー！』

若干《じゃっかん》不満げなリオネルに対し、魔鳩本人は嬉しげに翼《つばさ》を震《ふる》わせた。「ポーちゃん」と呼びかけると嬉しげに頭をすり寄せてくる。

「本人が気に入ったならいいけどさ。……この聖女とはちょっと話があるから、借りるな」

リオネルが呼びかけると、賢いポーは巨大な足を折りたたみ、嘴《くちばし》を羽に突《つ》っ込んで眠る体勢を取った。

「昼間はずっと眠ったままだったみたいだぞ、ポーの奴。運動とかさせなくて大丈夫《だいじょうぶ》かと心配したんだが」

「たぶん体力の温存のために、あえて寝ているんだと思うわ。蓄《たくわ》える、っていうのかしら。動かなければお腹も空《す》かないしね」

「そういうことも考えているのか。頭がいいんだな」

リオネルはひとしきり感心してから、ミーティアを厩舎脇《わき》のベンチへ手招いた。

「さっき言ってた『使命』ってやつ、うなされていた悪夢にも関係してたりするのか？」

荷箱を足のあいだに置いたリオネルがズバリ尋《たず》ねてくる。彼の隣《となり》に腰《こし》かけながら、ミーティアは苦笑した。

「その手のことは無理に聞かないとか、前に言っていなかったかしら？」

「言った。だが、あのときとは状況《じょうきょう》が変わった。今後のことを思うと、知らないことがあるっていう事実は、できれば少ないほうがいい」

隊の方針では今後、リオネルはミーティアとともに中央へ向かうのだ。チームを組むと思えば、腹を割って話すこともまた大事ということだろう。

「……あなたの言い分はわかるわ。わたくしも……あなたの過去をのぞき見た上で、自分のことは秘密にしたいというのは、フェアではないと思うし」

「いや、フェアとかそういうのは気にしなくてもいいけど……単純に、やっぱり気になるからさ。ポポ爺さんになにを話していたか聞いても、とぼけられるばっかりだったし」

「ああ……」

その様子が容易に想像できて、ミーティアはつい笑ってしまった。

「笑い事じゃねぇって。おれ、あの手の爺さんの相手はあんまり得意じゃないんだ」

「そんな感じね」

疲《つか》れ切ったリオネルに少し同情しつつ、ミーティアはなんとも言えない気持ちで星空を見上げる。

瘴気《しょうき》も届いていない場所だからか、星がまたたくのがきれいに見えた。

「……【神託《しんたく》】を受けているのではないかと言われたの、ポポ様に」

「！　【神託】って……」

「文字通り『女神《めがみ》様からのお告げ』よ。わたくしは十歳のときに、おそらくそれを受けた。それまで聖女の力なんて欠片《かけら》も存在しなかったのに、【神託】を受けたその瞬間《しゅんかん》から、今の天才的な力が顕現《けんげん》するようになったの」

みずからの両手を見つめてミーティアはつぶやく。リオネルも姿勢を正した。

「【神託】ってどんな？　聖職者とか聖女から伝えられるものなのか？」

「いいえ、頭の中に直接響《ひび》いてきたの。人間とは思えない重々しい声……あれが【神託】であるなら、あの声は間違《まちが》いなく、天上におわす女神様の声なのでしょうね」

「女神の声を聞いたっていうのか？」

リオネルがぎょっと目を見開いた。

「な、なんて言われたんだよ」

「――『助けよう。ゆえに、そなたも、助けよ』」

ミーティアははじめて、その言葉を自分のくちびるから誰かに告げた。

告げることがあるとすれば、信頼《しんらい》できる聖女か聖職者だと思っていたから、騎士《きし》である
リオネルに言うことになるとは……未来とはわからないものだなと改めて感じる。

リオネルは「助けよう。ゆえにそなたも助けよ……」と【神託】の言葉をくり返していた。

「なにか……おまえ自身が助けを必要としていたことがあったのか？」

「ええ、あった。【神託】が聞こえたとき、ちょうど殺されそうになっていて」

「……なんだって？」

リオネルの声が急に低くヒヤッとしたものになる。ミーティアは「わたくし相手に凄《すご》ま
ないでよ」と思わず身体《からだ》を引いた。

「いったい誰だ、おまえを殺そうとした奴は」

「……継母《ままはは》よ。まぁ、いわゆる、家庭内のいざこざよ。よくあることでしょ？」

あえて軽い口調で言うが、リオネルは難しい顔のままだ。

「よくあることであっても、あること自体を正当化していいわけじゃないだろ」

「……それはそうね。まぁ、ともかく、継母との折り合いが悪くて」

「折り合いが悪い程度で殺されそうになるか？」

「……まぁ、そうなのだけど」

リオネルが想像以上に怒《おこ》っているのを見て、ミーティアはやっぱり話さなければよかっ

たかと少し後悔《こうかい》した。

「あ、おまえには別に怒っていないぞ？　……いや、訂正《ていせい》。やっぱり怒ってるかも。もっと早く話せよな、そういうことは」

「話して気持ちのいいものではないもの」

「話すだけで楽になることもあるっての。夢に見てうなされるくらいに苦しいことなんだから、とっとと話して楽になればよかったものを」

強情《ごうじょう》だよなぁ、とリオネルはあきれた様子で両足を投げ出し、ため息をついた。

「わたくし自身が話したくなかったのよ」

「弱みを見せることになるから？」

「……そうかもしれないわ」

「素直《すなお》にうなずけるようになっただけ、成長だな。――継母は、なんだ、育ての親的な？」

「そうなるかしらね……。わたくしの実母はわたくしが赤ん坊《ぼう》の頃《ころ》に亡《な》くなってしまって、父の後妻として入ってきたのが継母だったの。前妻の子ゆえに疎《うと》まれていたというのもあるのだけど、それ以上に……」

「それ以上に？」

「……継母は、子どもができにくい体質だったみたいで。わたくしの母が結婚《けっこん》後すぐに身ごもったのに比べて、嫁《とつ》いで何年経《た》っても継母は子どもに恵《めぐ》まれなかった。そのことで父にずいぶん責められていたみたい」

これにはリオネルも「ああ……」と複雑な表情を浮《う》かべていた。

「……要は、不妊《ふにん》によるストレスをぶつけられていたってことか」

「そんなところ。でも継母のいらだちもわかるの。父は浮気性《うわきしょう》で、愛人をとっかえひっかえしていたし」

「クズだな。そいつもあとでまとめて殴《なぐ》っておいてやるよ」

「……ありがとう。でも父はともかく、継母はやめたほうがいいわ。殴ってもなにも感じないだろうし」

「……どういうことだ？」

ミーティアは自分の膝《ひざ》に目を落とし、【神託】を受けたときの記憶《きおく》をたどった。

「……父の横暴に耐《た》えられなくなったのか、わたくしが十歳を迎《むか》える頃には、継母は心身ともに不安定になっていたの。その日もいやな夢か幻覚《げんかく》を見たようで、わたくしに当たり散らし……そばにあった椅子《いす》を振《ふ》り上げて、わたくしに叩《たた》きつけようとしたのよ」

――その頃に限らず、家を仕切る継母にきらわれたミーティアは、物心ついたときにはすでに『この家の娘《むすめ》』という扱《あつか》いは受けていなかった。

寝床《ねどこ》は厨房《ちゅうぼう》のかまどのそばで、食事は使用人たちの食べ残しか、腐《くさ》って捨てられた食材のみ。病気になっても聖女に診《み》てもらうどころか、熱があろうとなんだろうと、用事を言いつけられて下級使用人のごとく働かされた。

もちろん家の娘として人前に出ることもあり、そういったときはきれいに着飾《きかざ》って挨拶《あいさつ》をさせられたりした。だがその後は決まって継母に呼び出され、礼がなっていないだの客人に媚《こび》を売っただのと、あることないこと責め立てられた。

そうしてミーティアを責めているうち、継母はどんどんヒステリックになって、だいたい同じことを言い出すのだ。

『あんたなんて生まれてこなければよかったのよ！　あんたがいるせいで、なにもかもうまくいかない！　なんであんたは生きてるのよ⁉』

――ミーティア自身、不思議だった。なぜ自分は生きているのだろうと。

父は家庭に無関心で、娘は跡《あと》取りになれないこともあり、ミーティアのこともどうでもいいと思っていた。

継母はミーティアの存在自体を嫌悪《けんお》していて、前妻がこいつを産んだせいでより自分が夫から責められるのだと思い込んでいたし、その心労をすべて継子にぶつけていた。

家を仕切る奥方がそんな様子では、使用人も誰《だれ》もミーティアを助けてくれない。継母がミーティアに明らかな暴力を振るっているときでも、見て見ぬフリを決め込んだ。

そんな状態だっただけに、なぜ自分は生きているのだろうと、ミーティア自身、疑問に思ってばかりだったのだ。

いっそのこと死んでしまおうとも思ったが、血相を変えた使用人たちに止められた。

関心のない存在とはいえ、この家の娘が死んだとなれば悪評が広がる。そうなれば使用人たちの監督《かんとく》不行き届きとして、自分たちが罰《ばつ》を受けることになるからと。

――結局、誰も彼も自分が大事というわけだ。

そして、あの運命の日を迎えることになる。

振り上げられた椅子を見て、もう駄目《だめ》だという気持ちが広がると同時に、痛いのはいやだとも思った。死ぬのはよくても、そこに至るまでに苦しむのはいやだと。

その感情と呼応したのかは、まったくわからない。

だが、椅子がまさに自分の頭に振り落とされようとしたその瞬間――ミーティアの頭に、厳《おごそ》かな女神の【神託】が響いてきたのだ。

――『助けよう。ゆえに、そなたも、助けよ』

そのときだ。自分の両手から、恐《おそ》ろしいほどのまばゆい光があふれ出した。光だけでなく強い衝撃《しょうげき》も生みだし、継母の身体を吹《ふ》き飛ばした。椅子も、そばにあった机も棚《たな》も、突風《とっぷう》に煽《あお》られたようにすべて倒《たお》れ、壁《かべ》に打ちつけられて崩《くず》れ落ちる。

『ぎゃああああああああああ！』

啞然《あぜん》とするミーティアの前で、継母が両目を覆《おお》って床《ゆか》を転げ回っていた。『目が、目がぁあ……！』と大騒《おおさわ》ぎする継母に、ミーティアは大混乱におちいる。

やがて物音を聞きつけた使用人が飛び込んできたが、その惨状《さんじょう》を前に言葉を失っていた。

継母はすぐに中央神殿《しんでん》へ連れて行かれて、聖女の治療《ちりょう》を受けさせようとしたのだが、ずっとわめきちらすばかりで診察《しんさつ》にもならなかった。

継母はその後も『あああぁ、助けて！』『目がぁ！　目が灼《や》けるぅ……！』と暴れ続け……最後には泡《あわ》を吹いて気絶し、昏睡《こんすい》状態となった。

報《しら》せはすぐに父へ届けられた。父は継母の変わり様を見て恐れをなし、その日のうちに彼女を郊外《こうがい》へ追いやってしまう。

そして、妻が錯乱《さくらん》したときにそばにいたという娘に対し、手を上げてきた。

『あいつがあんな風になったのは、おまえがなにかしたからだろう！』

ミーティアはとっさに頭をかばおうとしたが、またあの光が炸裂《さくれつ》するかもしれない。そう思うと怖《こわ》くて、身体を丸めて腕《うで》をぎゅっと押さえ込んだ。

だが、それでも異変は起きた。

ミーティアを叩こうとした途端《とたん》に、父は『ぎゃあああ！』と叫《さけ》び、腰《こし》を抜《ぬ》かしたのだ。

そして真っ青になって震《ふる》えながら、ミーティアに対し妙《みょう》なことを口走っていた。

『お、お、お許しを、どうかお許しを！　どうか憐《あわ》れなわたしを許し……うわあああ！』

継母だけでなく父まですっかりおかしくなって、ミーティアのみならず、そばにいた使用人たちも血の気を引かせる。

母と違《ちが》い昏睡状態になることこそなかったものの、なぜかすっかりミーティアにおびえた父は、彼女をうやうやしく中央神殿に連れて行った。

そして娘を聖女に託《たく》した上で、両手を組んでひたすら慈悲《じひ》を乞《こ》うていたのだ。

『おっしゃるとおり神殿につれてまいりました。ですからどうか、どうかお許しください。もう決して関《かか》わりませんゆえ……！』

そうして父はミーティアが神殿に入っていくのを見るなり、全速力で馬車を走らせ帰って行ったのだ。

その後、父は郊外に引っ越《こ》したと聞いた。今、どこでどうしているかは定かではない。

「……今だからわかるけれど、きっと父はわたくしではなく、わたくしの中に一時的に宿った女神様《めがみさま》に畏怖《いふ》していたのだと思う。わたくしが出したあの光も、きっと女神様のお力そのものだったのよ」

「……【神託《しんたく》】にあった『助けよう。ゆえに、そなたも、助けよ』の、最初の『助けよう』って、おまえを物理的な暴力から守ってやるっていう女神の言葉だったたってわけか。……だとしても、やり方がエグすぎるだろう」

子どものトラウマになるような方法を……とリオネルは至極《しごく》いやそうな顔になった。

「女神様の道理に、人間の倫理《りんり》は当てはまらないということでしょう」

「いや、そうかもしれないけど。振り切れすぎだって。そりゃあ女神なんだから、振り切れていいて当然かもしれないけど……」

やるせねぇえええ、とリオネルは頭をガシガシと掻《か》き回した。

「まぁ、ともかく、そういう経緯《けいい》でわたくしは中央神殿に引き取られて、聖女としての修《しゅ》行《ぎょう》をはじめたというわけ。わたくしが持つ聖女としての力は、まさに『天』から与《あた》えられた『才』──天才ゆえのもの、ということなのよ」

「は～あ。女神様って奴《やつ》は残酷《ざんこく》だな」

リオネルはため息交じりにつぶやいた。

「おまえに与えられた力……というか【神託】は、【神の恩寵《おんちょう》】というよりは【呪《のろ》い】に近いものがある気がする。おまえのことを助けるし、力も与えるから、助けろ──っていうのが【神託】の内容なわけだろう？」

「そうなるわね」

「助けろ、って、つまり女神のことを助けろってこと？　……地上住みのおれたちにとっちゃ、女神のおわす天上は死後の世界だ」

「その代わり、女神様は我々《われわれ》人間のために、地上にあるものを残した」

「それこそが、この神聖国の要《かなめ》である【神樹】ってわけなんだな」

リオネルはぎゅっと眉《まゆ》をひそめた。

「つまり女神は【神樹】を助けろって、おまえに【神託】を下したわけか」

「現状を考えればそうなると思う。でもこうなる前は、わたくしは文字通り『人助けをしろ』という意味に受け取っていたの」

八年に及《およ》ぶ聖女生活を振り返りながら、ミーティアはポツポツつぶやいた。

「わたくしの力の中でも、もっとも強いのは癒《い》やしの力。だから、二百年ごとに現れていた力の強い聖女や、【救国の聖女】と同じように、人間を病や自然から助けろという意味だと受け取っていた……」

力を与えられたからには、それを使っていかなければならない。

不本意な形になったとはいえ、女神に命を助けられたのは事実なのだ。その女神が与えた力と使命があるなら、自分はそれをまっとうしなければならない。

神殿にやってきたミーティアはその考えのもと、聖女としての修行に励《はげ》んだ。

ただ力が強いだけでは、また女神の力が暴走して、誰かを傷つけてしまうかもしれない。

わたくしはひとを傷つけるのではなく、助けなければならないのだ――。

「……そうとう、努力したんだな。力を強くするというよりは、制御《せいぎょ》するために」

リオネルがぽつりとつぶやく。

ミーティアはいつも通り「そんなわけないでしょ」としれっと返そうと思った。天才たる自分にとって努力など無用の長物だと。

だが――事情を洗いざらい話した彼相手に強がるなど愚《ぐ》の骨頂だ。ミーティアは素直《すなお》に「ええ」とうなずいた。

「実技はともかく、座学は勉強しないことには首席を取ることなんてできないもの。治癒《ちゆ》は習わなくてもできたけど、護符《ごふ》は描《か》き方を覚えないとどうしようもないし。結界を張るのも、最初は下手くそだったわ。加減がわからず広範囲《こうはんい》に展開しすぎて、力尽《ちからつ》きて倒れることも、しょっちゅうだった」

それに、大きく強い力を使うことも恐ろしかった。またあの光が出てきたらどうしようと、心臓が重く鼓動《こどう》を打って冷や汗《あせ》が噴《ふ》き出したものだ。

――今のこの実力を手に入れるまでに、陰《かげ》で必死に努力を重ねてきたのである。

「力の強い聖女がどう過ごしてきたかも知りたくて、古い文献《ぶんけん》をあさったり、禁書の棚にこっそり忍《しの》び込むこともあったわ。でも……【神託】に関する記述は本当に少なかった。【神託】を受けた【救国の聖女】が存在したことはわかっても、彼女たちがどういう運命をたどったかまでは、わからなかった」

それだけに、自分が【神託】を受けたことを、周囲に話すことができなかった。

どういう反応をされるかわからなかったし、【神託】を勝手に解釈《かいしゃく》された挙げ句、聖職者たちにいいように使われてしまうかもしれない。監視《かんし》されたり、行動が制限されることも充分《じゅうぶん》に考えられたので、口にするのはリスキーだと思ったのだ。

「わたくし自身が【神託】を受けた聖女として、より奇異《きい》な目で見られるのもいやだったの。ただでさえ力が大きすぎて、同じ年頃《としごろ》の聖女たちから遠巻きにされていたし……。だから、わたくしは天才で、みんなを助けるためにここにいるのだと、ずっと自分自身に言い聞かせてきたところもあるわ」

同時にひたすら猫《ねこ》を被《かぶ》って、誰《だれ》にでも優《やさ》しく、理想的な聖女を演じることを意識した。物腰柔《ものごしやわ》らかく丁寧《ていねい》に話しながらも、堂々と胸を張って、自信に満ちた面持《おもも》ちで過ごすことも心がけた。

そうすると不思議なもので、『力が強くて恐《おそ》ろしいし近寄りがたい……』と思われていたのが、『あんなに堂々としたすばらしい聖女なのだから、力が強いのも当然ね』という形で受け入れられるようになってきたのだ。

「つまり、全員おまえの演技に騙《だま》されていたってことだな。聖女より女優を目指したほうが大成しそうだな？」

「お褒《ほ》めの言葉として受け取っておくわ」

「とはいえ、並の精神力じゃそんなこともできない。おまえは天才というより、超《ちょう》がつくほどの努力家だったというわけだ」

「……まぁね。寝《ね》る間も惜《お》しんでやってきた自覚はあるわ」

否定してもしかたないので、ミーティアはゆっくりうなずいた。

「女神様が命じた『助けよ』が【神樹】を守れということなら、わたくしはそのために動くつもり。与えられた使命を果たさないと」

しかしリオネルはわずかに眉をひそめ、首を小さく振《ふ》った。

「状況《じょうきょう》的にそう受け取れるけど、実は助ける対象は人間でも【神樹】でもないかもしれないぞ？　なにせ、なにを助けるかは指定されていないわけだし」

「まさか。それ以外になにを助けろというの？」

「それはおまえが決めていいぞ、ってことなんじゃないか？」

眉をひそめるミーティアに対し、リオネルは至極あっさり言った。

「与えられた力を振るうのは、結局おまえ自身だ。なにに対してその力を使っていくかは、おまえが決めればいいと思う」

「そんなことを言われても……」

「いいじゃないか。【神託】なんて厄介《やっかい》なもんを押しつけられたんだ。そのくらいの我《が》は押し通してもいいだろう」

リオネルはにやりと笑う。ミーティアは思わずため息をついた。

「あきれるわね。罰当《ばちあ》たりもいいところだわ」

「おまえは真面目《まじめ》すぎるんだよ、ミーティア。なんでも気楽に考えないと責任感に押しつぶされるぞ」

足を大きく振った反動で立ち上がったリオネルは、夜空を見上げる。空にはたくさんの星がまたたいていた。

「ひとの願いの数だけ星があるなんて言うけどさ、実際は星の数よかずっと多く、願いのほうが存在していると思ってる。おれだって願いというか、欲望まみれだ。魔物《まもの》を片っ端《ぱし》から倒《たお》したい、民《たみ》を守りたい、部下たちにも……死んでほしくないし、怪我《けが》もしてほしくないんだよ」

ぽつりとつぶやいて足下《あしもと》を見たのは、これまで守れなかった者たちに思いを馳《は》せたからだろうか。彼が助けられなかった命のぶんだけ、深くうなだれているように感じられた。

「こういう仕事だけに、大局を優先して部下を見捨てる決断をしたことも何度かあった。ぶっちゃけ、誰かに人殺しとか言われるより、自分の意思で見殺しにすると決めたことのほうが、おれにとっては落ち込むことだ」

「……そうでしょうね」

「そういったことも、本当はなければいいのにと思うよ。贅沢《ぜいたく》な願いだから、普段《ふだん》は口には出さないけどさ」

「……そうね」

「どんな状況であれ、見殺しにしていい命なんて本当はない。……同じように、死んだほうがいい命っていうのも、この世には絶対にないと思ってる」

顔を上げたリオネルはミーティアを振り返り、彼女と正面から向き合った。

「もしおまえが【神託《しんたく》】とやらを受けなかったとして、天才的な聖女の力を得なかったとして、だ。それでもおまえには、生きていい価値がちゃんとあるんだよ、ミーティア」

「……」

「命は、生まれるだけで、そこにあるだけで価値がある。そうだろ？　なんの力もない弱い人間は死ねなんて、普通は誰も思わない」

「……そうね」

「……おまえにとっちゃ、もしかしたら不本意な助かり方だったかもしれないが、それでもおれは、おまえが生きていてくれてよかったと思う。こうして会えてよかったよ」

「……」

ミーティアは思わず自分の膝《ひざ》に視線を落とした。

「……なんだか今生の別れみたい。やめてよね、そういう言葉で泣かせようとするのは」

「なんだよ、泣いてるのか？」

リオネルが近づいてきて、ミーティアの顔をのぞき込んでくる。

泣いてなんかいないわよ、と言いたいのに……ミーティアの瞳《ひとみ》は涙《なみだ》で潤《うる》んでいた。

「……妙《みょう》な重荷を背負わされて、大変だったな。確かに、弱音も吐《は》けなくなるわけだ」

再びミーティアの隣《となり》に座ったリオネルは、彼女の肩《かた》を自分のほうに抱《だ》き寄せる。

ミーティアはたちまち緊張《きんちょう》で身体《からだ》をこわばらせるが、ポンポンと肩を叩《たた》かれると、ガラにもなく甘えたい気持ちが湧《わ》いてきた。

おずおずと彼の肩に頭をもたせかけると、リオネルはそれでいいとばかりに、ミーティアをより抱き寄せた。

「力を授《さず》かったなら使わなきゃいけない。それはわかる。けど……そうしなきゃ自分に生きている価値はない、とは考えるな。何度でも言うぞ。命っていうのは、ただ生きているだけ、存在しているだけで価値がある。ただそれだけで大正解。な？」

ミーティアは無言のままこくりとうなずく。

返事はできなかった。涙がぽろぽろこぼれて、口を開いたら嗚咽《おえつ》まで漏《も》れそうだった。

（……わたくしも、会えてよかった）

この、ちょっと口が悪くて飄々《ひょうひょう》としていて、でも懐《ふところ》が大きく、言葉を惜しまない騎士《きし》隊長に。

目を伏《ふ》せて、リオネルが歩んできた道を思う。

決して平坦《へいたん》ではなく、平穏《へいおん》も少なく、どちらかといえば茨《いばら》の道であっただろう。それでも彼は逃《に》げることなくここまで歩いてきて、ミーティアのことを抱きしめてくれる。

（ずっと、このぬくもりに包まれていたいわ）

ミーティアはふと、そんなことを思う。

自分らしくない甘い考えにぎょっとなったが……同時に、胸に芽生えた気持ちを否定するのはいけないことだとも思った。

（わたくし、いつの間にかリオネルのこと……）

——女神《めがみ》から使命を与《あた》えられた自分には、普通の娘《むすめ》らしい恋《こい》とか愛とか、誰かを好きになるといったことは無縁《むえん》のことだと思っていた。むしろそういったものにうつつを抜《ぬ》かして、修行《しゅぎょう》をおろそかにする聖女を軽蔑《けいべつ》すらしていたのに。

今の自分には彼女たちを批判する権利はないわね、と苦笑《くしょう》が漏れた。

けれど今、二人の側《そば》には誰もいない。こうして寄り添《そ》っているのを見ているのも満天の星だけなのだ。

だから、もう少し……この一晩だけでいいから、こうして寄り添っていたい。

涙で夜空が滲《にじ》んでいく。自分を包むぬくもりを、ミーティアはこの先もきっと忘れることはない。

胸に芽生えたこの気持ちもまた、またたく星の光のように、ずっと消えることはないのだろう。

それは嬉《うれ》しくも切ないことだと思いながら、ミーティアもそっと腕《うで》を上げて、リオネルの背を柔《やわ》らかく抱《だ》き返したのだった。

◆

翌日は日が昇《のぼ》ると同時にあわただしく支度《したく》がはじまった。

騎士たちが支度を調《ととの》えるあいだ、ミーティアも神殿《しんでん》内の井戸《いど》と畑に祈《いの》りを捧《ささ》げて、護符《ごふ》を貼《は》り、瘴気《しょうき》が遠ざかるよう手を尽《つ》くす。

「行ってしまうのね……。なんだかさみしくなるわ」

ミーティアについて回っていたチューリが、いよいよ出発という時間になって、ぽつりとつぶやいた。

「わたくしもさみしいです。チューリ様とお別れするのは」

「どうか気をつけてね。無事を祈っているから」

「ありがとうございます」

二人の聖女はどちらからともなく抱き合って別れを惜《お》しんだ。

「よし、魔鳩《まばと》の準備も完璧《かんぺき》だな。――ミーティア、そろそろ行くぞ」

「ええ」

リオネルに声をかけられ、ミーティアは彼の隣へ移動した。

「じゃあ、おれたち中央組は今から出発する。あとを頼《たの》むな」

「お任せを。隊長も無理せず、手紙でもなんでも、出せるときは必ず連絡《れんらく》をください」

「ああ」

国境守備に残る騎士たちは口々にミーティアに「お気をつけて」と声をかけた。

【神樹】もそうだし、聖職者たちもなにを考えているのか……。本当に、本当に気をつけてね、ミーティア様」

チューリも硬《かた》い表情で言葉を重ねる。チューリの隣にたたずむ二人の老聖職者たちも「気をつけてなぁ」と声をそろえてきて、ミーティアはしっかりうなずきを返した。

「よし、それでは出発！　おれとミーティア、それとヨークとロイジャが魔鳩に乗っていく。残りの者は馬で必死に追いかけてこい！」

「はい！」

『クー！』

雰囲気《ふんいき》に中《あ》てられ魔鳩のポーまで威勢《いせい》のいい声を上げる。その可愛《かわい》らしさに、騎士たちがどっと沸《わ》いた。

「よし、ミーティア、こい」

先にポーの背にまたがったリオネルが手を差し伸《の》べてくる。しっかりその手を握《にぎ》ったミーティアは、ほどなくリオネルの前に乗せられた。

ヨークとロイジャも怖々《こわごわ》とポーの背にまたがる。「羽がつるつるしてて落ちそうなんですけどー！」と最後尾《さいこうび》のロイジャが悲鳴を上げていたが、そこはポーの運搬《うんぱん》能力と、その身体を両足でしっかりはさむリオネルの足腰《あしこし》を信じるしかない。

「ほら、命綱《いのちづな》をつけて、おれの身体に巻き付けろ。安心しろ、おれの足腰ならこいつの身体をしっかり挟《はさ》んで、おまえらのことも支えられるから」

「本当ですかぁ～……？」

「これで振《ふ》り落とされたら、隊長のことを一生恨《うら》むとしましょう」

騎士二人はそれぞれつぶやきながら、しっかり命綱を腰に巻いて、リオネルの腰にもくくりつけた。ミーティアもリオネルに同じようにしてもらう。

「よし、準備いいな？　じゃあ、出発！」

即席《そくせき》で作った手綱《たづな》をリオネルが引っぱる。ポーはバッと翼《つばさ》を広げ、大きく羽ばたいた。

そしてまたたく間に神殿の屋根より高いところへ上がる。おかげでロイジャが「ぎゃあああ！」と悲鳴を上げ、ヨークに「うるさい！」と怒《おこ》られていた。

「思い切り飛ばすぞ！　おまえら二人、振り落とされるなよ！」

「えっ、ちょ、待っ、高すぎて無理……っ！　うぎゃあああ――！」

憐《あわ》れなロイジャの悲鳴など、どこ吹《ふ》く風。

久々に空を舞《ま》ったポーは嬉しそうに『クルッポー！』と鳴きながら、うっすら見える【神樹】に向けて猛《もう》スピードで飛んでいくのであった。

第六章　決戦

「さっすが魔鳩！　もう中央が目と鼻の先だ。三時間くらいで帰ってこられるとはな！」

全身を打つ風に負けない大声でリオネルが叫《さけ》ぶ。

彼の前にいるミーティアは口をへの字に曲げながら杖《つえ》を握り直した。上空を飛んでいるせいでともかく寒くて、ずっと薄《うす》く結界を張ってしのいでいる状態だ。

だが寒さはしのげても風まではどうしようもできない。リオネルのうしろにまたがる騎士二人も「隊長、よくそんな元気でいられますね……」とげんなりしていた。

「さすがにここまでくると、【神樹】もはっきり見えてきますね」

「あいかわらずでっかいなぁ～」

ヨークとロイジャがどちらからともなく上を見上げる。

真っ白に光り輝《かがや》く【神樹】はあまりに大きいため、もはや山のようになっている。

まっすぐに天に伸びる太い幹から枝が四方に伸びているが、その枝も真っ白で、葉っぱも真っ白。そして枝は中央――王都すべてを覆《おお》うほどに、大きく広がっていた。

そこまで枝が広がっていると中央の都市全体が日陰《ひかげ》に入りそうなものだが、そこが【神樹】の不思議なところで、その枝は決して太陽の光をさえぎらない。

だが夏の暑い日差しはさえぎってくれるし、冬の強風からもある程度守ってくれる。

きれいな水と空気も保証されているだけに、【神樹】に近ければ近いところほど、快適な生活が約束されているのだ。

（だからこそ【神樹】はなによりも大切にしなければならないというのに、あんなに皮を剝《は》ぐなんて罰当《ばちあ》たりな）

真っ白に輝く【神樹】の美しい姿を見ていると、より腸《はらわた》が煮《に》えくりかえる。

そうこうするうちに中央の街――王都が見えるようになった。

魔鴆ポーは俄然《がぜん》速度を上げて、王都の上を滑空《かっくう》していく。かなりの速度で飛んでいるとは言え、街の様子はしっかり見えた。

「なにあれ……？」

そして見えてきたものに対し、ミーティアは思わずつぶやく。彼女の視線の先には中央神殿の大門があった。

中央神殿は【神樹】を円く囲むように建っており、一般《いっぱん》の民《たみ》が入れる出入り口は東西南北の四箇所《かしょ》に設けられている。

飛んでいる場所から一番近い北門を見た彼女は、門前の広場に大勢の人間が殺到《さっとう》しているのを見て息を吞《の》んだ。

「なんだ、あの人だかりは。ポー、ちょっとストップ。あっちに行ってくれ」

『クルッポ？』

ポーは不思議そうにしながらも、手綱を引っぱられるまま旋回《せんかい》して北門へ飛んだ。

「ゆっくり飛んでくれ、地上の様子を見たい。……おいおい、こりゃどうなってるんだ？」

ミーティアとリオネルは可能な限り首を伸ばして地上を見やる。

北の大門前は大きな広場になっているが、そこがすべて埋《う》まってしまうほど、大勢の人間が押し寄せていた。

「聖女を出せー！　怪我《けが》人と病人が大勢いるんだぞ！」

「うちの子が昨日からお腹《なか》が痛いって言っているのよ！　早くなんとかして！」

「下痢《げり》が止まらねぇんだ！　早く診《み》てくれよぉ！」

門に殺到する人々が大声で叫んでいるが、いつでも開かれているはずの大門はまったく開く気配がない。

叫んでいる人々はまだいいほうだ。門から離《はな》れたところに行くに連れ、力尽《ちからつ》きたのであろう人々がぐったりと倒《たお》れている。生きているかわからない者の姿もちらほら見えた。

「どういうことだ？　門が閉まっているなんて。いくら怪我した騎士《きし》が優先とは言え、一般の民だって金を払《はら》えば治癒《ちゆ》は受けられるはずだろう？」

リオネルもあっけにとられた様子でつぶやく。背後の騎士たちも怪訝《けげん》そうに口を開いた。

「しかしすごい人数だ。王都の人間がみな屋外に出てきているのでは？」

「街のほうは全然人気《ひとけ》がないっすね……。風車も水車も止まってる。煙突《えんとつ》から煙《けむり》も上がってないし……いったいどういうことなんだ？」

確かに、街全体が活動をしている様子がない。活動できる人間は全員が門の前に集まって、声を荒《あら》らげているという感じだ。

一箇所、明らかにほかと様子が違《ちが》っていたのは南門だ。この南門からまっすぐ延びる道の向こうには、きらびやかな王城がある。

そして南門には民衆ではなく、武装した王国騎士が勢揃《せいぞろ》いしていた。

彼らは弓矢を神殿《しんでん》に放ち、火までつけようとしている。中には太い丸太を十人がかりで持って、門に突進《とっしん》している騎士たちもいた。

それだけの攻撃《こうげき》を受けているのに——恐《おそ》ろしいことに、門はぴたりと閉《と》ざされたままで開かない。

（というより、攻撃をはじき返している？）

目をすがめて南門の様子を見たミーティアは、その異様さに思い切り眉《まゆ》をひそめた。

「門や塀《へい》を乗り越《こ》えようとしている者もいますね」

「なのに全員はじき飛ばされている……よな？」

ヨークとロイジャも揃《そろ》って指摘《してき》してきた。

「護符《ごふ》か結界の力が働いているせいか？」

リオネルの問いを、ミーティアは即座《そくざ》に否定した。

「結界はともかく、護符は人間を守るために存在するものだもの。対象が魔物《まもの》以外のものをはじき飛ばすなんて、あり得ない」

「なら、あの様子はなんだって言うんだ。聖職者が使う呪《のろ》いの力とかが働いているのか？」

「あんなことができる聖職者がいるとは思えないわ。もしやあれが魔術師の力――？」

ミーティアがそう気がついたときだ。頭上を覆っていた【神樹】の枝葉が、ガサガサガサッと不気味に揺《ゆ》れ動いた。

顔を上げた一行は、そこではじめて【神樹】の異変に気づく。

「遠くから見たときは気づかなかったが……なんか黒ずんでいないか、あのあたり」

「わたくしもそう見えるわ」

ちょうど太い幹から枝が伸《の》びるところが黒くなっていて、腐《くさ》っているように見える。

そのあいだも近くの枝がガサガサ……と不穏《ふおん》な音を発した。おまけに白い葉っぱがひらひらと何枚か落ちていく。

「――あり得ない、【神樹】の葉が落ちるなんて……！　どんな強風でも枝葉が折れたり落ちたりすることはないのに！　やっぱり、神殿でなにか悪いことが起きているわ」

ミーティアは青くなって、震《ふる》える声で叫んだ。

「ともかく状況《じょうきょう》を把握《はあく》しないとどうしようもない。――ポー、こっちに飛んでくれ」

『クー！』

「ちょっと、どこへ行くのよ」

リオネルは答えず、王国騎士の奥に陣取《じんど》る指揮官たちのほうへポーを向かわせる。

指揮官たちは全体を見るためか、即席で造られた櫓《やぐら》のようなものに登っていた。

「ちょっと命綱《いのちづな》を切るな。ポーの手綱《たづな》を頼《たの》む」

「えっ？　あっ、隊長――！」

ヨークの叫《さけ》びを無視して、三人ぶんの命綱をさっさと剣《けん》で切ったリオネルは、ひらりと魔鳩《まばと》から飛び降りてしまう。

神殿の屋根より高いところから降りたリオネルに、さしものミーティアも悲鳴を上げる。

しかし開けたところにまっすぐ降り立ったリオネルは、きれいに敷《し》かれた石畳《いしだたみ》を落下の衝撃《しょうげき》でドカアアン！　と破壊《はかい》しながらも、さっさと立ち上がって櫓へ走って行っていた。

「……た、ただ落下するだけでも、かなりの攻撃になりそうね」

「ですね。ちょっと高度を下げましょう。隊長はおそらく櫓にいるお偉《えら》いさんのところへ行くと思います」

ヨークがそろそろと座る位置を移動して手綱を引っぱる。ポーはヨークの意思を汲《く》んで、ゆっくりと旋回しながら高度を下げていった。

ちょうど櫓の頂上くらいの高さにきたときには、リオネルはもう櫓に飛び上がって、きらびやかな衣服を纏《まと》った誰《だれ》かと会話していた。

「――さっきの衝撃はおまえか、リオネル！　砲撃《ほうげき》でもあったのかと思ったぞ！」

「悪《わり》ぃな。だが緊急《きんきゅう》事態だからしかたないだろ？　それより神殿はどうなってんだ？」

どうやら、あのきらびやかな服の男とリオネルは旧知の仲らしい。

王子様のような格好の男は「まったく……」と毒づきながら、すぐ状況を説明した。

「見ての通り、三日前から中央神殿に続く門が閉まって、どこからも入れないし、誰も出てこない状況になってる。王城が再三にわたり開門を要請《ようせい》してても無視してきてな。民からの嘆願《たんがん》もあって、我々《われわれ》が出向いたというわけだ」

「王城の要請にも応じないのか」

「攻撃すると言ってもだんまりを決め込まれたから、実力行使に出たわけだが……見ての通り、攻撃はすべて通らない」

男は身なりのよさからは想像できないほど激怒《げきど》した様子で、奥歯を噛《か》みしめた。

「それでなくても【神樹】も黒ずんでいて、なにがなんだかという状況だ。聖女も聖職者も姿を見せないから、内部がどうなっているかはまったくわからん」

「王城から中央神殿に通じる隠《かく》し通路みたいなのがあるだろ。そこを通るのは？」

「やったさ。だがすべての入り口に土が入れられ、閉ざされている。……壊《こわ》されていると言ったほうが正しいか。掘《ほ》り起こすのも攻撃と同時進行でやっているが、今日明日に貫通《かんつう》する見込みはないね」

吐《は》き捨てた男はふと頭上を見て、ポーがすぐ近くを飛んでいるのにぎょっとしていた。

「おい、なんだあの魔鳩……というか、聖女が乗っているのか⁉」

聖女という言葉に、そばにいた者たちも一斉《いっせい》にこちらを向いてくる。

「そこの聖女！　神殿がどうなっているのか降りてきて説明しろ！　神殿といえど、国土からの要請を突《つ》っぱねるとはどういう了見《りょうけん》だ‼」

「――やめろ！　あの聖女はおれと一緒《いっしょ》に、ずっと地方で働いていた奴《やつ》だ！」

男の怒号《どごう》に負けぬ声で、リオネルは怒鳴った。

「何ヶ月かぶりに帰還《きかん》したらこんな様子で、おれたちだって仰天《ぎょうてん》してんだ！　――おい、弓矢を向けるなクソ野郎《やろう》ども！　ミーティアに手ぇ出したらタダじゃおかねぇからな‼」

弓矢でポーに狙《ねら》いを定めていた騎士たちが、びくっとした様子で手を引っ込めた。

「隊長、怖《こえ》ぇえ……」

「うーむ、激昂《げきこう》すると不良のような話し方になるのは、なんとかしてほしいものだな」

「もうちょっと品行方正でいてほしいっすよね～」

ヨークとロイジャはブツブツ言いながらも、それとなく剣に手をやった。

「聖女様、ポーにしっかり摑《つか》まってください。どこから攻撃されるかわかりませんので」

「なんなら結界も張っちゃって大丈夫《だいじょうぶ》っすよ」

「え、ええ。これ、わたくし、狙われている感じかしら」

さりげなく結界を展開しつつ、ミーティアは騎士《きし》たちを見回す。リオネルの声で剣や弓を下げたとはいえ、その目はギラギラとこちらをにらみつけていた。

「騎士に限らず民衆も、自分たちを締《し》め出した神殿にいきり立っています。そんな中に聖女が降りていったら、怪我をするどころでは済まないですよ」

「まさか騎士を敵に回す日がくるとはね」

ポーの背でやれやれと会話するあいだも、リオネルは難しい顔で神殿を見やっていた。

「神殿内部の様子がわかんないいんじゃ、どうしようもないな。ともかく門を開けないと」

リオネルの言葉に、ミーティアも内心でうなずいた。

(まずはそれね。門が壊れれば騎士たちも中に入れるし、聖職者たちへの牽制《けんせい》にもなる)

ミーティアはポーの上から声をかけた。

「門はわたくしが壊すわ。結界を最大限にすればできると思う」

「結界というのは、あの槍《やり》のような形に変化させて攻撃するほうの？」

「突《さ》き刺したりするのには長《た》けてましたけど、術がかかっているっぽい門をぶち壊すには、ちょいと機動力が足りない気が……」

ヨークとロイジャが心配そうに意見してくるが、ミーティアは「任せて」とほほ笑《え》んだ。

「わたくしだけではなく、ポーちゃんと一緒に飛び込むから大丈夫よ」

『クルッポ？』

「いい？　ポーちゃん。あなたにはあの門を突き破る勢いで、一気に突進してほしいの」

『クルッポ!?』

マジで？　と言いたげなポーの背を、ミーティアはよしよしとなでた。

「わたくしが全力で、真ん中を鏃《やじり》みたいに鋭《するど》くした結界を、あなたの前に展開する。あなたの身体《からだ》に沿う形でね。つまり、あなたはわたくしの結界を纏《まと》って突っ込むことになるの」

魔鳩の最高速度は放たれた矢より速い。その速度で突っ込めば、門は物理的に激しく壊れるはずだ。魔術師がかけたとおぼしき妙《みょう》な力は、ミーティアの結界が吹《ふ》き飛ばせるはず。

「もちろんあなた一人で突っ込ませたりしない。わたくしも一緒に行くからね」

ポーの首筋にぎゅっと抱《だ》きついてほほ笑むミーティアに対し、うしろの騎士二人は「いやいやいや！」と全力で止めてきた。

「それはだいぶ物理に寄った考えですよ、聖女様！」

「そんな速度で突っ込んだら、ポーちゃんから振《ふ》り落とされますって！」

それに対し「だったら」と叫んできたのは、櫓にいるリオネルだ。

「おれがミーティアと一緒に行く。おれの脚力《きやくりよく》なら魔鳩がどんだけ速かろうと、しがみついていられるからな」

「ええっ⁉　隊長までそんなこと……」

オロオロする騎士二人に、ミーティアは自信満々にほほ笑んで杖《つえ》を掲《かか》げて見せた。

「大丈夫。なにせわたくしは当代一の天才聖女よ。護符《ごふ》も癒《い》やしも結界も――そんじょそこらの聖女を束にしたって勝てないわ！」

ミーティアは杖をブオンと音がするほど振り回し、巨大《きよだい》な結界を展開してみせる。

キンと空気が張り詰《つ》める音とともに現れた結界に、居並ぶ騎士たちは大きくどよめいた。

「な、なんだ、この巨大な結界……！」

「こんな結界が張れる聖女がいるのか？」

「……そういえば、ちょっと前の首席聖女は癒やしの力もすごくて、重傷の騎士たちをことごとく癒やしたって評判だったな……？」

まさかその聖女が？　という目を向けてくる騎士たちに、ミーティアは堂々と名乗った。

「わたくしは先代の首席聖女、ミーティアです。【神樹】の危機を察して地方から戻《もど》ってまいりました。元首席聖女として、神殿《しんでん》の異常は見過ごせない。――リオネル隊長とともに、神殿の内部へ突撃します‼」

「お、おお……！」

大きな結界と堂々とした宣言がよかったのか、名乗りを聞いていた騎士たちは、一転してわっと沸《わ》き立った。

「本物の聖女様のお出ましだ！　これで神殿の門も開くかも！」

期待の声は歓声《かんせい》に変わり、どこからか拍手《はくしゅ》まで聞こえてきた。

騎士たちの変わりようにため息をつきながらも、リオネルが「そういうことだから！」と声を張り上げる。

「門が破壊されたあとで、騎士たちは突撃《とつげき》してくれ！　悪さをしている聖職者がいたら、片っ端《ぱし》から捕《と》らえろ！」

「おお――ッ！」

「……いつの間にか指揮官が交代していないか？」

身なりのいい男が不満そうにつぶやいたが、言葉ほどそう思ってはいないらしい。「頼《たの》んだぞ」とリオネルの背を叩《たた》いて激励《げきれい》していた。

「よし。じゃあポーちゃんよ、もうちょっとだけがんばってくれよ！」

『クー！』

軽く跳躍《ちょうやく》してポーの上に乗り込んだリオネルと入れ替《か》えに、ヨークとロイジャは「では、おれたちは地上の騎士たちと行動します」と、櫓《やぐら》へ降り立った。

ミーティアのうしろにまたがったリオネルは命綱《いのちづな》を結び直すと、手綱《たづな》も同じようにベルトに結んだ。そしてミーティアの腰《こし》をしっかり抱《かか》える。

「よし、いつでも飛び込んでいいぞ」

「ありがとう。……実は一人だと振り落とされるのがちょっと怖《こわ》かったから、助かるわ」

ぽつりとつけ足したミーティアの本音に、リオネルは小さく目を見開くと、すぐにくすっとほほ笑んだ。

「ずいぶんと素直《すなお》になったな。そのほうが可愛《かわい》くていいぞ」

「……やっぱり『あなたの助けなんか別にいらないのに』と言い換《か》えておくわ」

「素直じゃない奴」

ま、それはそれでいいけど、と言うリオネルにミーティアは急に恥《は》ずかしくなる。それを振り払《はら》うためにも、彼女は大きく杖を掲げた。

「騎士の皆《みな》さん、門までの道を空けて！　衝撃《しょうげき》に巻き込まれないように、おのおの身を守りなさい！」

ミーティアの力にすっかり畏《い》敬《けい》の念を覚えたらしい騎士たちは、転がるように左右に避《よ》けて道を空ける。

その向こうにそびえる門を見て、ポーが不安そうに身体を震《ふる》わせた。

『クルッポー……』

「不安なの、ポーちゃん？　でも大丈夫よ。あの巨大魔物《きよだいまもの》に比べれば、ただそこに建っているだけの門なんて、ぶっちゃけ楽勝ではなくって？」

『……クックー！』

それもそうかと思ったらしい。ポーはバッサバッサと翼《つばさ》をうごめかし、固く閉《と》ざされた門をにらみつけた。

「神殿に異常が起きているのはわかりきったことだもの。建物はまた直せるけど、傷ついた【神樹】はそうはいかない」

だからこそ、神殿への突撃は待ったなしだ。

「――さぁ、ポーちゃん、思い切り突っ込んで！」

『クー――ッ!!』

バサッと飛び上がったポーは、それこそ水中の獲物《えもの》を狙うカササギのごとく、一直線に門に向かって飛んでいく。

ミーティアはすばやく結界を展開し、ポーの身体に沿うように形を変形させた。

あまりの速度にのけぞりそうになるが、リオネルがしっかり抱《だ》きしめてくれる。

(怖がることはなにもない！　しっかり前を見るのよ、ミーティア！)

そして結界を纏《まと》ったポーは迷うことなく門へ突《つ》っ込み、ドガァアアン！　とものすごい音を立てながら、分厚い門を蹴散《けち》らした。

その破壊《はかい》力たるや、落下で地面をくぼませたリオネルとは比べものにならないほどだ。

『ポポ――ウ！』

門を突き破ったポーはすぐに上へと飛び去り、突風《とっぷう》を巻き起こしながら悠々《ゆうゆう》と旋回《せんかい》する。

粉々になった門を前に、騎士たちからは喝采《かっさい》が上がっていた。

ほどなく彼らが神殿の敷地《しきち》内へなだれ込むのを見て、ミーティアはほっと息をつく。

「さて、おれたちもあやしい奴《やつ》がいないか探さない――と!?」

「きゃあっ！」

突如《とつじょ》、キュインと音を立てて、光の矢のようななにかが二人のすれすれを飛んでいく。

その矢――というより光の線は、立て続けに何本も飛んできた。

『ポ――!!』

チュンチュンと飛んでくる光線に、ポーも混乱してバサバサと翼を震わせる。そのためか、光線の一本が黒々とした翼を貫《つらぬ》いた。

『クッ！』

「ポーちゃん!?」

「ポー！　ぐあっ……！」

バランスを崩《くず》したポーがひっくり返る中、再び飛んできた光線がリオネルの太腿《ふともも》をえぐっていく。

痛みのせいで力を失ったリオネルが、ずるりとポーの背から落ちた。

「リオネ……!!」

「——ただのかすり傷だ！　それよりおまえはポーを……！」

とっさに命綱と手綱を斬《き》ったリオネルは、叫《さけ》びながら真っ逆さまに落ちていき、どこかの建物の屋根を突き破って見えなくなる。

『クゥウウ……!!』

魔鳩《まばと》も痛みに耐《た》えながら、次々に襲《おそ》ってくる光線から逃《のが》れるために必死に飛んでいった。そして枝葉の陰《かげ》になるところに入った途端《とたん》に力を失って、どこかの屋根の上にどぅっとすべり込む。

「きゃあっ！」

衝撃で吹《ふ》き飛ばされたミーティアだが、なんとか結界を張って身を守れた。

「……ポーちゃん!!」

屋根の上を懸命《けんめい》に走ったミーティアは、痛みで転げ回るポーに大急ぎで杖《つえ》を掲《かか》げる。

「癒《い》やしの力よ……！」

ぎゃあぎゃあと暴れ回っていたポーは、癒やしの力を感じるなり落ち着きを取り戻し、傷が塞《ふさ》がると感謝を示すようにミーティアの腹部に頭を擦《こす》りつけた。

『クックー……！』

「ああ、よかった。怖い目に遭《あ》わせてごめんね……！」

ほっとして涙目《なみだめ》になりながら、ミーティアはぎゅっとポーの首筋に抱《だ》きつく。

そして腕《うで》を甘噛《あまが》みしてくるポーに、彼女は決然と言い聞かせた。

「ここまでありがとう、ポーちゃん。あなたはもう魔鳩たちの宿舎に向かって。そこで美《お》味《い》しいご飯を食べてちょうだい」

『クルッポ!?』

ポーがあわてたように顔を上げる。『クークー！』と鳴く様は「リオネルもいないのに一人なんて無謀《むぼう》だ！」と言っているようだ。

「大丈夫《だいじょうぶ》よ。さっき光線が一箇所《かしょ》から出てくるのを見たわ。あの部屋ならひとりで行ける。リオネルの様子は気になるけれど……」

彼のことだ、落下直前に体勢を変えて、無事なほうの足で着地したはず。

きっとミーティアと同じく光線の発生場所を確認《かくにん》していただろうから、遅《おそ》かれ早かれ駆《か》けつけてくれるはずだ。

(それにあの部屋は、南門とちょうど反対側に位置する北門の近くにあるわ。南門から突入した王国騎士《きし》たちも、すぐに応援《おうえん》にはこられない)

なにせ神殿《しんでん》の内部は入り組んでいるし、神樹を挟《はさ》んだ反対側に行くだけで一日がかりになるほどに広いのだ。

どのみち【神樹】の状態を考えれば、悠長《ゆうちょう》に待っている暇《ひま》はない。

ましで向こうは、もうミーティアの位置に気づいた。こちらを攻撃《こうげき》してきたということは、向こうにとってミーティアは目障《めざわ》りな存在で、排除《はいじょ》対象ということだ。

（つまり明確に敵ということ。それならこちらも全力でぶつかるまでよ）

ミーティアはぎゅっと杖を握《にぎ》り直し、ポーにほほ笑《え》みかける。

「さ、もう行きなさい。あなただけなら攻撃されないでしょう。でも念のため急いでここを離《はな》れるの。わかった？」

『……ポー……』

「わたくしのことなら心配しないで。なにせ稀代《きたい》の天才聖女ですもの。どんな相手だろうと対峙《たいじ》できるわ」

ポーは心配そうにまばたきをくり返したが、最後には理解して、すぐに宿舎があるほうへ飛び去っていった。

「やっぱりいい子ね、あなたは。元気でいてね」

去って行ったポーに小さくつぶやいて、ミーティアはすぐに走り出す。

――光線が放たれた場所は、彼女の見間違《みまちが》いでなければ【神樹】へ祈《いの》るために設けられた広間のはずだ。

奇《く》しくもそこは、ミーティアが首席聖女の称号《しょうごう》を剝奪《はくだつ》され、追放を言い渡《わた》された場所でもある。

（あんな光線を放てるなんて、聖女でも聖職者でもできない芸当よ。……となれば、そこにいるのは）

記憶《きおく》にある限りの近道を選んで、ミーティアは件《くだん》の広間へ急いで走り出した。


「いててて……派手にやられたな、畜生《ちくしょう》め」

一方のリオネルはがれきの中から身体《からだ》を起こしつつ、怪我《けが》をした太腿を見やった。

光線はほんの少しかすめただけだったが、かなりの高温を宿していたのか、裂《さ》けた脚衣《きゃくい》が焦《こ》げて黒くなっている。その下の皮膚《ひふ》からはじくじくと血が出ていた。

リオネルは手早くマントを引き裂き、即席《そくせき》の包帯代わりにしてぐるぐる巻いていく。ぎゅっときつく止血すればもう充分《じゅうぶん》に動けた。

強化術を施《ほどこ》された足腰《あしこし》に関しては、傷を負っても大して痛むことはないのだ。

「腕や胴体《どうたい》を撃《う》たれなくてよかったぜ。そう考えると敵も甘いな」

ふふふふ、と一人ほほ笑みながら、リオネルはがれきをよけて立ち上がる。

「しかし、ここはどこだ？　どっかの連絡《れんらく》通路のようだが……ん？」

周囲を見回したリオネルは、奥の暗がりに階段を見つけて目を瞠《みは》った。

なだれ込んでいたがれきを除《よ》けてみれば、階段が下へ下へと続いているのが見えてくる。

「ここが王城なら地下牢《ちかろう》へ続く階段かと思うところだな」

どうにも胸騒《むなさわ》ぎがして、リオネルはさっそく階段を下りた。

思ったより長い階段だ。目が暗闇《くらやみ》に慣れてきた頃《ころ》に、ようやく地面が平らになる。

「っとと、危《あや》うく転ぶところだ。しっかしカビ臭《くさ》いな……」

思わず顔をしかめて悪態をついたときだ。

「……もしかして、そこに誰《だれ》かいますか？」

弱々しい娘《むすめ》の声が奥から聞こえてきて、リオネルはハッとそちらに近寄った。

「ああ、いる。王国騎士だ。そっちにいるのは誰だ？」

「……ああ、騎士様……！　お助けください！　聖女が三人、閉じ込められております！」

ガシャン、と耳障りな音が響《ひび》く。手を前に突《つ》き出して歩いたリオネルは、すぐに鉄格子《てつごうし》のようなものにふれるのを感じた。

「もしかして本当に牢屋があった感じか？　なんで閉じ込められているんだ」

「わたしたちもさっぱり……！　ともかく出してください！　食事の差し入れのとき以外はずっと明かりもないままで……少なくとも三日は経《た》っているはずです！」

悲鳴じみた聖女の声は涙でかすれている。リオネルは急いで鉄格子の鍵《かぎ》部分を探し、蝶《ちょう》番《つがい》があることに気づいた。

「ちょっと下がっていてくれ」

剣《けん》を構えたリオネルはすぐさま蝶番を壊《こわ》す。扉《とびら》を大きく開け放ち、手探《てさぐ》りで聖女を引っぱり出した。

「階段のところまで連れて行くから、あとは自力で登ってくれ。――よし、次の奴《やつ》、こっちに手を！」

こうしてリオネルは三人の聖女をなんとか引っぱり出す。

皆《みな》、ミーティアと変わらぬ年の少女だ。明かりもない暗闇に閉じ込められて限界だったのだろう。外に出るなり全員がへたり込み、一人はたちまち気絶してしまった。

「あ、ああ、まぶしい……！」

「い、癒やしの力を……っ」

聖女たちは手探りで癒やしの力をかけ合って、なんとか目の機能を取り戻《もど》した。

「助けていただいてありがとうございます……！　神殿は今、どうなっているのですか？」

「おれもそれが知りたくて侵入《しんにゅう》したところだ」

聖女たちが閉じ込められたのは三日前だという。

中央神殿の四つの門が閉《と》ざされたのも三日前ということだから、この三日のあいだに大きな異変があったのは間違いないようだ。

(三日前と言えば、おれたちが第四神殿近くの集落に入る前日だな。その翌日に、あの巨《きょ》大魔物《だいまもの》の襲撃《しゅうげき》があったわけだが)

こちらも大変な三日間だったが、どうやら中央神殿もそこから本格的におかしくなったようだ。

よほど怖《こわ》かったのか、聖女たちはこちらが聞く前から事情を話してくれた。

「三日前にいきなり引っ立てられたんです。聖女としての業務を怠《おこた》っているからだと言われて……！　こっちは毎日、運ばれてくる騎士様たちを必死に癒やしていたのに！」

「おかげで人手がどんどんなくなって、騎士たちの治療《ちりょう》も追いつかなくなって……。それなのにサボっていると言われて閉じ込められるなんて。あんまりだわ」

聖女たちが涙ながらに語り終えると、どこからか「隊長ー！」と叫《さけ》ぶ声が聞こえてきた。

「──お、あれはヨークの声だ。おーい！　こっちにいるぞー！」

リオネルが大声を出すと、扉が開いて「あ、隊長！」とヨークが顔を出した。うしろには南門にたむろしていた王国騎士も続いている。

「ちょうどよかった。おまえたち、部屋をめぐって聖女たちを助けてやってくれ。この聖女たちの保護も頼《たの》む。さっきまで明かり一つない地下牢に閉じ込められていたんだ」

「聖女が閉じ込められた？　いったいどうして──」

「おれが聞きてぇよ。どうやら言いがかりをつけられた感じだ。同じような聖女が大勢いそうだし、手分けして捜《さが》して保護してやってくれ」

「了解《りょうかい》です！」

敬礼したヨークも、ほかの王国騎士たちも得心がいった様子でうなずいていた。

「ここへくるまでもいろいろ捜していますが、聖女も聖職者も姿が見えないことを不審《ふしん》に思っていました。閉じ込められているなら納得《なっとく》ですよ」

彼らも神殿《しんでん》の異様さに気づいたようで「すぐに囚《とら》われている聖女たちを助けるんだ！」と動きはじめた。

「それより隊長、ミーティア様は？　ポーと一緒《いっしょ》じゃなかったのですか？」

ヨークの問いに答える前に、聖女たちがハッとした面持《おもも》ちで振《ふ》り返った。

「今、ミーティア様とおっしゃいましたか？　ミーティア様がきているのですか!?」

「あ、ああ。聖職者から帰還要請《きかんようせい》があって……」

「よかった！　ミーティア様なら、ボランゾン様とお話しできるかもしれないわ」

聖女の言葉に、リオネルは「どういうことだ？」と眉《まゆ》をひそめた。

「ボランゾンっていうのは筆頭聖職者の名前だよな？」

「ええ。でも……」

涙《なみだ》で汚《よご》れた目元をゴシゴシとこすってから、まだ年若い聖女ははっきり言った。

「ミーティア様がこちらを出て行ってから、ボランゾン様のご様子は明らかにおかしくなっていったのです。なんというか、すっかりひとが変わってしまって……。ミーティア様なら、ボランゾン様のこともお助けできるかもしれないわ」


いくつもある広間の中でも、【神樹】のすぐそばにあるその広間——礼拝室は、常に清《せい》涼《りょう》な空気と、静謐《せいひつ》とした雰囲気《ふんいき》に満たされている。

扉の向こうは壁《かべ》がなく、代わりに【神樹】の真っ白な幹が壁のようにそびえているのだ。その根元から大量の水があふれているので、室内には水路を作って、水が部屋の両脇《りょうわき》を伝って神殿内に流れていく構造になっている。

こうして部屋に近づくだけでも、普段《ふだん》は水のせせらぎの音が聞こえて、すっきりした気持ちになるというのに……それが今はあまり感じられない。緊張《きんちょう》で神経が高ぶっているせいだろうか？

とにもかくにも走り着いたミーティアは、ほんのわずかに開いていた両開きの扉を、体当たりをするように押し開く。

本来なら扉を開いた瞬間《しゅんかん》に、【神樹】からあふれる清涼な空気が身体《からだ》を包むはずなのに。

今は、覚えのないまがまがしい気配が礼拝室に漂《ただよ》っているように感じられた。

異様な雰囲気に口元をこわばらせながら、ミーティアは礼拝室の中央へ歩いて行く。彼女の足音に気づいてか、【神樹】のすぐそばに設けられた祭壇《さいだん》にいた誰かが、ゆっくり振り返った。

ミーティアは少し息を吸って、吐《は》いてから、その人物をにらみつける。

「お久しぶりでございます。筆頭聖職者ボランゾン様。……いいえ」

そこに立っていたのは、間違いなくボランゾンだ。

つるつるの禿頭《とくとう》も、聖職者の衣服で隠《かく》せていないぽっちゃりとした腹部も、間違いなく記憶《きおく》にある彼のままなのに――。

ミーティアは彼の中に、それまでと違《ちが》う気配を確かに感じ取っていた。

「――あなたは、いったい誰《だれ》なの？」

「大丈夫《だいじょうぶ》か？　すぐに助けてやるからな！」

「おい、水を持ってきてやれ。かなり衰弱《すいじゃく》しているようだ」

「こっちに聖職者がいたぞー！」

騎士《きし》たちの声がこだまする。それもあちこちから。

それくらい、中央神殿に仕えるはずの聖職者も聖女も、二、三人の少ない単位で、方々に監禁《かんきん》されていたのである。

リオネルも光線が放たれた方向へどんどん進みながら、あやしいと感じたところを片っ端《ぱし》から引っぺがして、聖女や聖職者たちの救出にも奔走《ほんそう》した。

「大丈夫か？　水を持ってきているぞ、飲めるか？」

新しく助け出されたのは、両手両足を縛《しば》られて転がされていた聖職者だ。彼は一人で閉じ込められており、猿《さる》ぐつわまで噛《か》まされている。

まずは口元を解放してやり、水を飲ませると、聖職者は「ありがとう」とかすれた声で感謝を述べた。

「いいって。あとでほかの王国騎士がくるから、彼らに保護を頼んで――」

「そ、それより、なんとかミーティア様に連絡《れんらく》を取ることはできないか？」

勢い込んで咳《せ》き込みながら、聖職者は必死に訴《うった》えた。

「ミーティア？　彼女がどうしたんだ？　ここにくるまでも助けた聖女が、彼女ならボランゾンに話をつけられるとか言っていたけど……」

だが聖職者は「話をつけるなんて段階じゃない」と激しく首を振った。

「先日も魔鳩《まばと》が【神樹】の皮を積んだ荷箱を運ぼうとしていたんだ。ボランゾンたちめ、この国を破滅《はめつ》させるつもりだぞ……！」

「どういうことだ？　というかあんた、魔鳩が【神樹】の皮を運んでいたことを知っているんだな？」

「えっ、き、騎士殿《きしどの》もご存じで……？」

リオネルは聖職者の縄《なわ》を剣《けん》で切りながら名乗った。

「おれは王国騎士団第三師団、第二隊隊長のリオネル・アディッカンだ。北の辺境に詰《つ》めていて、途中《とちゅう》から合流したミーティアとともに国境守備に当たっていた」

「……ああ！　あなたがミーティア様と一緒にいた隊の方だったのですね。彼女と連名で手紙を出していた」

聖職者はほっとした様子で相好を崩《くず》した。

「ミーティア様がお一人ではなく、強化人間で、封印《ふういん》の宝石もお持ちのあなたと合流できたと知ったときは、皆《みな》で安堵《あんど》しておりました」

「へぇ、それくらいミーティアは心配されていたと」

「そもそもミーティア様が追放されることは、聖職者も聖女も誰も望んでいませんでした」

話し続けて疲《つか》れたのか、聖職者はそこでゲホゲホと咳き込んだ。

「大丈夫か？　ほら、こっちに寄りかかって休んでいろ」

「申し訳ない……。まさかボランゾン様があんなふうになるとは思わず。グロリオーサが謹慎《きんしん》となった時点で、おかしいと思っておくべきだったのに……」

「グロリオーサ？　誰だ、それ」

「ミーティア様が去られてから首席聖女となった、まだ十六歳の聖女です」

（……そういえばミーティアが、若手聖女と試験対決をしたと言っていたな）

その対戦相手がグロリオーサという娘《むすめ》なわけか。

（助けられた聖女の中に交ざっていればいいが、首席聖女という立場上、たぶんこの聖職者と同じく一人隔離《かくり》されていそうな気がする）

聖職者はぜいぜいと息を荒《あら》らげながらも、再び水を飲み口を開いた。

「もしかして、三日前くらいに飛び立った魔鳩が、【神樹】の皮を運んでいるのを見ましたか……？」

「ああ、見た。というかその魔鳩、怪我《けが》をして、ちょうどおれたちがいたところに墜落《ついらく》してきた感じなんだ」

「ああ……！　懺悔《ざんげ》をします、あの魔鳩に傷をつけたのはこのわたしなのです」

「あんたが？」

さしものリオネルも目を見開いて驚《おどろ》いてしまう。聖職者は歯がみしながらうなずいた。

「もうこれ以上【神樹】の皮を運ばせてなるものかと思って……。魔鳩には悪いことをしましたが、怪我を負わせれば途中で墜落して、国外に出られないだろうと思ったのです」

「まぁ、もくろみ通りだったな。本当に褒《ほ》められたやり方じゃないが」

「承知しています。それに、途中で落ちれば、上手《うま》くミーティア様と合流できるかもと思いました。ミーティア様に早くお戻《もど》りいただきたくて、伝言も記したのですが」

「──あの白い布か！　あれもあんたが仕込んだ奴《やつ》か」

リオネルの反応で、その布が無事に届いたことがわかったのだろう。聖職者は安堵の表情を見せた。

「ということは、ミーティア様もここにきているのですね？」

「ああ、まぁな」

「今のボランゾン様は、我々《われわれ》が知るあの方とはまるで別人になってしまった。なにか、聖女にも聖職者にもない力が働いている気がしてならないのです。我々はそれがなにかを掴《つか》むまでには至らなかった。ミーティア様なら、あるいは……」

興奮気味に語っていた聖職者だが、ミーティアの存在に安心して気が抜《ぬ》けたのだろう。ずるずると壁《かべ》伝いに倒《たお》れてしまう。

「あとでほかの騎士がここにくるから保護してもらってくれ。置いていってすまない」

聖職者はかろうじて顎《あご》を引く。リオネルは「気を強く持てよ」とその肩《かた》を叩《たた》き、再び別部屋の探索《たんさく》をはじめた。

その後も三人の聖職者を救出したが、最後に助けた聖職者は、ボランゾンとその取り巻きの聖職者が、【神樹】の皮を剝《は》いでいる場面をはっきり見たと証言した。

「思い出すだけでも吐き気がします。【神樹】を傷つけることはもちろん、皮を箱に詰めて国外に運ばせるなど言語道断……どうかボランゾン様の暴挙を止めてください……！」

（――筆頭聖職者、ボランゾンか……）

ほかでもない、ミーティアを辺境に追放した奴だ。

（ロードバンの爺《じい》さんは『年を取れば人間が変わることもある』と言っていたが……【神樹】の皮を剝ぐのは、年を取ったなんて理由で済まされることじゃないだろうよ）

速度を緩《ゆる》めず建物から建物へ走り抜けながら、リオネルは奥歯を嚙みしめる。

しかし、どこまで進めどもミーティアの姿が見当たらない。

天井《てんじょう》まで登って外も見回したが、魔鳩のポーの姿もいつの間にか消えていた。

「ポーなしでどこに行ったんだ、ミーティアの奴。……まさか、ボランゾンと一対一を決めているわけじゃないだろうな？」

なんとなくそんな予感がして冷や汗《あせ》が滲《にじ》む。

さしもの天才聖女も、以前とはまったく別人となった相手と戦うのは荷が勝ちすぎている。ましてどんな異様な力を持っているかもわからないのに。

「せめておれが行くまで耐《た》えろよな、ミーティア……！」

リオネルは建物内を走るのももどかしく、跳躍《ちょうやく》して屋根の上に出る。

光線が飛んできた場所を目指して、屋根から屋根へと飛び移っていった。

「あなたは誰」

ミーティアは鋭《するど》い口調でくり返す。

しかし、祭壇《さいだん》に立つボランゾンは答えようとしなかった。

代わりにふぅっといらだちの滲むため息を吐《は》き出し、ミーティアをにらみつけてくる。

「小娘《こむすめ》が出しゃばりおって……。やはりあの巨大化《きょだいか》させた魔物で、そなたを殺せなかったのは痛手だったな。あそこで力尽《ちからつ》きて死んでおけばよかったものを」

「――っ」

ミーティアは思わず目を見開く。言葉の内容に、というより、ボランゾンの声がなんだか二重に聞こえて驚いたせいだ。

（本来のボランゾン様の声とともに、知らない男の声が重なって聞こえてくる……！）

「――あなたは誰《だれ》！　ボランゾン様になにをしたの？」

「なにも。ただ身体《からだ》を借りているだけよ」

（身体を……借りる？）

ミーティアはますます混乱する。そんな技《わざ》は聖女にも聖職者にもあり得ない。そうなると……。

「誰だか知らないけれど……どうやらその身体を借りているあなたは、デュランディクスの魔術師《まじゅつし》みたいね。そうでしょう?」

ボランゾンは答えなかったが、その口元がほんの少しほほ笑《え》んだように見えた。

「デュランディクスの魔術師が、我が国の筆頭聖職者の身体を乗っ取って、いったいなにをたくらんでいるの。【神樹】の皮を剝いでデュランディクスに運ばせていたのも、どうせあなたの考えでしょう?」

「言葉遣《ことばづか》いには気をつけろよ、小娘風情《ふぜい》が!」

ボランゾンが大きく腕《うで》を振《ふ》るうと、見えない波動のようなものが飛び出してくる。

ミーティアは息を呑《の》みつつ、とっさに結界で身を守った。キィン! と音を立てて、見えないなにかが弾《はじ》かれる。

(弾ける! これなら戦える)

ミーティアは高まる緊張《きんちょう》をなだめるように息を吐き、注意深く杖《つえ》を構え直した。

「その程度の攻撃《こうげき》は効かないわ」

「なるほど、伊達《だて》に【救国の聖女】というわけではなさそうだ」

(こいつ……わたくしが【神託《しんたく》】を得ていることを知っているの?)

ミーティアは驚愕《きょうがく》しながら、油断なく杖を構えて口を開いた。

「【救国の聖女】の存在は【神の恩寵《おんちょう》】持ちでも知らない者が多いのに。もしかして神殿《しんでん》所蔵の文献《ぶんけん》でも読みあさった？　国の機密を勝手に盗《ぬす》み見ないでいただきたいわ」

「しかたあるまい。この国の滅亡《めつぼう》のためには、あらゆる情報を得る必要があったからな」

……今、さらっととんでもないことを言わなかったか？　この男。

「この国の滅亡ですって……？」

「左様。お察しの通り、わたしはデュランディクスの魔術師、その筆頭だ。【神樹】に守られたこの国を滅《ほろ》ぼすために、五年以上の月日をかけて準備してきたのだよ」

「五年も前から――？」

「敵を知るには内部に入り込むのがもっとも早い。だが【神樹】の力は、我ら魔術師にとっては毒でな。近寄ることができない」

「あら、それならどうして【神樹】の皮をデュランディクスに運ばせたの？」

【神樹】の力を削《そ》ぐためなら、そのへんに捨て置いてもよかっただろうに。

「【神樹】は我が国においては秘薬として高く売れるのでな。この国の全員が【神の恩寵】持ちでないように、我が国においても、国民全員が魔術師というわけではない。魔術を持たぬ人間にとって、【神樹】は身体を浄化《じょうか》してくれるなによりの薬になり得るのだ」

「つまり【神樹】を薬にして売って、それを我が国への侵攻《しんこう》資金にしていたってわけね」

いろいろなことがつながってきて、ミーティアはギリッと奥歯を噛《か》みしめた。

「魔物を巨大化させていたあの玉、作るのにそうとうの年月とお金がかかると聞いたけど

――あの大きさの魔物を十匹《ぴき》も用意すれば、中央まで進軍するくらいわけはないものね」

そして魔物に街や人間を倒させているあいだに【神樹】の皮を全部剝《む》けば、金儲《かねもう》けにもなるし、この神聖国の弱体化も叶《かな》う――！

「いったいなんのために、我が神聖国を滅ぼそうと言うの！」

「簡単なことだ。平等にするのだよ」

「平等……？」

怪訝《けげん》な顔をするミーティアに対し、ボランゾンはやれやれと言いたげに首を横に振った。

「そう、平等だ。この大陸のすべての人間の立場を、平等にする」

ボランゾンは両腕を広げ、どこか陶然《とうぜん》としたほほ笑みで宣言した。

「――【神樹】に守られぬくぬくと過ごしている神聖国の国民を、魔術師による術に頼《たよ》ってしか生活できない我が国の国民と、同等の地位に落とすのだ」

「【神樹】がない国の民《たみ》と同じように……？」

「それこそが、人間は天のもとに平等に生まれたということにならんかね？」

にこやかに語りかけるボランゾンに、ミーティアは目を見開き……それから、耐えきれず声を立てて笑ってしまった。

「ふふ……っ、あははは っ！　それのどこが天のもとに平等だっていうのよ」

「なんだと？」

「だってあなた、自分で言っちゃっているじゃない。デュランディクスの国民は『魔術師による術に頼ってしか生活できない』って」

目尻《めじり》の涙《なみだ》を拭《ぬぐ》ったミーティアは「馬鹿馬鹿《ばかばか》しい」と、杖を強く床《ゆか》に打ちつけた。

「そういう事情なら、デュランディクスにおいて魔術師の地位はさぞ高いのでしょうね。だってあなた方が術を展開させなきゃ、民はきれいな空気や水の中で生きていくことができないもの」

「……」

「で、あなたは【神樹】を弱らせ、きれいな水と空気を奪《うば》うことで、我が国の民が、あなたたち魔術師に助けを乞《こ》う状況《じょうきょう》を作りたい。――つまりは、魔術師がより崇拝《すうはい》され尊敬され、この世でもっとも頼られる偉《えら》い存在になりたい、と。そう考えているということよ」

ミーティアは再び、杖をガンッ！　と床に打ちつけた。

「なにが平等よ。『みんな同じ立場になりましょう』とご立派な理屈《りくつ》を掲《かか》げているけど、単に自分たちがこの世で絶対的な権力を握《にぎ》りたいというだけ。俗物《ぞくぶつ》もいいところだわ！」

ピキ、とボランゾンのひたいに怒《いか》りの青筋が走る。図星を指されて頭に血が上ったのか、いきなり腕を振って光線を放ってきた。

「っ！」

ミーティアは間一髪《かんいっぱつ》で結界を張って危機をしのぐ。それがまた気に入らないのか、ボランゾンは低い声で吠《ほ》えた。

「ふんっ、おまえといいこの身体の持ち主といい、忌々《いまいま》しいことこの上ない。この男も五年前から取り憑《つ》いたというのに、完全に同化できたのは一ヶ月前だ。なまじ力がある相手だと操《あやつ》るのも骨が折れるな」

（五年前というと、【杭《くい》】への祈《いの》りが絶えた頃《ころ》とも一致《いっち》する……！　神殿が聖女を派遣《はけん》しなかった背景には、こいつの術があったというわけね）

それでもミーティアを追放した頃は、まだボランゾンの意識はあったわけだ。相手の攻撃を結界で弾き飛ばしたりいなしたりしながら、ミーティアはハッと過去に受け取った手紙のことを思い出した。

支援《しえん》物資とともに入っていた、ボランゾンのあの手紙――文面こそ、おそらく魔術師が書いたものだっただろうが。

（手紙の隅《すみ》にあった『四』の文字！　あれはかろうじて残ったボランゾン様の意識が、地方第四神殿に助けを求めるために書かれたものだったとか……？）

もしかしたら、同期で研究家であるロードバンを頼りたいと言いたかったのかもしれない。消えゆくボランゾンなりの、精一杯《せいいっぱい》の救難信号だったのかも――。

「おまえのことも中央神殿にいるあいだに殺したかったのだ、【救国の聖女】！　だというのに、こやつめ、わたしの考えを察知してか、わざと試験など行って、おまえを辺境へかろうじて考え事により動きが鈍《にぶ》っていたミーティアは、結界を展開するのが遅《おく》れた。

魔術師がミーティアではなく、その背後の壁《かべ》を攻撃する。

「きゃあ！」

とみすみす逃《に》がしおった！」

がれきから身を守れたが、がら空きになった脇《わき》に魔術師が光線を撃《う》ってくる。

光線が脇腹をチュンとかすめて、灼《や》けるような痛みが襲《おそ》ってきた。

「痛っ……」

じくじくと血があふれて、白い聖女の衣服を汚《よご》していく。

痛みにより沸《わ》きあがる恐怖《きょうふ》を必死に抑《おさ》えながら、ミーティアはキッと視線を鋭《するど》くした。

「あの首席聖女の試験は、ボランゾン様がわたくしを中央から逃がすために起こした、狂《きょう》言《げん》だったということね？」

「ああ、そうだ。おまえのことを、ともかく自分から離《はな》さなければ危ないとでも思ったのだろうよ。小賢《こざか》しい真似《まね》をしてくれる」

「……だとしたら、ボランゾン様には悪いことをしたわ」

数ヶ月前、ミーティアはボランゾンのことをハゲだの馬鹿《ばか》だのと遠慮容赦《えんりょようしゃ》なく罵《ののし》った。

ボランゾンは怒りくるっていたが……実はそれは演技で、本当はミーティアを逃がすために、陰《かげ》で必死になってくれていた……。

うとしてくれたのだわ）

（【神託】を持つ【救国の聖女】を、きたるべき脅威《きょうい》に向かわせるべく、一時的に逃がそうとしてくれたのだわ）

想像だにしなかった真意にミーティアは言葉を失ってしまう。

だが感傷に浸《ひた》る彼女と違《ちが》い、怒りくるった魔術師《まじゅつし》は不満を次々と暴露《ばくろ》していく。

「おまえを殺すために【杭】を我が部下に破壊《はかい》させ、魔物も巨大化《きょだい》させたのだ。【神樹】が詰《つ》まった【杭】の破壊も、あの玉を作り出すのも、魔術師にとって命がけの作業。現に我が配下は何十人と斃《たお》れたというのに……未《いま》だに貴様は生きている」

命を落とした部下たちのことを思ったのか、魔術師の顔が悲しげにゆがむ。

情に訴《うった》える仕草は相手の動揺《どうよう》を誘《さそ》うものだったが、ミーティアは即座《そくざ》に「だからなによ」と言い返した。

「あなたたちが【杭】を壊《こわ》し、辺境を魔物だらけにしてくれたおかげで、たくさんの民が傷つき命を失ったのよ！　あなたが馬鹿みたいな理想を掲げなければ、こんな犠牲《ぎせい》は生まれなかった！　それをわたくしのせいにするなんて、お門違《かどちが》いよ！」

「貴様がいなければ、わたしは【杭】を壊そうとまでは思わなかった。【神樹】の皮を剝《は》いでいけば、祈り不足の【杭】までどのみち力は届かず、なにもせずとも辺境から土地は腐《くさ》る寸法だったからな。貴様が辺境に旅立ったからこそ生まれた犠牲よ、【救国の聖女】」

確信を持ってほほ笑《え》む魔術師を前に、ミーティアは（落ち着け）とみずからに言い聞かせる。あんなものはミーティアを動揺させ、力を削《そ》ぐための虚言《きょげん》だ。

「だが配下たちの犠牲が報《むく》われるときも近い。【神樹】もとうとう力を失い、水の勢いも弱くなった。民衆が使う井戸《いど》に魔術を仕込んで、今や民も大半が使い物にならぬ」

「門に大勢の民が押し寄せていたのも、あなたたちの仕業《しわざ》なの……！」

井戸に魔術をかける……つまりは毒を盛ったようなものなのだろう。どうりで、下痢《げり》を訴える民が多かったわけだ。

「すべては、人間の立場を平等にするための正義の行いだ」

この期《ご》に及《およ》んでさらりと言ってのける魔術師に、ミーティアは一喝《いっかつ》した。

「そのクソみたいな理想を二度と口にしないで！　自分が王様になりたいだけの輩《やから》が、間違っても正義を語るんじゃないわよ!!」

――クソみたいな、なんて、リオネルの口の悪さが移ったようだ。

(――リオネル)

不意に彼のことが思い出されて、ミーティアは奥歯を嚙みしめる。

今どのあたりにいるだろう。現状、ミーティアは防戦一方で、こいつの攻撃《こうげき》を弾《はじ》き返すくらいしか対処法がない。

ここに彼がいてくれれば、もっとほかに攻《せ》めようがあるのに。

「なにを言おうと、おまえはもう終わりだ」

ボランゾンが腕《うで》を振《ふ》り上げ、手のひらに生んだ巨大な魔術の塊《かたまり》をミーティアの背後の壁に投げてきた。バキバキと音を立てて壁が崩《くず》れ、大理石の柱が折り重なって倒《たお》れてくる。

「……っ！」

ミーティアは急いで結界を張るが——壁と一緒《いっしょ》に壊れた天井《てんじょう》の向こうから、なにかが猛《もう》スピードで突っ込んでくるのが見えた。

「そこだぁあああ——ッ!!」

「ッ!?」

それは恐《おそ》ろしい勢いでボランゾンに突っ込み、ドゴォオン！　と音を立てて床に沈《しず》み込む。あまりの衝撃《しょうげき》に床が割れて、地震《じしん》でも起きたように礼拝室全体が揺《ゆ》れた。

結界で身を守ったミーティアは土埃《つちぼこり》が収まると同時に顔を上げる。いつの間にか、奥の祭壇《さいだん》がボロボロに破壊され、がれきの山になっていた。

と、そこからなにかがすばやく飛び出て、宙返りしながら広間の真ん中へと降り立つ。

「——おまえが筆頭聖職者のボランゾンだな？　なんなんだ、さっきの異常な技《わざ》は！」

大声で叫《さけ》んだのは、油断なく剣《けん》を構え、祭壇を見据《みす》えるリオネルだった。

「リオネル!?」

ミーティアは驚《おどろ》きと歓喜《かんき》のあまり大声でその名を叫ぶ。

リオネルも大きく目を瞠《みは》ってバッと振り返った。

「──ミーティア!?　やっぱり一対一を決め込んでやがったか！　おれがくるまで待ってる頭はなかったのかよ！」

「う、うるさいわね！　そっちがくるのが遅《おそ》いのよ！」

「──はっ！　減らず口を叩《たた》けるってことは、まだ余力は残ってそうだな。安心した」

リオネルはすぐにがれきであふれる床《ゆか》を蹴《け》って、ミーティアを自分の背に守るように立ち位置を変えた。

「状況《じょうきょう》はどうなってる。あいつが黒幕だろ？」

「え、ええ。……というか、生きてる？」

リオネルが激しく突《つ》っ込んだせいで、祭壇回りはすっかりがれきの山になっている。

ミーティアのように結界を張る力があるなら無事であろうが、そうでなければ……。

と、がれきの山がボコボコと動いて、中からゆらりとボランゾンが立ち上がった。

なんだか赤黒い、まがまがしい波動を身体中に纏《まと》っている。リオネルが「クソが」と口《くち》汚《ぎたな》く罵りながら剣を構えた。

「残念ながらピンピンしているようだ。あいつのあの力はなんなんだ？」

「魔術師の力よ。ボランゾン様はデュランディクスの筆頭魔術師とやらに、身体《からだ》を乗っ取られているの」

「はぁ？　魔術師ってそんなこともできるのかよ」

怖《こわ》っ、と吐《は》き捨てたリオネルは、油断なくボランゾンを見据えた。

「聖職者や聖女がこぞって『ボランゾン様はひとが変わった』と言っていたが、比喩《ひゆ》じゃなく、本当に中身が違う人間になっていたってわけか」

ボランゾンは身に纏う波動でがれきを除《よ》けながら、平らな床にゆっくり歩き出てきた。

「小癪《こしゃく》な……面倒《めんどう》な敵が二人になりおった」

「うわっ、声が二重に聞こえてきたぞ。本当に厄介《やっかい》な感じになってるな」

ミーティアも杖《つえ》にすがりつつリオネルの隣《となり》に進み出る。

「奴《やつ》の目的は【神樹】に頼《たよ》れなくなった我が国の民《たみ》を従えて、自分たち魔術師の地位を向上させること。【神樹】の機能を停止させるつもりなのよ」

「そいつぁ見過ごせない重罪だな。……おい、怪我《けが》してるじゃないか」

ミーティアの脇腹に目をやったリオネルはわずかに目を瞠る。

「かすり傷よ。心配ないわ」

「杖にすがりながら言われても説得力ないぞ」

だが、怪我しているなら引っ込んでいろ、と言っている状況ではないと判断したのだろう。リオネルは「すまないが、援護《えんご》を頼《たの》む」とつぶやいた。

「おれの剣に、ポーにやっていたみたいに結界を纏わせることはできるか？」

「……やってみる」

ミーティアは杖を手に意識を集中させ、リオネルの手元に結界を展開した。

「ふんっ、二人に増えたところで我が野望は止められぬ」

手のひらに力を溜《た》めながらボランゾンが吐き捨てる。

リオネルはハッとそれを笑った。

「できるもんならやってみろ。おれとミーティアの二人相手に、無事でいられると思うなら――な！」

結界を纏《まと》った剣を握《にぎ》ったリオネルは、恐ろしい速度でボランゾンに突っ込んでいった。

「っ⁉」

たかだか一蹴りで瞬時《しゅんじ》に肉薄《にくはく》されると思わなかったのだろう。ボランゾンは顔にはっきり驚愕《きょうがく》の色を浮《う》かべ、あわてて手を振り払《はら》う。

魔術で作ったエネルギーの塊が飛び出したが、リオネルはものともせずにボランゾンに斬《き》りかかった。

「うおっ！」

だがボランゾンの首を切ろうとした瞬間にギンッ！　と剣を弾《はじ》かれ、リオネルは反動で宙をくるくる回る。

「――硬《かて》ぇ！　ミーティアの結界みたいなもんか⁉」

「くっ――結界が聖女の専売特許と思うな、野猿《やえん》のような騎士《きし》めが！」

「そっちこそ、自分がミーティアと同じだけの結界を張れてると思うなよ！」

リオネルはひるむことなく斬りかかる。結界に一撃《いちげき》を入れるとすぐに離《はな》れ、また猛スピードで飛びかかることを、ともかくくり返した。

あちこちからリオネルが斬りかかるので、ボランゾンはその対処に精一杯《せいいっぱい》だ。目で追うのも苦労するほど、リオネルの動きが速すぎる。

そして次の瞬間、ボランゾンの腕がザンッと大きく切りつけられた。

「ぐうっ！」

「──そこだぁ！」

リオネルが剣を大きく振るう。

剣の柄《つか》で背後から首をガンッ！　と突かれたボランゾンは、ガラスが割れるようなバリンという大きな音とともに、前へと無様に吹《ふ》っ飛んだ。

「ぐあぁあ……！」

うつ伏《ぶ》せに倒れ込んだボランゾンの真上に、リオネルが飛び上がる。剣をしっかり下に向けて構えた彼は、身体ごとボランゾンに突っ込んできた。

「うおお──ッ！」

ボランゾンが結界を展開しようとする。だが間に合わない──。

「──らぁッ！」

三階分の高さから落下してきたリオネルが、その剣で深々とボランゾンの胸を突き刺《さ》す。

ボランゾンはリオネルの剣の柄に近いところまで、背中から心臓をひと突きにされた。

ついでに落下の衝撃で、彼らを中心に床がミシミシとひび割れる。

衝撃によって地面がぐらぐら揺れる中、膝《ひざ》をついたミーティアはあわてて顔を上げた。

「リオネル……!?」

膝をついてしっかり剣を突き刺していたリオネルは、ボランゾンが完全に動かなくなったのを確認《かくにん》してから、ゆっくり立ち上がる。そして剣を一息に引き抜《ぬ》いた。

「大罪人だろうと、人間を斬ることになるとはな……」

ボランゾンの返り血で真っ赤になりながら、リオネルは少し口惜《くちお》しそうにつぶやく。

どうやらリオネルは無事のようだ。

ほっとしたミーティアは杖にすがって立ち上がり、彼のもとへ行こうとする。

だが――。

「……ぐっ……!?」

いきなりリオネルが身体をがくんと前に折る。

ミーティアが「どうしたの」と声をかけた瞬間――その胸から、ドバッと恐ろしいほどの血があふれ出てきた。

「えっ……」

突然《とつぜん》のことにミーティアは立ちつくす。

リオネルもわけがわからない様子だ。血があふれる心臓あたりに手をやり、その手が真っ赤になるのを見て、驚愕の目を見開く。

「……っ」

リオネルは緑の瞳《ひとみ》を揺らしながら、必死にミーティアになにかを言おうとして——。

「がふ……っ」

その口からも大量の血を吐いて、どうっと倒《たお》れ伏《ふ》してしまった。

「……リ、リオネル……？」

彼を中心にじわじわと広がっていく血の赤さを見て、ミーティアは目を見開いたまま呆《ぼう》然《ぜん》とする。

うそでしょう？ 冗談《じょうだん》でしょう？ という言葉が頭の中を駆《か》け回るが……リオネルは指先一つ、ピクリとも動かさない。

「——リオネルッ!!」

大きく息を吞《の》んだミーティアは、それこそ血を吐くような思いで叫《さけ》んだ。

「あ、あ……っ、リ、リオネ、リオネル……ッ！」

がくがくと震《ふる》える足を動かして、何度も転びかけながら、ミーティアは必死にリオネルに駆け寄る。

揺《ゆ》り起こそうとその背に手を置くが……両手が血でぬるりと滑《すべ》り、真っ赤になったのを見て「ひっ」と引き攣《つ》った声を漏《も》らした。

だが驚《おどろ》きはこれだけではない。リオネルが動かなくなった途端《とたん》に……心臓をひと突きされたはずのボランゾンが、ごそごそと身動きをはじめたではないか……！

「うそっ……」

ゾッとしたミーティアは杖を構えるのも忘れて、ゆらりと立ち上がったボランゾンに息を呑んだ。

「ふ、ふふ……、この身体《からだ》が乗っ取られたものだと聞きながらも、迷わず心臓を突《つ》いてくるとは。たいしたものだ」

血で濡《ぬ》れた聖職者の衣服を見下ろし、軽く肩《かた》をすくめてから、ボランゾンは首をポキポキと鳴らして伸《の》びをする。

思いがけず寝過《ねす》ごしたというような仕草に、ミーティアは身体の芯《しん》から震え上がった。

「ど、どういうことなのよ……あなた、リオネルになにをしたのッ!?」

「こやつになにかした覚えはない。ただ自分に術をかけていただけよ」

「術……!?」

「致命傷《ちめいしょう》を受けたとき、傷を負わせた者にそれが跳《は》ね返るように、とな」

「……っ！」

……その言葉が確かなら、ボランゾンの負った傷はそのままリオネルに移行したということだ――！

「リオネルッ!!」

ミーティアは必死にリオネルの肩にすがる。だがボランゾンはすかさず波動を放って、ミーティアの身体を吹き飛ばした。

「きゃああ――ッ！」

身体ごとがれきに突っ込んでしまって、ミーティアは悲鳴を上げる。

ほとんど無意識に結界を張っていたようで無傷だったが、吹き飛ばされた衝撃《しょうげき》で、全身から冷や汗《あせ》が噴《ふ》き出していた。

「い、いや、いやっ……！」

それ以上に血染めのリオネルのことを思うと、指先からざぁっと血の気が引いて、震えと涙《なみだ》が止まらなくなる。いやだ、怖《こわ》い、リオネルが死んでしまう――！

「ふはっ、ははは！　力のある聖女といえど、中身はやはり小娘《こむすめ》。好いた男の死に動揺《どうよう》するのは仕方あるまいよ」

（死――）

ミーティアの心臓がどくんといやな鼓動《こどう》を打つ。涙が止めどなくあふれたが、リオネルの死をあざ笑うボランゾンを見て、怒《いか》りと憎《にく》しみの炎《ほのお》も心に宿った。

（死……死んだなんて、絶対にうそよ。リオネルが死ぬわけない。こんな奴《やつ》に殺されるなんて、絶対にあり得ない……！）

杖《つえ》をぎゅっと握りしめて、ミーティアはなんとかがれきの山から這《は》い出そうとする。

――自分は聖女だ。どんな傷だって絶対に治せる。

彼が強化人間だろうと関係ない。彼を癒《い》やすことで、また悪夢を見たってかまわない。

ミーティアにとっては彼が死ぬほうが、ずっとずっと、ひどい悪夢だ……！

（絶対に治してみせるのだから……!!）

そんなミーティアの決意をあざ笑うように、ボランゾンが楽しげな笑いを響《ひび》かせる。

「無駄《むだ》だ、無駄だ！　この騎士《きし》の心臓は止まっている。というより、心臓ごと破壊《はかい》されていると言ってもおかしくはないな。なにせあの高さからの落下攻撃《こうげき》だ。無事では済まん」

そしてボランゾンは破壊された祭壇《さいだん》の向こうへ、悠々《ゆうゆう》と歩いていった。

「わたしが【神樹】を破壊し世に平等をもたらす瞬間《しゅんかん》を、指をくわえて見ているがいい」

（ふざけるな……っ）

ミーティアは杖を振《ふ》って、自分の上に積もるがれきを結界で弾《はじ》いて遠ざけていく。

だが折り重なったがれきのあいだに足が挟《はさ》まって、どうやっても抜けない。脇腹《わきばら》からの出血も多くなっているのか、頭がぐらぐらして息が上がってきた。

（こんなところで足止めを食っている場合じゃないのに……！）

こうしているあいだにも、リオネルは……！

(泣くな、泣いている場合じゃない！　リオネルを助けられるのは、わたくししかいないのだから……！)

そのときだ。どこからか、ゴー……という飛行音が聞こえてくる。

覚えのあるその音にハッと目を開いたときだ。

『クルッポ――ッ!!』

ものすごい勢いで、突き破られた天井《てんじょう》から魔鳩《まばと》のポーが、ギュワンと空気をうならせ突《とっ》進《しん》してきた。

「っ!?」

今まさに【神樹】の皮を剥《は》ぎ取ろうとしていたボランゾンは、新たに突っ込んできたなにかに瞠目《どうもく》する。

次のときにはまた盛大な衝撃音をとどろかせて、ポーがボランゾンを【神樹】に押しつけるように潰《つぶ》していた。

「お、おお……っ！」

ギリギリで結界を展開したらしいボランゾンだが、再びがれきの山に埋《う》められて、痛そうにうめいていた。

ちょうど【神樹】の根が複雑に入り組んでいる場所に押しつけられたため、すぐに出てこられないようだ。

『ポッポー！　ポ——ッ！』

「ポーちゃん……こっち……」

『ク——ッ！』

ミーティアの弱々しい声が聞こえたのか否《いな》か、バサバサと飛び回っていたポーはすぐにミーティアのもとへ降り立った。

そして大きな身体でがれきを除けて、顔を出したミーティアの胴《どう》を嘴《くちばし》で挟む。そのまま一気に、ミーティアの下半身を引っぱりだした。

「いっ！　痛たたたた！　……だ、大丈夫《だいじょうぶ》よ、ありがとう、助かったわ」

荒《あら》っぽいやり方であちこちが痛くなったが、おかげで動ける。ミーティアはひしとポーの首筋に抱《だ》きついた。

『ポー！』

「……もしかして、ご飯を食べてすぐこっちにきてくれたの？　ありがとう」

『クルッポー！』

しかし愛鳥との感動の再会もつかの間。がれきから脱出《だっしゅつ》したボランゾンが憤怒《ふんぬ》の面持《おもも》ちで「小癪《こしゃく》な鳥め！」と、例の光線を撃《う》ってきたのだ。

ミーティアは急いで結界を展開して自分とポーを守る。

しかしポーは結界の内側からすぐに出ていき、『ギャウゥウ――ッ！』と凶悪《きょうあく》な声を上げながらボランゾンに突っ込んでいった。

「ポーちゃん、駄目《だめ》！　そいつは傷を反射する術を持っているの……！」

しかしポーは一度やられた悔《くや》しさもあってか、ボランゾンの周りを飛び回り、嘴で突っ込んでいくことをくり返す。

翼《つばさ》を羽ばたかせてわざと風を起こし、甲高《かんだか》い鳴き声で威嚇《いかく》したりと、さながら魔物のごとき動きを見せた。

『ギャア！　ギャアアーウ！』

「この……鳥ごときが……！」

ボランゾンは吐《は》き捨てるが、なんだかんだポーの動きに翻弄《ほんろう》されている。

ミーティアはこの隙《すき》にと、痛む身体を引きずってなんとかリオネルに近寄った。

「リオネル！　リオネ……っ」

ふれた彼の頬《ほお》はすでに信じられないほど青白い。こちらの心臓まで凍《こお》りつかせる色に、ミーティアは自分の身体から一気に血の気が引くのを感じた。

「……リオネル……？」

改めてその頬にふれる。まだ温かさは残っているのに、彼を中心に広がった血はもう端《はし》から乾《かわ》いて、固まりはじめている。

――間に合わなかった。

その言葉がふと頭に浮《う》かんで、目の前が真っ暗になるほどの絶望が襲《おそ》ってくる。

リオネルのそばに膝《ひざ》をついたまま動けなくなったミーティアの背後を、ギィンという音とともに弾かれたポーが、床板《ゆかいた》をバキバキと割りながら転がっていった。

「！　ポーちゃん！」

『……ク、クー……』

羽が逆立ち、あちこちに切り傷を負ったらしいポーが弱々しい声を上げる。

ハッと振り返ったミーティアは、すっかり血まみれでボロボロになったボランゾンが、はぁはぁ言いながらこちらに歩いてくるのを見つけて息を呑《の》んだ。

「この……どこまでも邪魔《じゃま》をしおって……！」

手のひらにバチバチと音が鳴るほどの力を溜《た》めたボランゾンは、さんざん邪魔されたため怒り心頭なのだろう。ひたいに青筋をくっきり浮かべてこちらをにらんでいた。

「【神樹】が滅《ほろ》びるのを見ておくがいいと思っていたが、そのような慈悲《じひ》をかける気も失《う》せたわ。さっさと死ぬがいい!!」

「！」

ミーティアは杖を掲《かか》げようとするが、衝撃的なことが続いたせいか力が入らず、杖を持ち上げることもできない。

目の前には真っ黒な力の固まりが見える。

魔術師が作り出す赤黒い波動。なにもかも破壊して呑み込む力だ――。

もう駄目だ――そんな思いが頭をよぎる。

だが、ミーティアのそんな弱気をたたき壊《こわ》そうと思ったのか。

頭の中に銅鑼《どら》の響きに似た、重々しく低い声がよみがえる。

――『助けよう。ゆえに、そなたも、助けよ』

「――っ！」

ミーティアはとっさに杖《つえ》を振るう。鋭《するど》く展開された結界は、ボランゾンの攻撃を弾き飛ばした。

「な……」

これまでよりいっそう精度の高い結界を前に、ボランゾンが目を見開く。

それだけではない……ミーティアの身体《からだ》は、いつの間にかみずから光を纏《まと》っているように、きらきらと真っ白な光を宿していた。

ボランゾンの纏う赤黒い光とはまるで対照的な、神々《こうごう》しく穢《けが》れのない輝《かがや》き――。

内側からあふれてくる力を感じて、ミーティアは「ああ……」とうなずく。

自分の中に聖女の力が目覚めたときと、同じ感覚が身を包んでいる。

やはりあのときの自分には、女神様《めがみ》の力が一時的に宿っていた。

そして今も、あきらめそうになったミーティアを叱咤《しった》するように、女神様が力を貸してくださっている——。

「な、なんだ、貴様、その力は……っ」

ボランゾンもミーティアの様子が変わったことに気づいて、わずかにうろたえる。

一歩二歩と無意識に下がったボランゾンを、ミーティアは強くにらみつけた。

「く……」

攻撃《こうげき》されるものと思ってか、ボランゾンが構えを取る。しかしミーティアは杖を手に立ったままだ。不思議と怪我《けが》をした脇腹《わきばら》の痛みも感じない。

杖を構える代わりに、ミーティアは深く息を吸い、ゆっくり目を伏《ふ》せた。

いつかの、星空の下で交《か》わしたリオネルとの会話がよみがえる。

『与《あた》えられた力を振《ふ》るうのは、結局おまえ自身だ。なにに対してその力を使っていくかは、おまえが決めればいいと思う』

（……そうよね、リオネル）

女神様は力は貸してくださっても、先に与えた【神託《しんたく》】以上の言葉は、なにもおっしゃらない。

――つまり、そういうことなのだ。

ミーティアは杖を掲げる。身体に女神様の力が満ちあふれている今ならば――無茶《むちゃ》と思えることでも、絶対にできるという確信が持てる。

「な、なにをするつもりだ」

恐《おそ》れをなしたらしいボランゾンが波動を打ち込んでくる。

だが今のミーティアにはまったく効かない。結界を張らずとも、攻撃はすべて無効化されるのだ。これこそ女神の力だ。

「女神様は『助けよ』とおっしゃった。そして、わたくしに与えられた聖女の力の中で、もっとも強いもの――」

杖を高く掲げて、ミーティアは身体中にあふれる力を解放する。

「それは、癒《い》やしの力。封《ふう》じられたボランゾン様の意識を、わたくしはこの癒やしの力で助けてみせる」

「なっ――」

「あなたによって傷つけられた【神樹】のことも、井戸《いど》水《みず》に冒《おか》された民《たみ》のことも、魔鳩《まばと》のポーちゃんのことも――」

女神様より【神託】を受けた、このわたくしが癒やすと決めた相手なら――！

「――女神様の加護に背《そむ》いた、強化人間であるリオネルだって、必ず癒やしてみせるのだから!!」

ミーティアの身体を取り巻いていたきらきらした光が、聖女の杖に吸い込まれるように集約される。

先端《せんたん》に嵌《は》まった宝石がひときわ強く輝いた瞬間《しゅんかん》、ミーティアは杖を床《ゆか》に打ちつけた。

そこから真っ白な光が急速に周囲に広がる。ミーティアを中心として、淡《あわ》い光は床や壁《かべ》を伝い一気に放たれた。

「馬鹿《ばか》な。いかに【救国の聖女】といえど、そのような力——」

ボランゾンの声が半《なか》ばで切れる。

目も開けていられないほどまばゆい白い光が床から発せられて、それに呑み込まれた彼はなにも見えなくなった。

光は中央神殿《しんでん》や【神樹】に留《とど》まらず、建物を越《こ》え、外へ外へと伝っていく。

なにが起きたか気づく間もなく、大門のそばに集まっていた民衆や、探索《たんさく》していた騎士《きし》たちをも呑み込んだ。

「え、なんだ？　身体が軽い……？」

「怪我が癒えていく……？」

聖女と聖職者の救出にあたっていた騎士たちが、突如《とつじょ》身体を包み込んだあたたかな空気に驚《おどろ》いてきょろきょろと周りを見回す。

ぐったりしていた聖女たちも急に身体が回復して、驚いた様子で顔を見合わせた。

「見て、水路に水が……！」

聖女の一人が歓喜《かんき》の面持《おもも》ちで、床に廻《めぐ》らされていた水路に飛びつく。

【神樹】の根元からあふれる清らかな水は、ここ数日でめっきり減っていた。ほとんど流れていなかったというのに、今やあふれるほどの量が流れ出ている。

門の前にたむろしていた人々も、腹痛をはじめとする不調があっという間になくなるのを感じて狐《きつね》につままれた顔になる。

そして彼らは一様に、【神樹】がきらきらと輝きだしたことに気づいて、目を見開いた。

「【神樹】が……！」

「黒ずんでいたところがきれいになっていないか？」

「枯《か》れ葉も落ちなくなった……！」

そうして人々が異変に気づき、歓声《かんせい》を上げていた頃《ころ》──礼拝室には断末魔の悲鳴が響《ひび》き渡《わた》っていた。

『ギャアアアアッ！　ア、アァ……！　こ、小娘《こむすめ》、なにを……なにをしたぁああ!!』

響き渡るその声は、ボランゾンの声と二重になって聞こえてきた魔術師のものだ。今は魔術師の声だけが聞こえてくる。

魔術師は癒やしの力によりボランゾンの身体から引きはがされ、赤黒い魂《たましい》だけになって宙をさまよっていた。

どこへ行こうにも周囲を真っ白な光が取り巻いているため、少し動くだけで灼熱《しゃくねつ》の痛みが身体に走る。火あぶりにされたような苦しみに、文字通りのたうち回っていた。

杖を構え続けるミーティアは、見るも醜悪《しゅうあく》なその魂を厳しくにらみつける。

「なるほどね。魔術師は聖女の癒やしの力に弱い、と。これはいい後学になったわ」

『貴様ぁ……！』

赤黒い魂が最後のあがきとばかりに、鋭い錐《きり》のように全身をとがらせ突《つ》っ込んでくる。

しかしミーティアの身体にふれた途端に、それはまた『ギャアアア！』と耐《た》えがたい悲鳴を上げた。

「無駄《むだ》よ。おとなしく魂ごと浄化《じょうか》されるがいい……！」

ミーティアは絶対に逃《に》がさないという強い意志で、癒やしの力を存分に魔術師にぶつけていく。

だがあまりに力を流し込みすぎたのか、手の中の杖がぶるぶると不自然な震《ふる》え方をして

――先端に嵌まっていた宝石が、パキンと小さな音とともに砕《くだ》け散った。

途端に力の放出が止まり、ミーティアは愕然《がくぜん》とする。

すでに顔程度の小ささまで消えかけていた魔術師がにやりと笑った気がした。

魔術師が最後っ屁《ぺ》とばかりに、鋭く尖《とが》って攻撃しようとしてくる。

顔めがけて飛んできたそれにミーティアが動けない中――。

ガンッ！　という音とともに、剣《けん》の柄頭《つかがしら》が魔術師の残滓《ざんし》を叩《たた》き落とした。

『へぶ……っ！』

ミーティアは息を呑《の》んで、自分を守るように前に立ち塞《ふさ》がった、大きな背中を見つめる。

「リオネル」

ミーティアが呆然《ぼうぜん》とつぶやいたとき。

剣を構えたリオネルが、鋭《するど》いまなざしとともに腕《うで》を振るった。

ザンッ！　と空気がうなるほどの斬撃《ざんげき》により、魔術師の身体《からだ》が真っ二つに切り裂《さ》かれる。

『がっ……』

魔術師もなにが起きたかわからぬ様子で困惑《こんわく》の声を上げる。

一方のリオネルは、確かな意志を含《ふく》んだ声で告げた。

「いいかげん、消えとけ」

リオネルのその言葉が引き金となったのか否《いな》か。

『ギャァアア――……ッ！』

耳をつんざくような叫《さけ》び声を上げて、魔術師の赤黒い思念はざぁっと霧《む》散《さん》し……あとには静かな礼拝室だけが残された。

あたたかな風が吹《ふ》き抜《ぬ》けて、リオネルの黒っぽい髪《かみ》が舞《ま》い上がる。やれやれと剣を腰《こし》にしまったリオネルは、ゆっくり振《ふ》り返った。

「――無事か、ミーティア？」

いつもと変わらぬ調子で問いかけてくる彼は、すっかり元気だ。

だが、その全身を汚《よご》す血が、彼の命が一度は尽《つ》きかけた事実を明確に突きつけてくる。

リオネル自身も口元が血でぬるっとしているのに気づいたのだろう。顔をしかめて、袖《そで》で雑に口を拭《ぬぐ》っていた。そのせいでよけいに顔中が汚れてしまう。

「よくわかんねぇけど、おれ、気を失っていたのか……？　怪《け》我《が》を負った気がするが、無傷だな……？　――はっ、まさか、またおまえが無茶をして治したんじゃ……!?」

リオネルの怒《いか》りの言葉は途中で切れる。

ふらふらと歩み寄ったミーティアが、倒《たお》れ込むように抱《だ》きついたせいだ。

その背を抱き返したリオネルは、ミーティアの肩《かた》が大きく震えていることに気づいて、ハッと息を呑む。たちまち、彼の身体から怒りが引いていくのが伝わってきた。

「……ごめん、なんか、心細い思いをさせたみたいだ」

おまけに真摯《しんし》な声音《こわね》で謝られて、ミーティアの青い目から涙《なみだ》がどっとあふれる。胸が詰《つ》まって上手《うま》く言葉が出せない代わりに、何度も首を横に振って大丈夫《だいじょうぶ》だと答えた。

リオネルもそれをわかってか、しっかりミーティアの背を抱き返してくれる。

「おれはこの通り無事だから、もう心配するな」

「……うん……本当に、よかった……」

鼻をすすりながらかろうじてつぶやいたミーティアに、リオネルも「おまえも、無事でよかった」とささやいた。

優《やさ》しく頭をなでられて、ミーティアはおずおずと涙まみれの顔を上げる。

リオネルはわずかに目を瞠《みは》って、ミーティアの涙を親指でぬぐい取った。

「ごめんな。本当に、ありがとう」

そうつぶやいたリオネルは、ミーティアの金髪《きんぱつ》を優しく払《はら》うと、後頭部を大きな手で包んでぐっと引き寄せる。

ミーティアがあっと思ったときには、二人のくちびるは重なり合っていた。

「……っ」

大きく目を見開いたミーティアは真っ赤になるものの、羞恥心《しゅうちしん》を上回るほどの嬉《うれ》しさと愛《いと》おしさに包まれて、そっと目を伏《ふ》せて口づけを受け入れる。

永遠にも感じられるほど、温かくて幸せで、涙が出るほど嬉しい瞬間《しゅんかん》だった。

そうして寄り添《そ》い合って、どれくらい経《た》ったのか……。

「ん、んンン……？」

と、床《ゆか》のほうから小さなうめき声が聞こえてくる。背後からも『クー……？』という不思議そうな鳴き声が響いた。

顔を上げたリオネルが「あ、ポーか。……あれ？」と驚いた声を発しているのが聞こえてきたが……。

女神様《めがみ》を宿して力を使った反動か、単純に緊張《きんちょう》の糸が切れたのか——おそらくそのどちらもあったのだろう。

ミーティアは力が抜けていくまま、リオネルの腕の中でふつりと気を失った。

第七章　新たな旅へ

少なくなっていた水があふれんばかりに流れて、中央の人々の生活はすっかり元通りに戻《もど》った。

魔鳩《まばと》で先行した部隊に続き王都に入った第三師団第二隊の騎士《きし》たちは、駆《か》けつけたときにはだいたいのことが終わっていた事実に呆然としていたが……現在は王都駐在《ちゅうざい》の騎士たちとともに、神殿《しんでん》の門を直したりという大工仕事に精を出している最中だ。

リオネルはそんな部下たちの様子を見つつ、あちこちに呼ばれるまま証言をし、ひたすら報告書を書き、時々魔物と戦うための手ほどき（という名のしごき）を駐在の騎士たちにして、それなりに忙《いそが》しく過ごしていた。

そんな彼の日課は、王城の貴賓《きひん》室に滞在《たいざい》しているミーティアの様子を見に行くことだ。

「お疲《つか》れさん。ミーティアの様子は？」

「まだ眠《ねむ》っておいでです。先ほどお身体を清拭《せいしき》して着替《きが》えを終えたところです」

女官がにこやかに教えてくれた。リオネルは「ありがと」と声をかけて中に入る。

女官の言うとおり、ミーティアは天蓋《てんがい》付きの広々とした寝台《しんだい》でゆっくり眠っていた。

（あれから五日も眠りっぱなしだな。熱が出ないだけマシではあるけど……）

今回はそばにいたリオネルや魔鳩どころか、枯《か》れかけていた【神樹】をよみがえらせ、中央の人間をもれなく全員癒《い》やし、井戸《いど》にかけられていたという妙《みょう》な術まで解いたというのだから、本来なら熱どころでは済まない話だと思う。

だが不思議とミーティアは発熱することなく、悪夢にうなされることもなく、安らかな面持《おもも》ちで眠り続けていた。

中央神殿の中でも力のある聖女が毎日やってきて癒やしの力を注いでくれるので、生命機能は維持《いじ》されているのだろうが……やはり五日も目覚めないとなると、飲まず食わずで大丈夫かと不安《ふあん》に駆られるのはどうしようもない。

（まして、おれ自身も戦いの最中に気を失って、ちょっとのあいだの記憶《きおく》がないもんなぁ。気づいたらミーティアが、なんか覚醒《かくせい》しましたって感じに光り輝《かがや》いていたし）

そのあたりになにが起きたかはミーティアだけが知っていることだけに、リオネルとしても早く聞きたい気持ちがあった。

と、扉《とびら》がノックされ、先ほど出て行った女官が顔を見せた。

「失礼します。ミーティア様に癒やしの力を送りたいと聖女様がいらしていて……」

「あれ？　今日担当の聖女はもうきたんじゃなかったっけ？」

「はい。それとは別に、自主的にいらしたとのことで」

　それは熱心なことだと思いつつ許可すると、ふわっとした栗色《くりいろ》の髪の、まだ若い聖女が杖《つえ》を手にやってきた。

「……ああ、ミーティア様！　なんとお労《いたわ》しい……！　わたしがすぐに癒やしの力を送りますからね！」

　聖女は意気込んで杖を掲《かか》げるが、女官たちに「その前にこの方にご挨拶《あいさつ》を」と止められ、あわててリオネルのほうを向いた。

「……はっ！　すみません、ほかにひとがいると気づかなくて……！」

「いや、おれもわざわざ挨拶されるような人間じゃないから、気にしないでくれ。第三師団所属の騎士リオネルだ。あんたは？」

「中央神殿所属の聖女、グロリオーサと申します」

　年若い聖女はぺこりとお辞儀《じぎ》した。

「あ、じゃあ、あんたが今の首席聖女なのか」

　するとグロリオーサは「いえいえいえいえいえ！」とものすごい勢いで首を横に振った。

「わたしなんて仮初《かりそ》めの首席聖女！　その名にふさわしいのは間違《まちが》いなくミーティア様です。ミーティア様が中央神殿を旅立たれてから、それが本当によくわかったんです」

　過去を思い出してか、グロリオーサは年齢《ねんれい》に似つかわしくない重いため息をついた。

　並の聖女に比べればずっと強い力を持ち、さりげなくそれを自慢《じまん》に思っていたグロリオーサだったが、いざ地方から中央に出てきて、ミーティアという真の天才に出会ったことで価値観が覆《くつがえ》ったらしい。

「聖女としての素質はもちろん、とってもお優しくて女神のように美しいミーティア様！　憧《あこが》れが止《と》まることはありませんでしたが、同時にすごく嫉妬《しっと》もありましてねぇ……」

それだけに、首席聖女の選抜《せんばつ》試験を行うと言われたときは、驚《おどろ》いたが勝ちたい気持ちもあったという。

「とはいえ実際にやってみたら、わたしの力不足は明らかで。なのに結果はわたしのほうが勝ちで、まぁ不正があったのはバレバレなんですけどぉ」

とはいえ負けたことでミーティアが大いにうろたえたり、わっと泣き出したりするところを見てみたいなぁ、という気持ちもあったらしい。

そのあたりの醜《みにく》い気持ちは、思うことはあってもそうそう口に出すことはないから、リオネルは「あんた素直《すなお》な聖女だな」と妙に感心してしまう。

するとグロリオーサは「懺悔《ざんげ》も含《ふく》んでおりますので」と重々しく告白した。

「それなのに、ミーティア様ったら『はぁ？』ってめちゃくちゃ怖《こわ》い声で言い出すし、ボランゾン様をがっつり論破するじゃないですか！　なんというか……根はこんなに性悪《しょうわる》だった聖女に、無邪気《むじゃき》に憧れていた自分が馬鹿《ばか》みたいに思えてきてぇ……！」

「あー……」

「耐《た》えられなくて『さすがに口が悪すぎます』って言ったんですが、だからなに？　くらいの対応をされて！　ああもう思い出すだけで腹立たしいくらいなんですが！」

「……」

「だからわたし、絶っ対にあの性悪以上の首席聖女になってやる！　って決意をメラメラ燃やしたんです！　でも……」

興奮で声を大きくしていたグロリオーサは、たちまちしおしおとうなだれた。

「実際に次々運ばれてくる怪我《けが》人を癒やすのは大変すぎて……。あまりに大変で、もう限界だと思って、ボランゾン様のところに言いに行ったんですよ。首席聖女はやっぱりわたしには無理です、ミーティア様を呼び戻してくださいって」

「それ、ミーティアが中央を追放されてから、どれくらいあとの話だ？」

「一週間後です」

「早すぎだろう」

「ボランゾン様にも突《つ》っ込まれました～！　でも本当に無理だったんです～！」

ほかにも【神樹】の祈《いの》りのための禊《みそぎ》に三時間も取られるとか、いやらしい目を向けてくるお偉《えら》いさんにも笑顔《えがお》で対応しないといけないとか、ともかく大変すぎたとグロリオーサはべらべらとしゃべりまくった。

「でもボランゾン様に言いに行った先で、わたし、とんでもない場面を目撃《もくげき》しちゃって」

「……もしかして、ボランゾンがなにかおかしいことをやっていたとか？」

すでに魔術師が取り憑《つ》いていて、【神樹】の皮を剝《は》ぎ取っていたのかと思って尋《たず》ねてみたが、グロリオーサが口にしたのは違うことだった。

「そうなんです。ご自分の頭を壁《かべ》に打ちつけて『わしの中から出て行け！』って叫《さけ》んでいたんですよ！」

「……それって」

「もうすごく怖くて、あわてて逃《に》げようとしたら、つまずいて転んじゃって。そしたら、ボランゾン様が鬼《おに》のような形相で『ミーティアを助けろ』とか言うものだから」

「ミーティアを助けろ、と……」

「助けろって言ったって、どうすればいいのよと思ったのですが。ともかくそれから、ボランゾン様ったらどんどんおかしくなって……。ミーティア様を逃がせと言ったと思ったら、呼び戻せ、助けを求めろって言ってみたり、ともかく不安定で。なにをしでかすかわからない雰囲気《ふんいき》があったから、試しに癒やしの力をぶつけてみたんですよ。頭がおかしくなっているなら、癒やせば治るかなぁと思って」

「……、ほう？」

「で、力を振《ふ》るったその後の記憶がまったくないんです。気づいたら騎士《きし》の方たちに助けてもらっていました」

「……」

十中八九、ボランゾンの身体《からだ》を乗っ取った魔術師が彼女を敵と見なし、気絶させたかなにかしたのだろう。

途中《とちゅう》で助けた聖職者の言葉を聞く限り、グロリオーサもわりと最初のほうに謹慎《きんしん》させられたということだった。そうとう長い時間、閉じ込められていたかなにかされていたはずだ。

「とりあえず、無事でよかったな」

「本当ですよ～。意識が戻《もど》ってすぐの頃《ころ》は身体が全然動かなくて、聖女たちに交代で癒《い》やしてもらって。五日経《た》ってようやく自分でも力が使えるくらいに回復したんです。そしたら、ミーティア様の大活躍《だいかつやく》で諸々《もろもろ》全部、解決したっていうじゃないですか！　きゃあああ、やっぱりミーティア様すごい！　でも悔《くや》しいいいい！　という気持ちで、いても立ってもいられなくなっちゃってぇ！」

「……」

「で、こうして癒やしにきたって感じです。ミーティア様には確かに敵《かな》いませんが、それでもわたしも優秀《ゆうしゅう》な聖女ですから、癒やしの力も効くかもしれません！」

「……」

力の強い聖女というのは、どいつもこいつも自信過剰《かじょう》なのかと思いつつ、リオネルは

「まぁ、とりあえずやってみてくれ」と、グロリオーサに場所を譲《ゆず》った。

杖を構えたグロリオーサはゆっくり深呼吸すると、一気に真面目《まじめ》な顔つきになって杖をミーティアの上に掲げる。ぽう、と淡《あわ》い光がミーティアに降り注いでいくのが見えた。

「持てる力のすべてをつぎ込みます……！　早く目覚めさせて……文句言ってやるんだから……一人だけ地方に行ってずるい……中央は大変だったっていうのにって……！」

いや、地方は地方で大変だったぞ？　とリオネルはよほど言いたくなったが、集中している聖女を邪魔《じゃま》するのも野暮《やぼ》なので黙《だま》っておいた。

グロリオーサの情熱というか嫉妬心は深かったようで、結局彼女は限界まで力を注ぎ込み、案の定ぶっ倒《たお》れて担架《たんか》を呼ぶことになった。

「はぁ、はぁ……っ、くぅ、力不足が悔しいぃぃ……！　次こそは絶対にミーティア様を目覚めさせてやるぅぅ……！」

決意と言うより怨嗟《えんさ》のような声音《こわね》で宣言して、がくっと気絶したグロリオーサはさっさと運び出されていった。

「聖女にもいろいろいるもんだなぁ……」

リオネルは大きくため息をついて、寝台脇《しんだいわき》の椅子《いす》によいしょと腰《こし》かけた。

「リオネル様は、本日は御《お》夕食はこちらで？」

「ああ、呼ばれてるもんでな。それまでちょっといさせてもらっていいか？」

「もちろんです。なにかあったら紐《ひも》を引いて知らせてください」

女官たちは丁重《ていちょう》に頭を下げて、リオネルとミーティアだけにしてくれた。

「ったく、あの首席聖女ががんばってくれたんだから、おまえもそろそろ起きろよな」

手を伸《の》ばしてミーティアの頭をなでる。

特に考えなしに行った行為《こうい》だが、ふとミーティアの顔をのぞき込んだリオネルはぎょっと目を瞠《みは》った。

ミーティアの目が、いつの間にか開いてる。

「……おわっ、起きてる！」

「……頭に響《ひび》くから大声出さないで……もう一度寝《ね》てやるわよ……」

「そんだけしゃべれるなら大丈夫《だいじょうぶ》か。あの首席聖女の力、ちゃんと本物だったんだなぁ」

リオネルは「ぶっちゃけ、あんまり期待していなかった」と白状しつつ、ミーティアの髪《かみ》を再びなでた。

「おはよう。もう夕方だぞ。ずいぶん寝坊《ねぼう》したたな」

「……もっと寝ていたかったけど、うるさかったから。しかたなく起きてあげただけよ」

ミーティアはぷいっとそっぽを向いて、高飛車に言ってのけるのだった。

──そこは不思議な空間だった。

足下《あしもと》には清らかな水があふれ、空はどこまでも澄《す》み渡《わた》っている。吹《ふ》いてくる風は優《やさ》しくて、ただ立っているだけで心が洗われるような、とても穏やかな場所だった。

足下を流れる水は本当にきれいで、まるで【神樹】の根元からあふれる水のようだ。

ただ【神樹】からあふれる水はとても冷たいのに対して、この水はふんわりと温かい。

ミーティアは楽しくなって、足先で水を撥《は》ねてしばらく遊んだ。

と、横から視線を感じてふっと顔を上げる。

そこにいたのは、自分と同じくらいの背丈《せたけ》の女性に見えた。真っ白な身体できらきら輝《かがや》いているため、表情は見えない。風になびく髪は足下まであった。

「あなたは……？」

ミーティアの問いかけに、そのひとは小さくほほ笑んだように見えた。

そのひとが軽く腕《うで》を動かして、手をこちらに差し伸べてくる。ミーティアは自然と手を伸ばし、その手に手を重ねた。

その途端《とたん》に、身体の中に温かく清涼《せいりょう》な空気が流れてくる。

『心のままに』

そのひとはそうつぶやいた。頭の中に直接響く、低く重々しい声。

覚えのあるその声にハッと目を見開いたミーティアだが、そのときにはもう光り輝くそのひとの姿はなく、美しかった周りの景色も消えていた。

代わりに、なんだか上のほうからさわがしい声が聞こえてくる。

ぎゃあぎゃあと早口でしゃべっているのは、自分より年下であろう少女の声だ。それに適当な相づちを打つのは、若い男の声。

興味を引かれて耳を澄ますと、身体がふぅっと上に浮《う》かんでいく感覚があった。

『早く目覚めさせて……文句言ってやるんだから……一人だけ地方に行ってずるい……中央は大変だったっていうのにって……！』

『ったく、あの首席聖女ががんばってくれたんだから、おまえもそろそろ起きろよな』

あきれたような困ったような、苦笑《くしょう》交じりの声だ。

その声の主がそばにいると思ったら、起きなきゃ、と自然と意識がはっきりした。

その瞬間《しゅんかん》、意識は急速に上へ上へと昇《のぼ》っていって、ミーティアは深い眠《ねむ》りからようやく目を覚ましたのだった。


「じゃあ、夢の中に出てきたその女が、女神《めがみ》だって言いたいのか？」

「リオネル、仮にも女神様相手に『その女』呼ばわりはないと思うわ。罰当《ばちあ》たりよ」

「おれは別に【神の恩寵《おんちょう》】持ちでもないしな。『助けよ』なんて大層なお告げをくださったと思ったら、今度は『心のままに』とか。やっぱり女神って丸投げが好きなんだな」

やっぱり罰当たりだ。ミーティアはすっかりあきれて、ため息をついてしまった。

リオネル曰《いわ》く五日も寝たままだったらしいが、定期的に聖女の治癒《ちゆ》を受けていたためか、目覚めは実に気持ちのいいものだった。

体調も万全《ばんぜん》で、痛むところもまったくない。脇腹《わきばら》の傷もすっかり治っていた。

「脇腹の怪我《けが》は、おまえが気を失ったときには治っていたぞ。最大出力の癒やしの力が、おまえ自身の怪我も治したんじゃないか？」

「治癒は聖女本人には効かないはずだけど、女神様のお慈悲《じひ》だったかもしれないわね」

ミーティアは一人うなずいた。

二人は中央神殿《しんでん》で起こったこと、見たこと聞いたことについて、それぞれ摺《す》り合わせを行った。「このあと記録係の書記官とかにも同じことを聞かれるだろうけど」と、すでに何度も聞き取りを受けているリオネルはうんざりした顔で付け加えていたが。

「しかし、まさかおれが駆《か》けつける前に、そんなにボランゾンと話していたとはな」

「わたくしも、あなたが到着《とうちゃく》するまでに聖女や聖職者を救出していたとは知らなかったわ。まさか彼らが閉じ込められていたなんて」

四つの大門を閉《と》ざし、助けを求める民《たみ》を締《し》め出しただけでは飽《あ》き足らず、彼らの治癒に当たるはずの聖女や、神殿を管轄《かんかつ》する聖職者も監禁《かんきん》していたとは。

ボランゾンに取り憑《つ》いた魔術師の罪は数え切れないとミーティアは憤慨《ふんがい》した。

「聖職者の中でも二人ほど、魔術師に協力して【神樹】の皮を剝《は》ぎ取る愚行《ぐこう》を犯《おか》した奴《やつ》がいてな。そいつらは縛《しば》り上げて、この王城の地下牢《ちかろう》に閉じ込めてある。奴らは魔術師に『神聖国が滅《ほろ》んだ暁《あかつき》には、デュランディクスにて王侯《おうこう》貴族と同等の待遇《たいぐう》を約束する』とそそのかされていたようだ」

「そんなこと、あるはずないのに。利用できるだけ利用されて、殺されていたのがオチでしょうにね」

「容赦《ようしゃ》ねぇな。まっ、実際その通りだっただろうけど」

どこの世界にも甘い言葉に踊《おど》らされる馬鹿《ばか》はいるもんだと、リオネルは深くうなずいた。

「しかし魔術師が五年も前からボランゾンに取り憑いていたとはなぁ……」

「わたくしも驚《おどろ》いたわ。そんなに前から我が神聖国は内側からの脅威《きょうい》にさらされていたなんてね。……そういえばボランゾン様は？」

「ああ、そのことなんだけど──」

そのとき、扉《とびら》が音高くノックされ、二人は思わず目を合わせる。

ミーティアが即座《そくざ》に横になり、寝たふりを決め込んだのを確認《かくにん》してから、リオネルは「どうぞ」と扉に声をかけた。

「失礼します、リオネル様。筆頭聖職者のボランゾン様がお見えになっています。ミーティア様のお見舞《みま》いにうかがったそうで」

「ああ、通してくれ。おれもボランゾン殿《どの》と話したいことがあったから」

扉が開き、取り次いだ女官に案内されて、真っ白な聖職者の衣服に身を包んだボランゾンが入ってきた。

「内密の話をしたいから、呼ぶまで誰《だれ》も入ってこないでくれ。お茶もいらない」

「かしこまりました」

女官は心得た様子で部屋を出て行く。入れ替《か》わりにボランゾンが入ってきた。

「や、これはリオネル殿。貴殿がいるとは知らずに失礼をした」

「いやいや、実にいいタイミングできてくれたよ。こっちに座ってくれ」

リオネルは自分が座っていた椅子《いす》をボランゾンに譲《ゆず》る。そして彼が腰を落ち着けたところで、寝台《しんだい》に向け「もういいぞ」と声をかけた。

ミーティアはパチッと目を開けて、すぐに身体《からだ》を起こす。

「見苦しい格好ですみません、ボランゾン様」

「――ミーティア⁉　そ、そ、そなた目覚めておったのか！」

ボランゾンは文字通り椅子から転げ落ちた。

「す、すぐに方々に知らせねばならんだろう！　神殿の皆《みな》も国王陛下も、ミーティアの目覚めを今か今かと待っていたのだから……っ」

「あー、ボランゾン殿、知らせるのはあとでいい。とりあえずおれたちだけで、諸々《もろもろ》の摺り合わをしてからひとを呼ぼうぜ。な？」

あわてふためいて出て行こうとするボランゾンの胴《どう》をむんずと摑《つか》んで、リオネルは彼をどんっと椅子に座らせた。

「む、むむっ、摺り合わせとな？」

「そうそう。このあと、いやでも書記官とか聖職者とか国王とかにあれこれ聞かれまくるからさ。そういうときにスムーズに答えられるように、お互《たが》いの視点から答え合わせしておこうってわけ」

リオネルもどこからか椅子を引っぱってきて、ボランゾンの隣《となり》に座った。

「おれもボランゾン殿に聞きたいことがいろいろあってさ。あ、とりあえずこうして出歩けるようになってよかったな。おめでとう。目覚めた直後は、意識が混乱している状態だって聞いてたから」

するとボランゾンは恥《は》じ入るように、つるつるの禿頭《とくとう》を指先で搔《か》いた。

「いや、本当に、恥ずかしいなどという言葉では済まぬ事態で。まさか五年以上も隣国《りんごく》の魔術師に取り憑かれていたとは思わなんだ……」

「いったいなにがきっかけで、魔術師はボランゾン様に近づいたのですか？」

リオネルが渡《わた》してきたガウンを羽織りながら、ミーティアは疑問を口にした。

「ちょうど五年前、デュランディクスから使節団が訪《おとず》れたのだ。ひとを乗せるのに特化した魔鳩《まばと》が育ったから、互いの国を見ておこうと、数人の視察団が両国から選ばれてな」

ボランゾンの身体を乗っ取った魔術師――デュランディクスの筆頭魔術師である男は、その使節団の一員としてこの神聖国にやってきていた。

使節団は中央神殿のトップであるボランゾンとも当然のように面会していた。そしてボランゾンは、それぞれ特異な力を持つ者同士ということで、筆頭魔術師とふたりきりで酒を酌《く》み交《か》わした時間があったということだ。

「なにかされたとしたら、そのときであろうな。だが使節団が帰ったあともしばらくはなんともなかった。異変を感じ取ったのは、おそらくその一年後くらいだ」

なんとなく、自分の行動で覚えていないということが増えたのだ。出した覚えのない指示が出されていたり、書いた覚えのない書類が出されていたり。

さほど実害がないことだったので、問題視されることはなかったが。

だがそういう状態が三年も続くと、さすがにおかしいと不安になってきたのだ。

「――いや、不安になるまで三年はかかりすぎだろう！」

「いやぁ、でもぉ、もう年も年だからぁ～、単にボケただけなのかなぁと思ってのぅ」

ボランゾンが両手の指をちょんちょんしながら、いいわけがましくつぶやく。

「それでも、あまりにひどい状態なのでな。筆頭聖職者の任を降りようと思うたことは数知れず、その手続きに向かったことも数知れずなのじゃ。それなのに、気づいたらそれらの手続きはなかったことにされていた。さすがにこれはおかしいと思ってな」

自分に起こっていることについて片っ端《ぱし》から調べ、旧知のロードバンにも手紙を出そうとしたが、いずれも埒《らち》が明かない。

そうこうしているうち、自分が自分としての人格や記憶《きおく》を保っている時間も少なくなることに気づいて、ようやくただ事ではないと身震《みぶる》いしたそうだ。

「おまけに自我を失っているときのわしは、首席聖女となったミーティアに過重労働を押しつけていた。そなたがほとんど眠《ねむ》れず、怪我人の治癒に奔走《ほんそう》しているのを知って、何度も休ませろと命じたはずなのじゃ」

「そうだったのですか？　むしろ国のために働いた騎士《きし》たちに敬意を表し、休まず癒《い》やせとの伝言を預かったことのほうが数知れずでしたが」

「そうじゃろう？　わしが言ったことと真逆の命令が下されておった。このままじゃそなたが過労で倒《たお》れるのは目に見えておった。それに」

一回ためらってから、ボランゾンははっきり告げた。

「ミーティア、そなたは【神託《しんたく》】を受けた特別な聖女――いわゆる【救国の聖女】であったじゃろう？」

「……ご存じだったのですか？」

「わしは『見える』力が強いのでな。そなたの特異な力には気づいておった」

『見える』力……ポポ爺《じい》さんと同じ力ってことか」

リオネルの問いにボランゾンはうなずいた。

「わしは考えたのじゃ。なぜこの時代に【救国の聖女】が現れたのか。それはきっとわし自身に起きている異変と無関係ではないであろうとな」

そのため、ボランゾンはまずミーティアを中央神殿《しんでん》——つまり、自分の目の届く範囲《はんい》から逃《に》がすことを計画した。

自我を失っているあいだの自分がなにをしているのか、まったく見当がつかないのだ。

その上でミーティアを害されたらたまらないと思い、彼女を追放という形で一時的に中央から逃がそうとしたのだという。

「ではやっぱり、あの試験はわたくしを逃がすために行ったものだったのですね」

「うむ。しかたないこととは言え、説明できずにすまなかったな。グロリオーサにも悪いことをしてしまったが……ともかく、わしの意識はそこまでだった。ミーティアが地方へ出発したと聞いたことは覚えているが、それで安心したのか……そこからの記憶は途切《とぎ》れ途切れだ。気づいたら王城の地下牢に寝《ね》かされておったよ」

「今はもう釈放《しゃくほう》されたのですね？」

「この通りな。魔術師が取り憑《つ》いていて、わし自身は無罪だと、ほかならぬリオネル殿が証言してくださったと聞いた。その礼にうかがわなければと思っておったところじゃ」

ボランゾンの言葉にリオネルは「たいしたことはしていない」と首を横に振《ふ》った。

「礼ならミーティアにするべきだ。彼女の癒やしの力で、あんたに取り憑いた魔術師は引きはがされたし、怪我《けが》したところもすっかり治ったしな」

「む？　わしは怪我をしておったのか？」

「あー……。なんならおれが、この剣《けん》で心臓を刺《さ》し貫《つらぬ》いて、息の根を止めた」

「……」

さすがに押し黙《だま》ったボランゾンだが、なんだかんだ生きているからな……と思ったらしく「まぁ魔術師退治が叶《かな》ったのだから、よかったよかった」と乾《かわ》いた笑いを漏《も》らしていた。

「とはいえ、魔術師に身体を乗っ取られるなど、筆頭聖職者としてあるまじき失態。被害《ひがい》の大きさを思えば一生涯投獄《いっしょうがいとうごく》されてもおかしくない身の上じゃ。この上は筆頭聖職者の職を辞そうと思っておる」

重々しく告げるボランゾンに、さもありなん、とリオネルとミーティアはうなずいた。

「下手に職にしがみついても、好奇《こうき》の目で見られるのは必至だろうからな」

「お年もお年で、隠居《いんきょ》されてもおかしくありませんしね」

「そうそう。実際、筆頭聖職者って雑務が多すぎて大変だし。六十五も過ぎた老人が勤めるには過重労働に過ぎる」

ボランゾンはここぞとばかりに主張した。

「今は神殿もバタバタしているが、落ち着き次第《しだい》、後任を指名するつもりじゃ。ミーティアのことも首席聖女に戻《もど》すよう推薦《すいせん》する。満場一致《まんじょういっち》で受け入れられるじゃろうて」

「だな。【救国の聖女】なんて肩書《かたが》きがなくてもミーティアが規格外なのは間違《まちが》いないし」

リオネルも理解を示した。

話が途切れたところで、また扉《とびら》がノックされる。ミーティアは寝たふりを決め込んだ。

「リオネル様、申し訳ありません。そろそろ夕食の時間になります」

「ああ、そうか。じゃあ、おれはそろそろ行きます。ボランゾン殿《どの》は、もうちょっとゆっくりしていってください。人払《ひとばら》いはしておきますので」

「む、すまんの」

「じゃあ、ミーティア、食事が終わったらまたくるから」

リオネルの言葉に、ミーティアは毛布の下から手を出しひらひらと振った。

リオネルがみずから扉を開けて出て行くと、部屋にはボランゾンとふたりきりになる。

身体《からだ》を起こしたミーティアは、ボランゾンに向け深々と頭を下げた。

「ボランゾン様の意図に気づけず、ハゲだの馬鹿《ばか》だのと、大変申し訳ありませんでした」

「……うん、さすがにちょっと傷ついたが、しかたのないことじゃ。して、ミーティアよ」

ふと真面目《まじめ》な面持《おもも》ちになって、ボランゾンは少し前屈《まえかが》みの姿勢になった。

「今のそなたからは、これまでとはまた違う力の波動を感じる。おそらくそなた、新たな【神託】を受けたのではないか？」

ミーティアは素直《すなお》にうなずいた。

「受けました。『心のままに』と」

「――なるほど。そうであれば、その通りにすればよいじゃろう。そなたは【救国の聖女】としての本分を果たし終えた。あとは、それこそ心のままに、自由にすればよいのじゃ」

ボランゾンは優《やさ》しくほほ笑《え》む。それは祖父が孫に向けるような温かい笑みだった。

「さて、暗くなってきたな。そろそろ戻るか。本来ならそなたの目覚めを知らせたいところじゃが……そのあたりもリオネル殿に任せたほうがいいじゃろうな」

ボランゾンはよいしょと立ち上がった。

「では、達者でな。わしのことまで助けてくれて、ありがとう」

「助けたのはあくまで女神様《めがみ》のお力ですから」

「じゃが『助ける』と決めたのはそなたであろう？　それならば、やはりそなたに対し『ありがとう』じゃ」

ボランゾンは深々と頭を下げると「身体を大事にな」と言って帰っていった。

翌朝、ミーティアは「よく寝た」という体《てい》を装《よそお》って目を覚ました。

前日の夜に再びリオネルと話し合い、とりあえず翌朝、普通《ふつう》に目覚めて女官に発見されるのがいいという結論に基《もと》づいての行動である。

世話をしてくれていた女官たちは大喜びで、すぐに方々に報《しら》せに走った。

あちこちでミーティアの目覚めを待っているという話は本当だったらしい。神殿のみならず、なんと国王や王妃《おうひ》まで見舞《みま》いの言葉を寄越《よこ》してきた。

そうして一日様子を見て、翌日は書記官や聖職者にあれこれ聞き込みをされて、翌々日にようやく王城の貴賓《きひん》室を出て散歩することが許可された。

そしてその日の夜には、国王主催《しゅさい》の晩餐《ばんさん》会に呼ばれることになった。

「――中央神殿が改装中のため、聖女殿には王城にて療養《りょうよう》していただいたが、暮らしに不自由はないか？　女官の数は足りているだろうか？」

立派なマントを身につけた国王陛下は、ミーティアに気さくに話しかけてくださった。

「お気遣《きづか》いいただきありがとうございます、国王陛下。女官をはじめ王城の皆様《みなさま》には大変よくしていただき、恐悦至極《きょうえつしごく》に存じます」

食事の席に着いたミーティアは、首席聖女時代の完璧《かんぺき》な猫《ねこ》かぶりでほほ笑んで見せる。

「晩餐にあたりドレスも用意してくださり、大変嬉《うれ》しゅうございます」

「うふふ、わたくしが選んだドレスなの。我が家は王子二人で、娘《むすめ》を着飾《きかざ》らせる楽しみにはついぞ恵《めぐ》まれなかったわ。夢が叶ったようでとても嬉しくてよ」

楽しげに答えたのは王妃殿下だ。その隣《となり》で、王太子殿下が「うちも息子《むすこ》が一人ですからね」と苦笑《くしょう》している。

ミーティアは笑顔でうなずきながらも「この王太子、どこかで見たことがあるような」ともやもやしていた。王族にお目にかかったのはこれがはじめてだけに、いったいどこで見たのだろう？

内心で首をかしげる中、国王は「下の息子はまだこないのか」と少しいらだたしげにつぶやいていた。

「神聖国を救った聖女殿を待たせるなど、無礼にもほどがあるというのに」

——と、うわさをすれば。晩餐室の扉がノックされて、取り次ぎの女官が入ってきた。

「第二王子殿下のご到着《とうちゃく》です」

「遅《おそ》い。まったく。すぐに通しなさい」

国王が即座《そくざ》にうなずく。

従僕によって開かれる扉を見やったミーティアは、思わずあんぐりと口を開けた。

入ってきたのは、王太子と同じようなきらきらとした衣服に身を包み、ダークブラウンの髪《かみ》をきれいになでつけた、リオネルだったのだ。

「リオネッ……!?」

ミーティアは思わず立ち上がりかける。

彼女の反応を見て、国王も王妃も目を丸くしていた。

「なんとまぁ、おまえが王子であると聖女殿に言っていなかったのか、リオネル！　そなた、地方で聖女殿とずっと行動を共にしておったのだろう？」

「そうですが、そのときはあくまで騎士《きし》隊長として一緒《いっしょ》だったわけで。王子なんて大層な肩書きはむしろ邪魔《じゃま》でしたから」

リオネルは澄《す》ました顔で入ってくると、給仕《きゅうじ》の案内を待たず、自分で椅子《いす》を引いてミーティアの隣に座った。

ミーティアはまじまじとリオネルの格好を見てしまう。

「なんだよ。馬子にも衣装《いしょう》だろう？」

「……いいえ、とても似合っているけれど……」

似合っているが、違和感《いわかん》がすごい。騎士服しか見たことがなかっただけになおさらだ。髪だって、下手したら寝癖《ねぐせ》がそのままであることもあったのに。

「言わなくて悪かったよ。驚《おどろ》かせるつもりはなかった。ただ……タイミングが摑《つか》めなくて」

リオネルが至極気まずそうに明後日《あさって》のほうを向く。

「……まぁ、そうよね。でも、いろいろ納得《なっとく》したわ」

王城に滞在《たいざい》中、女官たちがやけにリオネルにうやうやしく接しているなと不思議に思っていたのだ。

この神聖国でもっとも位の高いボランゾンですら、一介《いっかい》の騎士でしかない彼を「リオネル殿」と呼んでいた。

（デュランディクスの存在を知っていたのも、国王陛下をよく知っているように語っていたのも、正体が王子であり王子というなら納得だわね）

「というか、王子でありながら強化人間になるとか……」

よくやるわねとつぶやくと、国王をはじめとして全員がたちまち食いついてきた。

「強化人間になることもそうだったが、まさか騎士になろうとは思わなかったぞ」

「小さい頃《ころ》は身体が弱くて熱ばかり出していたのになぁ。不思議なものだよ」

「乳母《うば》のことがあったから、心の傷を癒《い》やすためにも必要だろうと思って好きにさせていたけど……それでも、まさか魔物退治専門の部隊に入るなんて思わなかったわ！」

最後に王妃の叫《さけ》びを聞いたリオネルは、「あー！」と子どものような大声を出した。

「もう何度も聞いたし！　しつこいな！　だから家族での食事はいやなんだよ！」

「それだけ重大な決断を一人でしたということが、いかに愚《おろ》かなことかわからんのか！」

「わぁかってるっつーの！　だいたい生まれながら病弱で王族として役に立たないおれなんかいらないって、田舎《いなか》に放置していたのはどこのどいつだ！」

「だからと言って、騎士やら強化人間やらになる形で反抗《はんこう》せんでもいいだろう！」

「反抗じゃねぇ、自分で自分の生き方を決めただけだ！　文句言われる筋合いはねぇ！」

ぎゃあぎゃあと言い争いがはじまる家族に、ミーティアはあっけにとられる。

なんだかんだと言い合っているが、言いたいことを言えているというのは……まぎれもなく、信頼感《しんらいかん》が奥底に根付いているという証《あかし》だ。

なにより、いつもは隊長として部下たちにてきぱきと指示を与《あた》えているリオネルが、家族の前だと途端《とたん》に子どもっぽくなるのが……なんとも……。

（ちょっと可愛《かわい》くて、からかいたくなる気持ちもわかるかも）

現にミーティアも彼の知らなかった一面を見て、少しわくわくしてきている。

ミーティアは心からにこにこしながら、彼らの口喧嘩《くちげんか》を楽しく観賞したのだった。

結局、それから十分後。いいかげんに聖女様が待ちくたびれていますと家令が進言したことで、王族たちはハッと落ち着きを取り戻《もど》した。

「見苦しい場面を見せてしまって失礼した、聖女殿《どの》。招待した側でありながら客人に不快な思いをさせるなど……」

「いいえ、とんでもございません。皆様の仲がよいことが伝わってきましたわ」

「そう言ってもらえると助かる。さぁ、食事にしようか」

運ばれてきたのは心づくしの料理だ。

ゼリーのような前菜も、焼いた豚肉《ぶたにく》にベリーのソースがかかっているメイン料理もはじめて見るもので、目にも楽しい内容だ。ミーティアは笑顔《えがお》でそれらを胃に収めた。

「――今回のことはさすがに国家として対応せねばなるまいと、神殿《しんでん》と国王の連名で、デュランディクスには厳重なる抗議《こうぎ》文を送った」

デザートにさしかかる頃、国王が重々しくそう切り出した。

「では、国王陛下は今回の一連の出来事は、デュランディクスの筆頭魔術師一人が引き起こしたことではなく、国家ぐるみのことだと判断されたのですね？」

ミーティアの言葉に国王はしっかりうなずいた。

「とはいえ、向こうはそれを認めぬと思うがな。おそらく件《くだん》の魔術師一人がしでかしたことと主張して、蜥蜴《とかげ》の尻尾《しっぽ》切りをして終わりであろう」

おそらくそうなるであろうと予想できて、ミーティアも「しかたないことですね」とうなずいた。

「ともかく、このようなことがあったからには、以前のような国家間の付き合いは考えねばならぬ。使節団による交流も無期限中止だ」

「国境の守りも固めないといけない。近々、リオネルには国境守護隊長という新たな役割を担《にな》ってもらうつもりだ。なんだかんだ魔物退治に一番長《た》けているのは我が弟だからね」

王太子の言葉に、ミーティアは驚いてリオネルを見やる。

リオネルのほうはあらかじめ聞いていた話なのだろう。涼《すず》しい顔でワインを飲んでいた。

「危険な任務についてほしくないけれど、国の安全のためにはしかたありません。幸い【神樹】も力を取り戻したし、このようなことがあったあとではデュランディクスも妙《みょう》な真似《まね》は仕掛《しか》けてこないでしょう。今のうちにしっかり国境を補強しておかなくてはね」

王妃《おうひ》の言葉に、ミーティアも「そうですね」とうなずきを返すのだった。


和《なご》やかな晩餐《ばんさん》はその後も続き、終わる頃にはすっかり遅い時間になっていた。

「悪いがちょっと付き合ってくれないか」

晩餐室を出てすぐリオネルに引き留められて、ミーティアはうなずく。

リオネルは三階にある広々としたバルコニーにミーティアを案内した。茶会も開けるほどに広いバルコニーからは、星がとてもよく見える。

と言ってもここは【神樹】の膝元《ひざもと》だけに、頭上は真っ白な枝葉で覆《おお》われている。夜空が見えるのは地平線近い、本当に一部の星だけだ。

「地方勤めで良かったことの一つは、星空がきれいに見えたことだな。ここはともかく空が見えない。日の光とか月明かりは届くけどさ」

「そうね。でも、空気がとても美味《お》しいわ」

「それは認める。地方は瘴気《しょうき》まみれだったしな」

大理石造りの手すりに寄りかかって、ミーティアは遠くに見える北の夜空を見やった。

「また辺境に赴任《ふにん》なのね」

「ああ。今回に限らず、身体《からだ》が動く限り、魔物退治に一生を捧《ささ》げると決めているから」

リオネルの瞳《ひとみ》は揺《ゆ》るがない。

デュランディクスがなにもしてこなくなったとしても、魔物は折にふれて国境を越《こ》えて、神聖国の中に入ってくるのだ。

そういった存在をすべて駆逐《くちく》することこそ、彼が生きる目的なのだろう。

「わたくしは……このあと、どうなるのかしら」

「順当に行けば、また首席聖女に任命されて、中央神殿で大切にされることになるだろう。もうデュランディクスに国境の【杭《くい》】を破壊《はかい》されることもない。つまり、魔物にやられて怪我《けが》する騎士も激減する。治癒《ちゆ》に飛び回って寝不足になることはないだろう」

ミーティアは静かにうなずく。たぶん、それが自分が選ぶべき道なのだろう。首席聖女として【神樹】に祈《いの》りを捧げながら、人々を癒やし、護符《ごふ》を描《か》き、後進を育てる。それが自分にできる最善のことだと。

（でも……）

ミーティアは深く息を吸い込む。冷たい手すりをぎゅっと握《にぎ》った彼女は、おもむろにリオネルに向き合った。

「わたくしも、あなたと一緒に行っては駄目《だめ》かしら？」

「ミーティア？」

リオネルがわずかに目を瞠《みは》る。

「……おいおい、本気か？　風呂《ふろ》も寝床《ねどこ》も満足に用意できない辺境暮らしを、むさい騎士《きし》たちと再開するって？」

「ええ」

ミーティアはしっかりうなずいた。

「また地方の村や町を回って、人々を癒やしていきたいの。国境の【杭】も全部わたくしが直すわ。地方第四神殿に、【神樹】の皮が置かれたままでしょう？」

「ああ」

「それを利用して、わたくしが【杭】を直す。今のわたくしの力なら、たぶん一人でそれができるもの」

ただでさえ規格外の力を持っていたミーティアだが、その力は自分の中で、より大きなものとなっている実感があるのだ。

ボランゾンの言葉を借りれば、きっと【救国の聖女】として覚醒《かくせい》したからなのだろう。

今のミーティアの力なら槍《やり》形の結界を大量に作っても、魔鳩《まばと》や、リオネルのような強化人間を癒やしても、前ほど疲《つか》れることもないし、悪夢もおそらく見ることはない。

そしてそれだけの力を授《さず》かったからには、しっかりと世のために役立てていきたい。

「北に限らず、すべての地方を回って【杭】を全部補強する。そして、すべての土地に祈りを捧げ、人々を癒やす。それが今、わたくしが一番やりたいことなの」

「また、物好きな。中央神殿の奥でふんぞり返っていても誰《だれ》も文句を言わないだろうに」

「だからこそよ。わたくしはわたくしのやりたいことをする。女神《めがみ》様も後押ししてくださったわ」

頭に響《ひび》いた『心のままに』という一言が、これからのミーティアの生きる指針だ。

「あなたと同じよ。自分の生き方くらい、自分で決める。それのなにが悪いのって話よ」

にっこりというよりニヤリと笑うと、リオネルは「おまえには負けるよ」と同じような笑みを返した。

「──だが、そう言ってくれるとありがたい。おれも、おまえが一緒《いっしょ》にきてくれればいいなと思っていた」

「本当に？」

「ああ。【杭】を直すのも、中央神殿に任せていたら何年かかるかわかんねぇと思っていたし、それならおれとおまえで、ポーに乗って行ったほうが絶対早いと思っていたし」

「え、ポーちゃん？」

首をかしげるミーティアを見て、リオネルが「あ、忘れてた」と、めずらしくあわてた様子を見せた。

「おまえが起きたら必ず知らせるって言っておいたのに。ポーの奴《やつ》、きっと拗《す》ねてるぞ」

――そのときだ。

自分のうわさを聞きつけたのか知らないが、騎士団の馬が集められている厩舎《きゅうしゃ》のほうから、なにかがゴーと飛んできた。

『クルッポ――！』

「――この鳴き声！　やっぱりポーちゃん……って、えっ⁉」

風をうならせ、バルコニーにバサバサと羽を揺らしながら降りてきたのは、夜でもはっきりそうわかるほど、真っ白な体毛を持った魔鳩だった。

「白い！　どうして？」

『クルッポー！』

魔鳩は嬉《うれ》しそうにミーティアの腹部に頭をぐりぐり押しつけてくる。

この甘えぶりと鳴き声からして、間違《まちが》いなく一緒に行動していたポーなのだが……どうしてこんなに真っ白なのだろう？

「だ、脱色《だっしょく》しちゃったの……？」

「そういうわけじゃないだろうが……。ほら、魔術師を退治したとき、そばにこいつも倒《たお》れていただろう？　おまえの規格外の癒《い》やしの力を間近で受けたせいで、生態ごと変わっちまったんじゃないかって話なんだが」

前例がないので憶測《おくそく》の域を出ないけど、とリオネルは歯切れ悪く説明した。

「生態ごと？」

「ああ。なにせこいつ、色が変わっただけじゃなく、大量の食料を必要としないんだ」

「えっ！　そうなの？」

「ああ。それこそ馬と同じく、干し草とかで大丈夫《だいじょうぶ》になったらしい」

草がなくても、水を飲んでいれば生きていくぶんには問題ないようだ。だが草食動物になったかと言われれば、また違うらしい。

「おれの隊の奴が骨付き肉を食っているのを見て、欲しがってな。試しにやったら、美味《うま》そうに食べたんだと」

「えぇ……？　雑食なのかしら……？」

ともかく、燃費がよくなったのは確かなようだ。

『ポッポー！』

「おまけに天性の人なつっこさだろう？　今じゃすっかり厩舎のアイドルになってやがる」

「はぁ……ポーちゃん、出世したわね」

『クゥー！』

ポーは嬉しそうに一鳴きした。

「魔鳩の調教場に戻《もど》そうとしたが、おまえのそばを離《はな》れる気がないみたいでさ。放してもすぐ戻ってきたから、そのまま王宮で飼っていた」

「まぁ、ポーちゃん……！」

健気《けなげ》なポーに胸がきゅんとする。猫《ねこ》や犬を可愛《かわい》がるひとの気持ちがわかった思いだ。

「ポーに乗れば国境の【杭】を直して回るのも、そんなに時間を食わないと思うし。だからおまえとおれで、また旅ができればいいなと思っていた」

「そうだったの」

「正直、おまえのほうからそう言い出してくれて嬉しい。……辺境の進軍は大変だっただろう？　もう二度と行かないって言われても、しかたないと思っていたからさ」

リオネルが鼻の頭をポリポリ掻《か》きながらつぶやく。ミーティアはくすっとほほ笑《え》んだ。

「確かに大変だったけど、楽しいこともあったわ。もちろん悲しいことも、悔《くや》しいことも、いろいろあった。でも……そのすべてがかけがえのないものだと思ってる」

（それに……）

なにより、リオネルと一緒にいられたから――。

だが、さすがにそれを言い出すのは恥《は》ずかしい。本音は胸にしまって、ミーティアはにっこり笑った。

「わたくしはあなたとともに行くわ、リオネル。一緒に行きたい」

「おれも同じ気持ちだ。一緒に行きたい。おまえのことが好きだからさ」

突然《とつぜん》のさらっとした告白に、ミーティアの心臓がどきんと跳《は》ねた。

「そ、それは……」

「おまえも、おれのこと好きだろう？」

確認《かくにん》と言うより確信を持って尋《たず》ねられる。

答えを期待してにやりとするリオネルを見ると、恥ずかしいやら、むっとするやらで……ミーティアはとっさにしらばっくれた。

「し、知りません」

「ええっ？　神殿《しんでん》で、おれの熱いキスに応《こた》えてくれたはずだろう？」

「あ、あ、あれは！　その場の雰囲気《ふんいき》に流されたと言うか……！」

「えっ、それがマジだとすると、さすがに傷つくんだが」

「えっ!?　……い、いえ、そういうわけじゃなくて……！」

あせりと羞恥《しゅうち》が入り交じるあまり、すっかり支離滅裂《しりめつれつ》になったミーティアに、リオネルはぷっと噴《ふ》きだした。

「……笑うことないじゃない！」

「いや、おまえのそんなあわて顔はそうそう見られないから、可愛くてさ」

「可愛いと思っている顔ではないわよ！　もう、面白《おもしろ》がって。失礼ね」

「レディの扱《あつか》いがなっていないのは今にはじまったことじゃないさ」

リオネルはひとしきり笑うと、表情を改めて、ミーティアの正面に立った。

「おまえのことが好きだよ、ミーティア。おまえは、おれのことどう思ってる？」

「ど、どうって……」

……実は、かなり、好きだけど……。

（……それを言うのはやっぱり無理！）

ミーティアはツンと全力でそっぽを向いた。

「そ、そうねっ、好きよ、人間的にねっ！」

「そこは素直《すなお》に男としてと言ってくれていいんだが――」

「人間的によ！」

きっぱり言い切ると、リオネルはまた噴き出しそうになりつつ、それ以上は突《つ》っ込んではこなかった。

「――ま、ともかく、これからもよろしく頼《たの》むよ、天才聖女様」

右手を差し出され、ミーティアは真っ赤になってむくれながらも、その手を握《にぎ》る。

と、いきなりリオネルが手を引いて、ミーティアを自分の腕《うで》に閉じ込めた。あっという間に顔を上向かせられ、くちびるを重ねられる。

「んっ……」

わずかに感じた彼の吐息《といき》に、激しく動揺《どうよう》したミーティアは硬直《こうちょく》するが……。

『ポッポーウ！』

ポーが二人を引きはがすように、ぎゅむっと巨体《きょたい》を割り込ませてきた。

「ポ、ポーちゃん……っ」

「なんだよ、邪魔《じゃま》するなって――」

『ポ――ウ！』

心なしか怒《おこ》った様子で、ポーがカチカチと嘴《くちばし》を鳴らしてリオネルを威嚇《いかく》する。

リオネルは苦笑《くしょう》しながら両手を上げた。

「はいはい、大好きなミーティアがほかの男といちゃついているのがいやなんだな？　わかったわかった。次にやるときはおまえが入ってこられない場所でやるよ」

『グルッポ——ウ！』

そんなことは許さん！　とばかりに翼《つばさ》をバサバサ揺《ゆ》らすポーに、ミーティアも緊張《きんちょう》が解けて、思わず笑ってしまう。

その笑顔にまぶしげに目を細めてから、リオネルは「冷えてきたから戻るぞ」と促《うなが》す。

ポーが不満げにうなる中、二人はそれとなく寄り添《そ》い合って建物の中へ入っていった。

◆

その後、神殿や王宮との協議の末、ミーティアはリオネル率いる第二隊とともに、再び国境を巡《めぐ》っていくことになった。

地方へ出発するという日の朝、中央神殿の南の大門前で、リオネルは集まった騎士《きし》たちに声を張り上げる。

「おれたちの隊は第三師団から独立して、国境守護特務隊という名前に改められた。面子《メンツ》はほぼ変わらんが、異動になった奴《やつ》も、新しく入った奴も何人かいる。喧嘩《けんか》するなとは言わないが、それなりに仲良く、助け合って、切磋《せっさ》琢磨《たくま》して過ごすように！　いいな！」

「おー——う！」

一段高いところに登ったリオネルの指示に対し、集まった第二隊——改め特務隊の面々は、元気な返事を響《ひび》かせた。

「嬉《うれ》しいなぁ。また聖女様と一緒《いっしょ》に旅ができるなんて」

「女の子成分は、ただそこにいるだけで癒《い》やされますもんねぇ～」

「それな～」

任命式のためにいったん全員が中央に戻ったので、ミーティアも久々に会えた彼らに対し、自然と笑顔になっていた。

「わたくしも嬉しいわ。馴染《なじ》んだ隊のほうが一緒にいて楽しいし」

「そう言ってもらえると照れるけど嬉しいっす」

「隊長も喜んでますよ、絶対」

うんうんと騎士たちは大きくうなずいた。

「まずは地方第四神殿に向かいたいんですが、大丈夫《だいじょうぶ》っすか？　チューリ殿《どの》が心配で心配でしかたないって顔で、今にも胃痛を起こして倒《たお》れそうになってたんですよ」

先に神殿に伺《うかが》いを立ててきたロイジャが、申し訳なさそうに言ってくる。

ミーティアは「もちろんよ」と笑顔でうなずいた。

「チューリ様にはわたくしも挨拶《あいさつ》したいもの。北を回るあいだは地方第四神殿を拠点《きょてん》にできればとも思っているのよ」

「向こうは大歓迎《だいかんげい》ですよ。ポーちゃんの餌《えさ》の心配もなくなったようですしね」

『クルッポー！』


　自分の話題に耳ざといポーがしっかり返事をする。

　真新しい専用の鞍《くら》と手綱《たづな》をつけたポーは、騎士たちに取り囲まれ「本当に真っ白だ」「可愛《かわい》いなぁ」と言われ続けたためか、至極《しごく》ご満悦《まんえつ》の表情だった。

「ミーティア様ぁ、本当に行っちゃうんですかぁ？」

　見送りには中央神殿の面々も出てきていた。

　聖女も聖職者も勢揃《せいぞろ》いで、最前列ではグロリオーサが性懲《しょうこ》りもなく泣いている。

　ミーティアが国境を回って【杭《くい》】を修理する『特別聖女』の称号《しょうごう》を得たため、首席聖女の座は彼女に留め置かれたままなのだ。

　たった一週間で音を上げたグロリオーサは「わたしに首席聖女は無理ですってぇえ！」と大いにわめいたらしいが……。

「中央神殿はあなたがいれば大丈夫よ、グロリオーサ様。わたくしを反面教師にして、これからもがんばってね」

「うぅ、何ヶ月か前と同じようなことを言ってるぅぅ〜……！」

　笑顔《えがお》のミーティアに対し、グロリオーサはおいおいと泣きはじめた。

「地方勤めなんて大変ですよぅ〜。お風呂《ふろ》もないって聞きますし。そんなところを回って身体《からだ》を壊《こわ》さないですか？　大丈夫ですかぁ？」

「恨《うら》み言を言う声音《こわね》なのに、心配してくれるのね……。大丈夫よ。なにせわたくしは稀代《きたい》の天才聖女。どこでだろうと輝《かがや》けるもの」

ミーティアは軽く肩《かた》をすくめる。

その姿がまたまぶしく見えるのか「ミーティア様、格好良すぎぃいい！」と、グロリオーサはもはや、わけがわからぬ理由で泣き続ける。そんな彼女も最終的には、「必ず首席聖女にふさわしい働きをします」と請《う》け合って、涙《なみだ》をぐいっと拭《ぬぐ》ってくれた。

「報告も兼《か》ねて、一ヶ月に一度は中央に戻《もど》られるんですよね？　そのときは必ず神殿にも寄ってくださいね。【神樹】もミーティア様に祈《いの》ってもらえたら嬉しいでしょうから」

「ええ、必ずそうするわ」

ミーティアはしっかりうなずいてから、リオネルのもとへ向かう。

リオネルのほうも、やはり見送りにきていた家族から挨拶を受けていた。

「じゃあね、身体に気をつけてね、風邪《かぜ》を引かないように」

「お袋《ふくろ》、おれはもう五歳の子どもじゃないんだから……」

「なに言ってるの。何歳になったっておまえは生意気で病弱なわたくしの子よ」

王妃《おうひ》は動じることなく言いきった。国王も「母親の言うことは聞いておけ」としたり顔でうなずく。

唯一《ゆいいつ》、王太子殿下《でんか》だけは、つつつ……とミーティアの隣《となり》にやってきた。

「改めて感謝を伝えるよ、ミーティア殿。……あと、二週間前はすまなかったね。ここで君に無礼なことを言っちゃっただろう？」

「無礼なこと？　……ああっ」

地方から中央に戻ってきたあの日、櫓《やぐら》に乗って王国騎士たちの指揮を執《と》っていたのは、王太子であるこのひとだった。そういえば命令口調でなにか言われたような覚えがある。

「気にしていません。非常事態でしたし、殿下のお気持ちもわかりますし」

「そう言ってもらえると助かる。……で、君、我が弟とはどういう関係なの？」

さらに身を寄せて王太子がコソコソと尋《たず》ねてくる。

ミーティアは先日のキスやら告白やらを思い出し、ぼんっと真っ赤になったが、即座《そくざ》に明後日《あさって》の方向を向いてすっとぼけた。

「さあ？　強《し》いて言うなら、同じ任務に就《つ》く仲間、でしょうか」

「ふぅーん……？　仲間……仲間ね」

含《ふく》みのある言い方をした王太子は「今はそういうことにしておくよ」と、とりあえず引いてくれた。

ミーティアはほっとしたものの、いつの間にか盗《ぬす》み聞きしていたらしい周囲の騎士が、大いに嘆《なげ》きはじめたのでぎょっとする。

「ええっ？　まさか隊長ってば、まだ告白していない感じ？」

「地方にいる段階で、すでにいい雰囲気《ふんいき》にはなっていたはずなのに！」

「ミーティア様がかわいそうすぎるじゃん！」

騎士《きし》たちの言葉に、ミーティアはひどく動揺《どうよう》する。

（ま、まさか、わたくしがリオネルを好きって、バレているわけじゃないわよね……!?）

そうだとしたら一大事だ。ともかく否定しなければと、ミーティアは大声を上げた。

「ちょ、ちょっと、わたくしは別にかわいそうでもなんでもないからねっ？」

しかし、騎士たちの目には彼女のそんな姿さえいじらしく映ったようだ。

「ああっ、健気《けなげ》なミーティア様が可愛すぎる……！　聖女としては天才なのに、女の子としては……って感じの表情を見せられたら、もう、もう！」

「おれも同じ気持ちだ！　ミーティア様が乙女《おとめ》！　可愛い！」

「おれ、もう一生ミーティア様のこと推《お》していくわ……！」

（お、推すってなによ……？）

耳慣れない言葉にとまどいながらも、ミーティアはとりあえず「ほ、本当に違《ちが》うんだからねっ」と念を押しておいた。

「――おーい、そこ、なにやってんだ。出発するぞ！」

「ひぇっ」

リオネルの号令に、ミーティアはどきーんっと心臓を跳《は》ね上げる。

一方の騎士たちは「はーい」と大声で返事をしつつ、陰《かげ》で「隊長のせいじゃんか」とぶつくさ言っていた。

「じゃ、おれとミーティアは魔鳩《まばと》で一気に国境まで先行する。おまえたちは地方第四神殿を目指してくれ。いいな！」

「はい！」

リオネルの確認《かくにん》を受け、騎士たちがおのおの馬に乗る。

王族や見送りに出てきた騎士、民《たみ》、聖女たちが「お気をつけてー！」と叫《さけ》ぶ中、リオネルの「出っ発――！」の号令が高らかに響き渡《わた》った。

騎士たちが駆《か》け足で進む中、ポーの手綱を手にしたリオネルはミーティアを手招く。

「おれたちも行くぞ。……なんか顔が赤くないか？」

「気のせいよ！」

ミーティアはぴしゃりと言いきり、平常心、平常心と言い聞かせながら、差し出されたリオネルの手に手を重ねる。

だがぐいっと引き寄せられ、魔鳩専用の鞍に上げられるあいだ、胸はずっとドキドキと高鳴りっぱなしだった。

「大丈夫か？　忘れものとかないか？」

「な、ないわ。あったところで問題ないわよ。わたくしは天才だもの」

「そうだな。もしどうにもできなくて困ったときは、おれが守ればいいだけだし」

さらっと言われた言葉に、ミーティアは「……ッ！」と真っ赤になって身悶《みもだ》える。

そんなミーティアを知ってか知らずか、手綱をしっかり手にしたリオネルは、晴れやかな声を響《ひび》かせた。

「よし、じゃあおれたちも出発だ。ポー、頼《たの》むぞ！」

『クルッポー！』

ポーは元気に返事をして、真っ白な翼《つばさ》をバサッと広げる。一つ、二つと羽ばたくだけで、ポーはあっという間に建物より高く舞《ま》い上がった。

ミーティアは新調した聖女の杖《つえ》を掲《かか》げ、風よけの結界を展開しながら、「お気をつけてー！」と声をかける人々を見下ろし、大きく手を振《ふ》る。

彼らの潑剌《はつらつ》とした笑顔を見ていると、自分が守ったものと、これから守っていくものを改めて感じられて、浮《う》き足立った気持ちが引き締《し》まったような気がした。

「しっかり摑《つか》まってろよ、ミーティア。飛ばすぞ！」

「――ええ！」

今度はミーティアも元気に返して、笑顔で前へと視線を向ける。

ポーがバサバサと大きく羽ばたいて、一行は北へと一直線に飛び出していった。

【神樹】の真っ白な枝葉が風に揺《ゆ》れて、きらきらとした光をまき散らす。
若者たちの旅立ちを祝福するように、空はどこまでも青く澄《す》み渡っていた。

あとがき

角川ビーンズ文庫様でははじめまして。佐倉紫《さくらゆかり》と申します。

普段《ふだん》はＴＬ（ティーンズラブ）小説を中心に執筆《しっぴつ》しておりますので、少女小説系のレーベル様からは今作が初の刊行となりました。少々……いえ、かなり緊張《きんちょう》しております（笑）。

本作をお手にとっていただき、まことにありがとうございました。

今作『追放上等！　天才聖女のわたくしは、どこでだろうと輝《かがや》けますので。』は、第8回カクヨムＷｅｂ小説コンテストのライト文芸部門にて【特別賞】を受賞させていただいた作品になります。

そちらを加筆修正……というより、一冊に収まるように必死に削《けず》りまして（笑）。Ｗｅｂ版より全体をスッキリさせた上、ヒロインとヒーローの恋愛《れんあい》面をプッシュした作品となりました。Ｗｅｂ版をお読みくださった読者様も、再度お楽しみいただければ幸いです。

今作は大まかなジャンルとしては『追放聖女もの』になっております。

冒頭《ぼうとう》で「首席聖女として失格！　地方へ左遷《させん》だ！」と言われたヒロイン・ミーティアは、

突然の宣告に驚いたり絶望したりするどころか、嬉々として受け入れ、即座に地方へ旅立ちます。ですが、それにはきちんとした目的がありました。

同じく地方で任務にあたっていた、騎士であるヒーロー・リオネルと合流して、問題の解決にあたっていくうち、彼女は自分が為すべきことを明確にしていきます。

そんなミーティアとリオネルを素敵に描いてくださったのは soy 太郎先生です！　素晴らしいイラストを本当にありがとうございました。魔鳩のポーちゃんも可愛かったです。

そして担当編集様をはじめとする編集部の皆様、出版関係の皆様も本当にありがとうございました。特に、今作をカクヨムコンで見つけてくださった担当編集様には感謝してもしきれません。

授賞式を含め大変お世話になりました。

……わたしの角川ビーンズ文庫様との出会いは中学生のときでした。小説家になりたいと思いはじめていたわたしは『角川ビーンズ文庫様からも本を出したい！』と願っておりましたが、二十年以上経った今その夢を叶えることができて、感謝の思いでいっぱいです。

プロの小説家としての活動も、今年の二月で十周年を迎えました。次の十年、さらに成長できるように精進してまいりますので、今後も何卒よろしくお願いいたします。

佐倉　紫

「追放上等！　天才聖女のわたくしは、どこでだろうと輝けますので。」の感想をお寄せください。
おたよりのあて先
〒102-8177　東京都千代田区富士見2-13-3
株式会社KADOKAWA　角川ビーンズ文庫編集部気付
「佐倉　紫」先生・「soy太郎」先生
また、編集部へのご意見ご希望は、同じ住所で「ビーンズ文庫編集部」
までお寄せください。

追放上等《ついほうじようとう》！　天才聖女《てんさいせいじよ》のわたくしは、どこでだろうと輝《かがや》けますので。

佐倉《さくら》　紫《ゆかり》

角川ビーンズ文庫　24065

令和6年3月1日　初版発行

発行者――山下直久
発　行――株式会社KADOKAWA
〒102-8177　東京都千代田区富士見2-13-3
電話 0570-002-301（ナビダイヤル）
印刷所――株式会社暁印刷
製本所――本間製本株式会社
装幀者――micro fish

ISBN978-4-04-114707-8C0193 定価はカバーに表示してあります。

角川ビーンズ小説大賞
原稿募集中!
君の〝物語〟がここから始まる!
https://beans.kadokawa.co.jp
詳細は公式サイトでチェック!!!
【一般部門】&【テーマ部門】
賞金 大賞 100万円
優秀賞 30万円
他副賞
締切 3月31日
発表 9月発表(予定)
イラスト/紫　真依